U0540334

龍泉山 我靠山

吴文政 著

雲南人民出版社

图书在版编目（CIP）数据

龙泉山 我靠山/吴文政著. -- 昆明：云南人民出版社，2023.11
ISBN 978-7-222-22176-5

Ⅰ.①龙… Ⅱ.①吴… Ⅲ.①散文集-中国-当代 Ⅳ.①I267

中国国家版本馆 CIP 数据核字（2023）第 203394 号

责任编辑：肖　薇
责任校对：刘松山
装帧设计：蓓蕾文化
责任印制：窦雪松

龙泉山 我靠山
LONGQUAN SHAN　WO KAO SHAN

吴文政　著

出版	云南人民出版社
发行	云南人民出版社
社址	昆明市环城西路 609 号
邮编	650034
网址	www.ynpph.com.cn
E-mail	ynrms@sina.com
开本	720mm×1010mm　1/16
印张	16
字数	280 千
版次	2023 年 11 月第 1 版第 1 次印刷
印刷	成都新恒川印务有限公司
书号	ISBN 978-7-222-22176-5
定价	76.00 元

如有图书质量及相关问题请与我社联系
印制科电话：0871-64191534

云南人民出版社微信公众号

化风景为山水的写作

1972年3月,国画大师陈子庄开始到龙泉山写生。有不少弟子或乘车,或用自行车载子庄师前往龙泉山。陈子庄那时患有心脏病,气促而腿软,走到山泉镇就无法再走了,一边休息,平息下来就开始写生。有人见了大感不解,龙泉山有什么好景色呀?毫无嵯峨奇诡之相,如何入画?见别人问,子庄气喘得紧:"景色并不一定是眼前的实景,而是心与现实交融之境……我看到的不是风景,而是心中的山水。"他前后画了数百幅写生,竟然无一重复,后整理成《龙泉山写生册》34幅山水小品。其中《山中有佳境,欲说已忘言》就堪称这一时期心境的呈露,真是物我两忘,唯有那涌动于生命河床的大喜悦,在龙泉山野间,立地为艳丽接天的桃花。近20多年,我数十次登临龙泉山,也读到作家凸凹笔下的龙泉山,雍也笔下的龙泉山与洛带古镇,看到了摄影家嘉楠立足龙泉山拍摄的环绕成都的壮丽雪山……近日又读到散文家吴文政笔下的龙泉山,凡此种种,让我看到了一座山在不同人心目中的造像。

作家吴文政的散文集《龙泉山 我靠山》,大体有两大主题，一是亲情叙事，一是行游记录。这两者的表达方式，几乎都是短章。鉴于当代散文俨然已有越拉越长、越写越虚、不写个万把字就不会出手发表的群体性趋势，别人是有几颗黄豆就渴望磨一锅豆浆，吴文政却是在刻意浓缩，就像遍布龙泉山的红壤与石头，把那些蛰伏于大地的风声、雨声、读书声，以及眼泪和鲜血，静静收纳于土石，沉默、执着、昂首向天。

我曾经说，在我心目中有"写作的四个向度"：

第一，散文是拥有读者最多、作者最多的文学门类！这就决定了好散文的难度！

第二，汉语散文的精神应该是：真挚、真实、真在！散文是国之重器，是中华文化得以立足传承的伟大形式！在文学写作门类里，散文保有的传统精华最多，被西方技法宰制相对较小。

第三，诗歌大体有两类：一类是旱地拔葱式的，渴望在云端放置自己的眼睛来俯视大地；一类是回到大地深处，渴望把那些匿名、匿身的事物，尽力托举起来，成为天地间不可或缺的组构！我在散文与诗歌之间侧身而立，在全力俯身大地之余，我们托举起来的事物，希望不但有土地蕴含着的全部气质，还有巴山蜀水的苍绿、厚云与哀痛。与诗歌的飞翔美学不同，散文是一种大地写作。随大地起伏而共振。我努力践行"正写才是硬道理"。

第四，文学深处，法相涌立。鸡汤文、励志文不是散文正道。好散文就是回到事物之中，就是不露声色地用细节呈现。我也特别赞赏文学化的名物写作！

以此观之，我认为吴文政的散文具有一种大地气质，在山道上踽踽独行，从而清晰地留下了自己跋涉的脚印。而且，那种从脚底直贯头顶的激情涌动不息，也成为他散文的一大亮色。

在首篇《龙泉山　我靠山》里，吴文政就开门见山，将自己的旨归和盘托出：

龙泉山啊！父亲亦归你，父爱已成山！无论何时何地，是百年前还是百年后，你都是：傲立心海的大山、圣山、我的靠山！

我的祖辈和龙泉山已经结下不解之缘。一边是生我养我的故乡，一边是繁华的大都市。从贫穷落后的小山村，来到山另一边的国际大都会，这是命运的突变，更是记录着一个人的奋斗史。父亲生命的起点和终点，也是龙泉山。而今的我，更是依附于龙泉山，这一辈子围绕这座山，生于斯、息于斯了！或许我的子孙立足高远，走出了更大更广阔的一片天地，他们的根却永远扎在龙泉山。这不能改变，也不会改变。

如果说，"去抒情"是先锋散文的一大特征的话，那么，我们应该如何去面对涌动于血脉里的律动？读到这些文字，我丝毫没有觉得这是滥情，而是最为真实、最为自然的感情呈露，也是散文写作不可缺失的推动力。

山，成为人生的靠山；山，也可以成为他的文学依托。

吴文政在行文里，往往还有不少议论，这样的文字成为他心路历程的另外一种表达，也是他反思现实种种的言路。比如《龙泉山，春的畅想曲》：

人生一世、草木一春，任它花开花落，任不同的角色登台与谢幕。即使荧光灯永远打照不到你身上，即便做了一个完完全全黑暗中的独舞者，都顺应自己的角色和位置。做那个纯粹的自己，守住心中那一朵莲花，精心培育种在心中的那株菩提树……

在我看来，这是一本主题突出、家国情感浓郁的散文集，不同于寻常散文的小感伤与蜻蜓点水的浮泛，是其整个散文创作中极富独特地域性与现实性的文章。也许有读者会认为这样直抒胸臆的文字虽保持了一个作家的热情与坦率，但似乎缺乏散文更为纵深的、细腻的艺术感染，在这个高速转型的时代，在传统农耕山地朝向大都市的过渡地带，他无暇于绮丽风光沉醉，更为可贵的是，作家把反映社会的触觉伸延到大自然当中。作为游记中的精品，他一路上谈说风情，引经据典，把读者引入龙泉山的时空。他对历史格局下自我的在场感、参与感十分重视，这进一步衬托出面对风云变幻而守正的赤子之心。

无论遭受了怎样的创伤，家乡的山水总会让伤口痊愈。遭遇困境，动辄就说"随缘"的人，首先是虚弱，接着就是虚无加虚伪了。而动辄就引用东坡"一蓑烟雨任平生"的人，似乎没有注意到在烟雨之前，还有炸雷一般的两个字："谁怕"。

这也是我从吴文政散文里感受到的力道。

陈子庄大师说过："我看到的不是风景，而是心中的山水。"风景是外在的，是鸟语花香，唯有深润大地情怀的人，才能悟出景物深处的流淌山水，恰与心律同步。希望吴文政在写作之路上进一步厘定具象与抽象，把简洁、天然、直率的文风进一步得到开掘与阔达，就像龙泉山飞荡的云瀑，为我们带来更多的绮丽山水。

蒋蓝

2023 年 2 月 20 日于成都

（本文作者系中国作家协会散文委员会委员、四川省作协副主席）

目　录

第一辑　龙泉山　我靠山

002　龙泉山　我靠山
003　走进春天遇见美好
005　随我到山里来听雨
006　独享三月天
007　花枝上的鸟巢
008　夏天的雨
009　晨登龙泉山
010　心中的芙蓉花正盛开
011　荷塘雨色
012　素淡人生　秋情满怀
014　秋季到龙泉来看山
016　愿做山涧野菊花
017　龙泉初冬的早晨
018　带上心灵去散步
018　银杏叶儿漫天飞
019　下雪了
021　情溢龙泉冬
022　冬天里，如果能成为一片阳光就好了

023　古镇客家情
024　花敞门
026　山　村
027　福地德阳
029　踏　春
031　拜谒三苏祠
032　做回苏稽人
035　游蜀南竹海
039　瓦屋山漂流
041　幸福像花儿一样
043　入唐家河　越摩天岭
046　来过夹金山
048　在母亲河——长江怀里
050　北京的秋
051　我爱北京天安门
052　茫茫生命花
054　乡愁泛滥

第二辑　警心如雪

- 058　警心如雪
- 059　警营人生　无悔芳华
- 061　写给散文集《警察笔记》
- 062　今夜无警情
- 062　心儿掉河里了
- 064　社区民警
- 065　中秋护月圆
- 067　满城桂花香
- 069　巡逻车的红蓝守卫
- 070　超越冬天
- 071　大年初一的夜

第三辑　我写我快乐

- 074　光阴赋
- 076　是春天的雨就好
- 077　不再流浪
- 077　龙泉山的小雨天
- 078　种盆鲜花在心田
- 079　春的念想
- 080　东安湖寻梦
- 082　寻　觅
- 082　无尽的思念
- 083　文字将我催眠成花
- 086　端午节寄语
- 087　时光！请您慢一点儿
- 088　6·26致我的情怀
- 089　黑夜里，我心如睡莲
- 090　梦里的爱知多少
- 091　打磨之心
- 092　对夏天的爱是热爱
- 093　八月你好
- 094　我的乡愁我的花

096 红叶是深秋喝醉了的客
097 秋　行
099 做真实的自己
100 不爱便不会痛
101 秋天的斑茅花
102 邂逅冬日阳光
103 做最好的自己，才能遇见最好的别人

104 跨　年
105 走进春天拥抱平凡
107 能懂父亲爱，人亦到中年
108 让心回家
109 离别是一门学问

第四辑　做一个温暖、知足的人

112 做一个温暖、知足的人
113 种瓜种豆种文字
114 读书，让我灵魂安稳活得富饶
116 做个好思好学正能量多多的中年大叔
118 我到中年自带阳光
119 迷茫时我选择顺其自然
120 人生留痕
121 不再苛求
123 转身已中秋
124 谁的人生不分离

125 龙泉山，春的畅想曲
127 也无风雨也无晴
128 心若年轻岁月不老
129 人在低处心向梅兰
131 不懂音乐也知音
132 别让时光负流年
133 来日并不方长
134 每段路都是一种领悟
135 微笑的人生最美
137 没时间恨一个人太久
138 人到中年，就怕过年

140	我的病根叫平庸	150	好好爱你身边人
141	远离那些令你有负面情绪的人	151	为不舍的流年
142	只想拥住这样一种才华	153	又是年尾巴
143	换一种方式活着	154	还能痛苦的人是修行不够
144	我的人生也该入秋了	155	唯美我中年
145	流年感怀	156	为后人留思念
146	你若精彩天自安排	157	这一年,谢自己
148	品读孤独	160	誓让中年成芳华
149	老了才淡定	161	余生,认真变老

第五辑　爱到不能爱

164	爱到不能爱	179	沉默心痛的日子
165	最浓稠摄魄疗愈的引药	180	失去父亲100天
169	儿子的小比熊	181	父母就是年
170	清明怨	183	父亲周年祭
171	清明吊	186	啊！我简单的母亲
172	送别父亲	187	清明了,就该珍惜这一世情缘
174	父亲,您走得好潇洒	189	父亲,我想您
175	为父亲守灵	190	我是父亲放飞的蒲公英
176	两年相处成永远	191	生活有时有苦瓜的味道
177	弯弯乡路　悠悠故情	192	上帝赐予的礼物

194	要是没有病痛该多好	217	十月，我的痛
195	变老的路上一定要健康	218	回乡寻父影
196	路过故乡	219	年
197	龙泉山脚下的榨油坊	221	以后年是什么味道
199	春天种一株枣树	222	流淌在血脉里的眷恋
200	纪念父亲	224	追忆父亲
203	中年无怨	227	再记父亲节
204	书房来客	228	年味淡了
205	失必得	229	我那备份的年味
206	与玉无缘	231	灵魂摆渡
207	来了两只兔宝宝	232	融情文化　洗心国画
208	"小王子"泰迪	235	什么是国画中的好作品：一格调，二笔墨
210	放　生		
212	心中的呼唤	237	如果信仰有颜色，那一定是中国红
213	永无过往		——观《长津湖》有感
215	写给儿子的离愁别绪		

239　后　记

第一辑
龙泉山　我靠山

> 龙泉山啊！父亲亦归你，父爱已成山！
> 无论何时何地，
> 是百年前还是百年后，
> 你都是：
> 傲立心海的大山、圣山、我的靠山！

龙泉山　我靠山

龙泉山脉位于四川盆地西部，成都平原的东界，长 200 千米，宽 10 千米，在成都境内人们称呼它龙泉山。

在清朝康熙年间（1662—1722 年）"湖广填四川"移民中，当时我的祖辈翻山越岭长途跋涉迁徙到就差上山 7.5 千米、下山 7.5 千米距离的龙泉山（唐代称"分东岭"，宋代改称"灵泉山"，明代改为"龙泉山"）东边山脚附近，便再也没有力气和勇气继续向前翻越。殊不知，从山这边到山那边，这一放弃就是丘陵与平原，农村与城市，此命运与彼命运的天壤之别。"上成都，下简阳"成了父亲辈之前族人子孙们，二百多年来一直在奔波跨越之劳命。

老家门前的龙泉山，是整座山脉的最高峰（海拔 1051 米）。她傲视群山，撑起村东的天空。夏雨初霁，烟云暧叇，我背着草筐站在房子后面的小山丘上，踮脚仰望龙泉山的这幅水墨画卷。冬日漫漫，当最后一抹夕阳投向积雪覆盖的山顶，便是最美的日照金山。春秋时节山上的盘山公路在花果树林中捉迷藏一样富饶行穿，入夜，月光追光灯般朗照夜幕下的夜月山，如梦如诗。童年是多梦的季节，我常仰望山顶，生出无限遐想。那时我暗下决心，有一天，我要登上山顶，翻过她我要到山那边的远方去。

少年时光一半在学校，一半在田土味儿中挥毫。终于，"小鲤鱼"长出翅膀跃出龙门，飞越龙泉山，来到了山的另外这边。工作生活，结婚生子，筑建了新的一个家。那段时间，山那边的老家寂寞地爬满藤草，似乎只居住着乡愁。我一天天青壮，父母却一天天暮老，人到中年的某一天，山崩地裂，父亲作别，呼天抢地，一夜暴长。兄弟姊妹四人护着父亲的灵柩再次翻过龙泉山，让他荣归故里，交回到爷爷奶奶身边，重新种在他儿时的乐土……

龙泉山啊！山那边血脉相连，故土难离，魂牵梦绕着我的思念和哀愁；山这边顶天立地，情怀依旧，承载梦想，践行初心。

龙泉山啊！父亲亦归你，父爱已成山！无论何时何地，是百年前还是百年后，你都是：傲立心海的大山、圣山、我的靠山！

我的祖辈和龙泉山已经结下不解之缘。一边是生我养我的故乡，一边是繁华的大都市。从贫穷落后的小山村，来到山另一边的国际大都会，这是命运的突变，更是记录着一个人的奋斗史。父亲生命的起点和终点，也是龙泉山。而今的我，更是依附于龙泉山。这一辈子围绕这座山，生于斯、息于斯了！或许我的子孙立足高远，走出了更大更广阔的一片天地，他们的根却永远扎在龙泉山，这不能改变，也不会改变。

走进春天遇见美好

窗外，花开得安静。你打春天走过，穿过绿柳清风，踩着幽花小径，花动春情，醉漾人心。

——题记

动不动就加班备勤按部就班地工作，周而复始早出晚归忙忙碌碌地生活，早忘了春天的样子，不解车流拥堵的人们还是止不住向往郊外的步伐。偶来的闲暇，我走在三月的华荫里时，突然间才发现对待春天，不应该是这样无所谓的态度。终于明白，即使身处暖意美好的春天里，你心中没有她的存在，自己也似乎依然生活在寒冷肆意的冬天。

或许温室里草花太娇弱，经不起早春乍暖还寒的气候，唯有那历经沧桑的郊外田间地头，山里山外老树枝能蕴蓄住春的气息，萌发出一粒粒滚圆的苞苞，催开一朵朵明媚的花儿。

择一个阳光明媚的日子，着一身柔软宽松的便装，走在春天的路上，抬头间，触目所及皆是明丽的颜色，嫩绿的柳枝在柔风里轻轻摇曳，光秃秃的玉兰树上停留了千万只翩翩欲飞的蝴蝶，高大的樱树上已落满了粉茸茸的雪片，枯瘦的桃枝上冒出粒粒滚圆的花苞，那里面包裹着的，是汩汩而出的春的热情。

叶老在《苏州园林》一文中谈论花木的栽种："苏州园林栽种和修剪树木也着眼在画意。高树与低树俯仰生姿。落叶树与常绿树相间，花时不同的多种花树相间，这就一年四季不感到寂寞。"城市里的园丁们，是勤劳也是懂得美的艺术的，他们早已谙熟叶圣陶先生讲到的花木栽种，我眼前就是一片精心设计安排的花林。

当你穿过一片紫叶李，正沉浸在那细碎且纷纷扬扬的梦幻里时，尽头又会突然出现一株鲜红的桃花，让你眼前一亮，不由得被"桃花一簇开无主，可爱深红爱浅红"的诗意包裹。当你看腻了红的粉的桃花，路边又会不时闪现几株雪白的梨花或紫得要流淌出来的玉兰花。

我走在花间小路上，一会儿左瞧瞧，一会儿右嗅嗅，有时踩着柔软湿润的泥土，走到海棠花下去摸摸它圆圆的花苞，有时停下来站在一棵东京樱花树下，仰面凝望着一树的粉白色樱花在蓝天里映着，像欣赏一块蓝底儿白花的布，有时又顺着被花树掩映着的小路一步三回头地往前走，随着树木的变化，眼前的画面不断在切换。城市里，已住满了春天。

庄子语：天地有大美而不言。大自然有智慧却不说话，人可以通过自己的感官去接受它的讯息，汲取它的精华。所以古人很早就知道了独与天地精神往来的奥妙。如果一个人感到孤独，这恰好是宇宙安排来让你与天地做朋友的，因为只有一个人的时候内心才能空静到可以倾听自然的倾诉。李白有"相看两不厌，只有敬亭山"，王维有"人闲桂花落，夜静春山空"。那些领略到大自然奥妙的人，无不是在孤独中通悟的。

我流连于花木丛中，那一朵朵一树树的花儿是大自然安排来的精灵，它们围绕在我的身旁把世间最美好的精华呈现给我。那些鲜美缤纷的花的气息像深谷里流淌出来的清泉，不断地冲洗着我的身心，感觉自己像新生的婴儿，眼前的世界是如此纯洁美丽，生活是如此温柔美好。

公园旁边的马路上，有骑着自行车或摩托车的人向着我这里看，面容里含着欣赏的喜悦。我不知他们是在看我还是看花，或许，他们就是在看春天这幅画，我也成了画中的一景。

卞之琳有诗："你在桥上看风景，看风景的人在楼上看着你。明月装饰了你的窗子，你装饰了别人的梦。"世界如此繁华热闹，你作为生命，只管存在在这里，你只负责你的繁茂、盛开，必定丰盛具足，生机盎然，这就是吸引。你的无限活力自然带给世界以光明，这便是我们个体对于世界的意义。

内心充满爱的人才能看到世界的美好。在这充满了欲望的尘世里，唯有修一颗纯净的心，生命才能开出爱的花。到大自然去走一走，把自己放进春花芳草中泡一泡，让草木的灵气净化身体的污垢。倘如此，当你从山花幽谷走来，踩着悠悠荡荡、闲闲碎碎的步子，走进浓浓淡淡、深深浅浅的诗情画意里，你已是那明净的仙子，生活于你，处处皆见美好。

随我到山里来听雨

清晨沐雨爬山，走进林中，看那雨水顺着郁郁葱葱的枝叶一层淌下一层，响声随着雨势，时骤时疏，时轻时重，朦胧中陡生一种静谧、和谐、悠远的美妙情感。

雨点拍打树叶、滋润花草、敲击发梢、亲吻我的额头、筛落水面的声音——使我想念起杜甫在春天里手舞足蹈放声高唱"好雨知时节，当春乃发生。随风潜入夜，润物细无声"；还有南宋词人蒋捷的那首《虞美人·听雨》，对雨从感怀到慨叹，更是把人生的悲凉况味传颂至今，简直痛彻心髓。我没有经历历史上那些山河破碎、凄风苦雨般的日子，自然也就没有如古人那般"秋来叶上无情雨，白了人头是此声"，对雨声会那么地百感交集和痛彻心腑……

可是，儿时生活在乡下，最怵的就是雨，雷鸣电闪、风狂雨骤，令我惊恐万分。因此，每逢雷雨夜，我常龟缩在被窝里，以幼稚的心灵感受大自然的神经，带着惊恐惶惑，迷迷糊糊地进入梦乡。即便是和风细雨，我也不大喜欢。因为我家离学校有好长一段路程。那时，家里穷，没有雨伞，只有一个锅盖大的大竹笠，用它避雨难免衣裤淋湿。冬春时节，没有雨鞋的我雨天赤脚踩在凉冰冰的地上，更是难受！所以，那时听到嗒嗒的雨声，于我绝不是一首抒情诗，它带给我的是一种湿漉漉的难受和一层苦涩涩的无奈。

长大以后，也渐渐喜欢起雨来了。然而，身居闹市，已经难得再见山村那种雷鸣电闪的豪雨，除了沿海台风登陆那种狂风拔树的骤雨和暴雨，水泥房顶也使雨没了那种"嘈嘈切切错杂弹，大珠小珠落玉盘"的韵致，因此每逢下雨，我常常生出一种遗憾。

宁心静气地倾听那淅淅沥沥的雨声，简直就是一种难逢的天籁，对于当今污染严重，整日笼罩在电视音响和汽车摩托喧嚣声中的城市人来说，不止是一种休息，一种调节，一种陶冶，一种享受。听，雨声是大自然与你的絮语，它轻轻地搓揉着你的心，削去你因忙忙碌碌争名夺利而生的郁闷和烦乱、疲惫和冷漠，唤醒你回归大自然的亲情，找回你那颗失落的平常心，带给你一份平和的心态，让你变得更加清纯唯美、安详可人，从此迈向生命的圆满。

朋友，请随我来！下一次，我们一起到山里来听雨！

独享三月天

难得的惬意周末，被窗台外叽叽喳喳的小鸟吵醒。气温不冷不热，却是正好。抛开两点一线的倦怠，晃晃悠悠驾车经龙泉古镇洛带、金堂古镇五凤溪、青白江杏花村去了趟云顶山。带着久违的心绪，忘记平时的压抑，我穿行在三月的时光里，穿行在春天的明媚里。

道路两旁，行道树一一袭来，又一一退去。那些被人削了头的白杨，仿佛已经淡去新伤旧痛的羞涩，片片新叶勇敢地探露出来，完美取代曾经的老叶，兀自在春日特有的和风里，摇摇曳曳，泛起阵阵绿色的波澜。傲娇的银杏，已满树披绿，抖落了冬日的光秃与沉寂，把春意写满枝与干，任由我的目光肆意掠视。就连其貌不扬的小叶榕，此时，也迫不及待地抛头露面，将新芽与嫩绿顶在树梢，矫饰着平日里的灰头土脸。

烟花三月，是属于花的时节，花的世界。"草木知春不久归，百般红紫斗芳菲"。桃花红了，李花白，蔷薇紫了，菜花黄，就连田边地头那些不知名的朵朵野花，也润泽在三月的和煦里，争先恐后地摇曳红尘，平分春色。设若风雨入夜，杜甫挥毫"晓看红湿处，花重锦官城"，孟浩然慨叹"夜来风雨声，花落知多少"，三毛则书成《梦里花落知多少》。

沱江河两岸，芳草萋萋，绿意泼洒，株株小草，沐浴阳光，昂首挺胸，直立向上。一片一片，远远近近，着墨浓淡，写意春天。层层叠叠的黄色小花，装点其间，金色荡漾，丛丛簇簇，一路铺展，亮缀大地，醉了情怀。

绿道上，草地旁，行人来去，或快或慢，装备齐全的骑游人，穿梭过往。有那闲适的，淡定在绿荫下，三三两两，围坐一处，或闲聊，或对弈，或静默,挥洒着三月无限的春光。孩子们,滑着滑板,嬉笑着、前行着,任后面的爷爷奶奶深情地呼唤,细心叮嘱,也任沱江河的水与水鸟悠悠远去。

爱车陪我在外划了一个圈,不知不觉行至家门附近。天鹅堡小区那一排排的梧桐,早已绿意融融,近处的紫荆,远处的银杏,还有旁边三角梅编织起来的长廊,一起筑起了名副其实的绿道。

回到精心筑建的小家,到得阳台,把几盆正艳的兰草安排上客厅里的花架,进平台花园将红似火焰的君子兰移到我书房,最后入屋顶花园,为桂树、栀子、蜡梅、橘树、无花果、山茶树梳理枝叶……我,就这样继续行走在这三月里,走在春天里。

花枝上的鸟巢

三月里的黄昏,携女行走在龙泉山天鹅堡外的步道。天空湛蓝,余温缠绕。几缕清风拐过围墙拂来,柔柔地细说花的馨香;几片阳光斜斜地透过树梢,金波在草丛中暖暖地微笑;几丛草问候着春天,几棵樱花树正预告着春天。又是一个春天!旁边的幼儿园正是放学的时候,一群孩子如同归巢的鸟儿,背着小书包扑向草地。他们在草地上打滚,假装熟睡,嬉戏……嘻嘻哈哈,多像一群快乐的小天使!

"爸爸,你看,花枝上有个鸟窝。"身边的女儿兴奋地指着前面路边一树花说。我们走近一看,果然是个鸟窝。一团金黄的干草,温暖、柔软,一个圆圆的小窝,精致玲珑。鸟窝就筑在花枝上,诗意、美丽,仿佛是花枝上一团温暖的爱,一个动人的传说。我细细地揣摩着,这该是一对怎样的鸟雀?怎么会想到在花枝上筑巢呢?它们是不是听懂了花儿的语言,该是个多么温暖的家啊!这真是对精灵儿!怎么想到把家安排在馨香的花丛中呢?这是神鸟般的举动啊!花枝因为有了鸟巢变得温暖,鸟巢因为花枝的点缀而变得浪漫。我的心思因为鸟巢、花枝还有树下可爱的女儿,变得明朗欢快起来。

好想写诗!只想写诗!我开始诗意地畅想。鸟儿住在这样的巢里,清晨,当它睁开蒙眬的睡眼,就可以读到花朵的微笑,欣赏到花芯里晶莹的露珠。

它还可以和花瓣儿说说话，逗得她拥有粉红的陶醉。当它开始歌唱时，歌声里一定沾满花的馨香，闪耀着亮晶晶的幸福。黄昏来临时，鸟儿们衔着夕阳的柔波，驾着快乐的畅想，轻盈地落进巢里，对着花瓣窃窃私语，花瓣儿一定会伸过头来，用自己嫩红的脸儿轻轻地蹭着鸟儿。花朵一定还会呼唤鸟儿坐在自己的花枝上荡着秋千，荡呀荡，荡出晚风缕缕，荡出星星满天，荡出笑声阵阵。当圆圆的月亮镶嵌在湛蓝的天空时，花枝上的鸟巢一定更美。银色的月光碎碎洒落，花儿裁剪梦的衣裳，织向灿烂的明天。鸟儿轻轻踏着，踩出行行小诗，谱出曲曲旋律。

微风吹过，月光涌动，我们会听到花开的声音，看到鸟窝里天使的心在闪烁。

夏天的雨

清晨被窗外的雨声吵醒，在床上眠着不肯爬起，下雨是一种令人欢喜又令人烦的事情。

赤热炎炎，汗流浃背，让人闷得发慌，一场大雨使身体感觉凉爽舒适。然而，稀里哗啦，绵绵延延，水流四溢不见天晴，影响出行，不方便生活，还带来次生灾害，又叫人忧。在辗转反侧中儿子上学的小闹钟叮叮当当，让我睡意全消，翻身起床，烧开水泡茶，想独坐阳台看会儿书。

目前，我大多只阅读四类书籍：法律、心理学、散文、医学保健。藏书倒是不少，常常苦于没有时间一一阅赏，即便有点空闲，也是头重脚轻、身体疲惫，不得不补头天上班失去的加班觉。茶还没有开始喝上，书本也还没选好，儿子拎着书包准备出门上学了，我望望屋外的滂沱大雨，越下越有劲，天色乌黑有些压抑，就叫住他，我决定背儿子去上学。儿子喜出望外，半推半就趴在我背上，撑一把小雨伞，父子俩出了门，一头扎进雨雾中，才发现儿子不会撑伞，不高就矮，不偏左就偏右，我在反复指导无果的情况下，就干脆让他只管着自己，不要考虑我了。于是，我的头和大半身子便暴露在雨里，这样虽然不好，但总算护着儿子不受雨淋。护犊之心冉冉而生，可是，我们走到了小区大门口时,看见好些上学的学生人群,儿子可能不好意思了,便开始在我背上不停地扭动,嘴里不断嘀咕着要下来自己走。天上雨点好大,地面到处积水,在急走过程中,我的脚都已经磨了泡,我顾及不到了,心里想要儿子衣裤干干地坐在教室里读书学习,所以强行坚持把他背到学校那条街。

回到家中,洗过热水澡,坐在阳台上看书、看雨、写文章。"茶也醉人何必酒,书能香我不需花",下雨天,双手捧书,与窗外雨里的百草一同贪婪体味清新,草在雨中笑弯了腰,而我在书中陶醉了自我。多读一本书,多活一种人生!

夏天的雨啊,我说不清是喜欢你,还是应该烦恼你了!

晨登龙泉山

工作和居住的天府龙泉驿,近城近山。闲暇之余,偶尔也去登登山。今晨心情颇好,儒儿还在睡梦里,我悄悄地披了外衣,带上门出去。

万山含黛,迷雾层层,笼罩山岗,沐浴绿色的碧波。山,那么秀美,止身俯瞰,林海茫茫,好一个天然氧吧!泉,虽不清澈,稀里哗啦和着山间溪流的韵律,裸露的肌肤还感丝丝寒意。藤蔓护卫着山林的春绿,晨光折射进我阴郁的心田,层层无名的灌木花草,展示着大自然赐予的无限生机。我置身于绿的海洋,踏着碎步,向上的思绪在风中飘扬,憧憬甜蜜生活的意境,在山间回响,偌大的龙泉山鲜活而灵动,高山流云空旷而高远。像雾像雨又像风,看不够摸不透的未来令人神往!远离了都市的嚣喧,走在绿香沁漫的世界,是"荡胸生层云"的恬然。亲一口清新的山岚,滋润激越的心肺;品一杯悠远的香茗,洗涤尘俗的烦恼,那是何等惬意的人生美事。此时的快意感,就像美猴王走进了花果山,诗人来到"不知有汉,无论魏晋"的桃花源。呵呵,下雨了,丝丝春雨爱抚着大山,浇灌着我的久旱心田。累了,歇一歇,看看山,闻闻叶,想想人,说说事,没有了心底的结疤和惆怅……贴着大地的草坡,谛听大地的心跳;扶着参天的树木,珍藏美好的祝福;品着新鲜的空气，放达劳累的身心；拂心灵之云朵，随纷飞的彩蝶尽情地飞翔……

不知不觉回到家门前，轻轻开门进去，什么声息也没有，赶快唤儒儿起床，不然上学就要迟到了。

心中的芙蓉花正盛开

我正准备去四川师范大学出版社交书稿，忽又生出"出一本书不知要耗费多少树木来制作纸张"的怪念头，于是决定不开车而来一次绿色环保出行。

早餐后，步行到三千米外的公交站，一路清风拂面，到达公交站时，正好赶上开往城东客运站的332路公交车。或许是还早的缘故，车上人不多，我选了个靠司机背后的座位，好观赏车外风景。公交车摇摇晃晃走走停停，行进得十分缓慢，好在我不赶时间，也正好体味一下多年来因开车而久违了的出行方式。望着车窗外慢慢后移而至渐渐隐退的绿道、路树、车流和高楼不断交错，我刻意放空自己的心境，想让大脑腾出一些空间，好捋捋见到出版社编辑后要说的话。突然，我惊奇地发现这条通往成都的大干道两边的行道树，开满了大朵大朵鲜艳的花儿，坐正定睛仔细观看，发现那全是芙蓉树上的花，此时正在枝繁叶茂间对着我笑着，红的、粉的、白的、黄的，犹如少女的心花。我的心绪为之一束——那不是我的最爱么？瞬间，我的全部思绪为之所引，不由得我全情关注。我把脸紧紧贴着车窗，忘情、贪婪、欣喜地寻找着那姹紫嫣红，恨不得全拥进怀里使劲地亲吻！

芙蓉花为成都的市花，成都人喜爱也就罢了，而我住在离成都二十多千米远的东部郊区龙泉驿，却不知何故也独爱这芙蓉花！从小到大再步入中年，不管身处何地，一见她婆娑倩影，浓情蜜意顿生，仿佛回到少年时的学校操场，站在那株开满粉红色花朵的芙蓉树下，回到我那柔情似水、豪气冲天的花样年华。啊！芙蓉花！您的花期不是在立秋过后一直开到深秋仍不败的吗？想不到，我们能相逢在这热浪翻滚的七月天！我能不为之一振乐笑满天么？

谢谢您啊！我心中的吉祥，给予我美好，令我憧憬、永远向上的芙蓉花！

出版社到了，我要下车了，可以亲手抚摸吻一下你了——我牵挂的芙蓉花，一年四季都开在我心中的芙蓉花！

带着这份欣喜，这份芙蓉花盛开着的美好，我把《朝露夕语》的第二次校对稿交到责任编辑余老师的手上，原想跟他交流的那些话，此时竟然忘得一干二净，什么也没说就匆匆离开了编辑部，心驰神往地向着芙蓉花丛奔跑而去。

荷塘雨色

九月的一个星期天，秋雨时缓时骤，整个天气略显沉闷，迎着稀疏的雨点儿，我们一家三口（喔，应该一家四口才对）来到昔日桃花红遍的书房村，发现了一块美过朱自清笔下的荷塘。

荷塘坐落在四周挂满葡萄串儿的田土中间，顺一条曲折幽深的水泥小道就到了。荷塘周围一半被垂柳包围，每棵垂柳都有不同的风姿。有的亭亭玉立，如一位娴静的少女；有的拧着身子，将树冠探向一个方向，像一名淘气的孩子在与同伴捉迷藏；有的则横卧在水面上，柔软的柳枝轻拂过水面，为荷塘增加了不少生机。无数的小鸟在柳枝间歌唱，秋蝉在远处的杨树梢欢唱，周末的荷塘并不寂寞。

大雨刚过，细雨未停，满塘的荷叶与荷花慢慢挺立起来，少了晴天里阳光下的挨挨挤挤、花与叶争着抢着显露自己红绿精神的热闹，多了一份相互依偎、共同支撑的温暖。上层的大荷叶慢慢舒展开来，偶尔在风里摇一摇，若恰巧能将落上的细雨旋成一颗大露珠，那不论是静还是动，这颗露珠就很耐看了。叶不动时，看的人盼着来一阵微风；风大了，看的人就为这颗露珠心惊胆战，怕滚落下来惊扰一个美梦。倘若运气好，来时刚好雨过天晴，一颗大露珠可能会在荷叶下的水里折射出七彩光。今天没有太阳，这个景致就寻不到了。小荷叶在水面上露出头，没有风雨时，小荷叶是很难出头的，被大荷叶遮挡着，现在小荷叶成了小青蛙的乐园。无数的小青蛙先由水里跳上小荷叶，再跳上大荷叶，大荷叶在风里一摇摆，小青蛙又落回水里，不甘心再跳一回，胆小的小青蛙则蹲在小荷叶上观望，荷塘边的泥石上不时传出老青蛙的叫喊：是传授在荷叶间跳跃的经验，还是像老人厌烦孩子的喧闹一样喝止他们的吵闹？我不得而知。

荷花收敛了自己的美丽，如一名亭亭玉立的少女，娴熟、端庄。在颤颤的花尖上，可能有一粒露珠。偶尔一株花柄出水很高的花苞上，会落上一只艳丽小巧的翠鸟，一朵花哪堪承受哪怕是一只鸟啊！摇晃的花柄惊落了旁边荷叶上的露水，清脆的滴水声、翠鸟落脚时的欢喜和不得不飞起来的惆怅，给荷塘增加了无限的情趣。我想，这只鸟一定是故意的，她明明知道一朵花不是她真正要找的落脚的地方，肯定是她也喜欢这美丽典雅的荷花，在荷花惊艳绽放时不忍心下脚，就在岸上的树丛里等着，挨过了漫长的一天，直到傍晚看花要安睡了，才忍不住来倾吐一下自己的仰慕和倾心，要不为什么那么多落脚的地方她不去，偏偏来这朵花梢呢？那朵荷花用摇摆吓跑了自己的追随者，却像一位羞答答的少女冷不丁遇上情郎一样，扭捏了好久才安静下来。

天色重乌起来，雨丝密了，又要来雨了，"云起风生归路长"，赶紧携妻带子向着家的地方，踏上了归路。再一次回首，作别这片风景独好的、可以常作梦境的、美过朱自清笔下的荷塘。

素淡人生　秋情满怀

一片片落叶回归大地，一场场细雨叫醒秋天。秋天是收获的时令，是满载金黄情怀的季节。

秋日的天空，在雨水的洗礼后，变得格外纯净。像蔚蓝色的大海一样，秋姑娘召唤着，几堆如棉花糖一般的闲云。一阵清凉的秋风拂过，"棉花糖"仿佛被"小绵羊"舔舐得无影无踪。天边又飘来几朵白云，像几尾大鱼儿，在随意地游来荡去，仿佛在海面上飘浮；忽而白云又变成几匹骏马，腾空跃起，似乎要奔向天尽头……秋日天空就是如此迷人的，仿佛一个巨大的谜团，诱惑着人去仰望，去探索，去揣测，去寻找儿时那无忧无虑的梦想。

在岁月如歌，秋空似诗的季节里，别忘了抬头望望天空，享受这秋高气爽的诗意生活！此时此刻，可以不必说话，安安静静地，看阳光洒满大地，感受温热明亮的光芒；听落山风穿过树林，发出哗啦啦的清脆声响；再伸出双手，剪一缕轻风，捧一汪清泉，抱一抱生命的温度和颜色。

凉风来信，一叶知秋。芭蕉枯萎一点点愁落。连日来几场绵绵的雨水，消退了盛夏的余热，人间顿时入了秋。初秋，就像一位素净温婉的女子，不动声色地穿过时光的罅隙，晕染了季节的眉梢……

夏意犹未尽，忽觉秋已来。蝉儿还在枝头鸣叫，透着无奈，嘶哑着最后的离歌；秋荷还在风中摇曳，透着残意，落尽了夏日的芳华。只有天边那朵流云还跟往日一样，漫无目的，悠然而孤独地飘荡，只是平添了几分沉静与惆怅。

我以为这清浅的秋，是四季里最富有诗意的季节，它靠自己独特的意境惹人动情。风是轻的，雨是柔的，云是淡的，空气是凉的。而我心头能想到最美好的词汇，也无非是：辽阔、静谧、恬淡、寂寥、深远、绚烂、秋高气爽……一黛云雾缭绕的远山，一江清明如镜的秋水，一叶静如处子的扁舟，几株风中飘摇的芦苇，数只静水流深的白鹭……秋意在人间有条不紊地撞击着我的漫不经心。

浅秋，是一缕掩藏在岁月里的温润，是一抹荡漾在水波里的温柔！是一本禅意深远的诗经，是一幅浪漫恬淡的水墨画，是一曲涤荡心灵的秋日私语……

若说伤春悲秋，秋天确实最能勾起人百转千回的愁绪。特别是在寂寥落寞的日子里，特别是沐浴在缠绵悱恻的秋雨里。被雨水淋湿的心，有些薄凉，有些惆怅。

听风从耳畔拂过，让人惊怵时光的飞逝，一年已过一半的光景；让人感叹生命之秋，原本就是渐浅渐深的。此刻，无论思绪是迷离还是清晰，就让这秋风的温柔，化解夏日里所有的遗憾；无论心情是厚重还是飘逸，就让这秋雨的缠绵，洗涤夏日里所有的忧烦。自以为，在这个纷繁复杂的世间，要学会，存七分烟火，以度俗世；存三分诗意，以养心灵。既然自己未必能活得繁花似锦，那就只需保留一颗平常初心吧。你若深情，烟火的日子里也可盛满诗意；你若热爱，漫长的岁月里也可静水流深。是啊，心若有爱，世间有情；心若有情，万象更新！

如果可以，我愿意独守着轮回的四季，见证着叶子从疏到密的神奇，聆听着花开花谢的声音。

如果可以，我愿意独坐在明亮的落地窗前，任阳光呓语般地轻柔落下，看空气里尘土飞扬的光影。

如果可以，我愿意独坐在幽深的院落里，看石阶上的青苔肆意滋长，听秋雨滴落芭蕉叶的轻响。

如果可以，我愿意独守在寂寞的流年里，去秋水长天的岸边，静看天边的日落烟霞。

如果可以，我愿意独坐在最深的红尘里，相守在时光老去的渡口，看那天边消逝的南飞雁。

愿这个秋天，不被乌云所蔽，不被风雨所侵，不被俗世所染。愿这个秋天，所爱都是澄澈，所遇都是温良，所见都是美好！

四季素淡，清浅而行，每一寸光阴，都应是最静好的日常。不必与得意之人探究功名利禄，也不必与不幸之人探讨人间疾苦，做自己已经很不容易了。愿此生，心为沃土，胸怀美好、宁静安然、诗意满怀、知足乐天、平淡度年华。

秋季到龙泉来看山

国庆大假第四天，轻装朝着龙泉山一路进发。一个多小时后，终于站在适合自己的峰顶，向下俯瞰，视野和心情不断开朗辽阔。

四方的云幕慢慢拉升。不多久，长长的横向的山脉只剩下两座山头。我饶有兴致地，眺望着，等待着。我估摸，这两座山头大概会同时被云雾覆盖。但云幕的变化，并没有按照我的思路走。先是偏南的山峰山帽不见了，随后偏东的这一座，尖顶的一部分还露在外面，正如身穿白毛衣的人，全身白白的，只有一个头在外现身。云幕的变化并不均匀。对最后的山头并没有迅速淹没，而是斜斜地露出了更长的身段。这不断变幻的云雾，让我感到非常惊奇。这魔术般的变化，是大自然神力的杰作。偏东的山头终于隐身，偏南的山头又露出了脸,很有点轮流"登台"的意思。这真让人,觉得不可思议。云层的流动没有停止。又过了一会儿,两座山峰的山帽都不见了,一切笼罩在浓浓的云烟之中。

龙泉山相对的远处,是西岭雪山的踪迹,在更高更远的地带,此时看不见一丝的轮廓,它和高天的流云已经完全融合,看上去天地一色,浑然一体。多么奇妙啊,这秋天的山峰,这秋天的云雾!这曼妙的云雾,亦真亦幻。布陈仙境似的景象。

此时,天空里虽然还是乌云密布,但偏东的一处,已经显出亮色。这充满灵气的云雾,仿佛受了这亮色的招引,开始渐渐地散开,渐渐地东移。那苍翠的山峰,又重新露出了清秀的脸庞,露出了绿意盎然的腰身。这是我晨间的视野大餐。这神奇变幻的云雾,充满动态的美,在人的观察中不知不觉发生演绎。山的身体,在云雾的装点下,时而裹紧身体,显出神秘的美韵;时而云纱半掩,显示绰约的风姿;时而云烟一空,让山体裸露纯美的胴体。这飘逸灵性的云雾,透出浓淡的美。时而东头浓,南方淡;时而东头淡,南方浓;时而东南一色,浑然长龙一条,横卧东南。时而烟消雾散,山体自显静美。这充满爱意的云雾,在秋天的时序,尤其像一个化妆师,为远近高低的山峰画出不同的色调。早晨的山峰清新撩人;中午的山峰高光亮丽;傍晚的山峰沉静迷人。如在晴天的下午,这眼前的风景,则是另外一番景致。

西头的阳光,投向远近的山峰,层峦叠嶂的层次,会非常清晰地显现出来,犹如一幅立体的巨幅画像,让人沉醉。由近及远,横卧的山体由翠绿变成浓绿,再变成灰绿。颜色自然渐变,一点没有突兀的感觉。龙泉山最远的地方,在阳光照耀下,显出灿灿金光。这画面,让人如痴如醉,令人生出无限遐想。那横列的山石,此时正如一块巨大的金砖,让人想到洪荒的背景,仿佛是神仙云游到此,不留神,将这金山遗落人间。这金子一样的山,又让人觉得像是一面横放的铜镜,映照日月,映照长天。直到日落西山,西天彩霞飞,东头黄云聚,山的"金粉"渐渐变暗,但山与云的界限却越来越模糊,直到天山融合,天色,才渐渐沉入秋虫飙歌的夜幕之中。

站在山高处,离天更近,便知天外有天的真谛。有时候,我们的人生真的需要换个角度,常看脚下,不知天高地厚;立地仰望,可能只见一方天地。路在脚下,可能不知换一处风景。那便尝试换一个角度看世界,换一种思维追逐远方。身处凡世，冥冥之中，总有不一样的深意藏在万山世界禅涤佛心。清晨池塘中的鱼儿探头探脑时不时现出来对我频频示好，满院子绿色的植物摇摇晃晃，欢快地进行光合作用，二氧化碳和氧气仿佛都活了，能让我真真切切地感受到。

活动活动身体，做几下运动体操，却惊走了木庭房椽停息的小鸟，它愤愤不平啾啾唧唧掠过我的头顶。俯身扭转开启池中喷泉的开关，一圈圈涟漪圆心般向四方扩散。众鱼儿惧怕得没入池底，不敢出来张扬，过了一会儿，感觉无危机，又开始欢快起来，露头露脸，互相嬉戏，追波逐浪……

天空中的白云，露出笑脸。我眯着眼睛，回坐书桌翻开一本古旧的山水书画史。密密麻麻的文字，活像道道音符，奏出动听的旋律，从我耳边擦过。自然的气息，从花草丛中散发出来。几只勤劳的蜜蜂沾上了花粉，四处传播爱的种子。

我合上书，书签上还浅留着淡淡的书香。我俯身而望，摘一片花瓣，惊扰了工作的蜜蜂，爱的种子也没能进入雌花的怀抱。我浅浅一笑，将花瓣夹在书中，作为自然给我的礼物收藏。

清晨的万物，包纳柔和的光。洁净的空气浸满整个鼻腔。浣纱一般的薄雾气珠，静静地流动，作为生命的源头，钟和表都在为之转动。

自由的小鸟，趁着天气晴朗，快乐而悠闲地寻找美味佳肴。

寂静的清晨，属于早起的我，风儿顽皮，轻轻翻越我的窗户，拨动着我的发梢，我伏案扬笔，将这一幕幕所见所感的灵动景观，用文字绢绣在我美丽灵魂的最深处。

愿做山涧野菊花

周末的早晨，我从城中回十几里外岳父母居住的龙泉山脚小乡村探望他们。当我驱车路过山野，远远看见那些灌木丛中，杂草旁边，石头缝里，粉黄耀眼的野菊花，心中不由得神清气爽，说不出来的一种唯美和欢畅。

此时的北国怕亦是雪花飞扬，天寒地冻了吧！而我所处的成都平原之东龙泉山脉，仍然阳光明朗，风儿清爽，一片秋的金黄。

我喜欢黄色、喜欢金黄，因为玉米是灿黄，稻谷显金色，还有那黄豆、橘子、南瓜……它们都在预示丰收在望和颗粒归仓。

我顾不得体感，全开车窗。感受微风轻拂，聆听野菊花在山涧曼舞歌唱，竞相开放，花香四溢，沁人心脾。此时此刻，入耳有动听的花语，入眼有艳丽的花朵，入心有丰收的喜悦，怎一个了不得的"希望"在胸腔蔓延燃烧！

野菊花，我赞美你的金黄！荣辱不惊，不骄不躁，经过岁月的风雨、提炼、浓缩、沉淀、烘烤，从南到北，从东到西，从沙漠到荒岛，都可以见证你的生长。在我的身上，不正缺乏着你那种处世不惊、堪染一片，任凭外界风云变幻、潮起潮落，却总是能不瘟不火、不急不躁，笑看庭前花开花落，静观天上云卷云舒的精神和风采吗？

愿做山涧野菊花，与世无争满天涯。

龙泉初冬的早晨

唤儿早起的手机闹铃六点钟满屋响彻，窗户外的天，亮得有些晚了。

厨房忙碌一阵，将棒骨汤熬煮的米饭给正在疯狂长高的儿子弄好，迎着晨光驱车出门。

花草树木都过了生命的鼎盛时期，开始半荣半枯，新芽也缓慢生长，似乎随时做着抵抗严寒的准备。自然界大部分颜色，慢慢变得不再鲜亮，树叶也逐渐凋落，只剩树枝光秃秃在树上，尤显孤单。肆虐了一个夏季的太阳也收敛了暴脾气，受到了初冬的教训，变得萎靡不振，人们都还在不冷的气候里暗喜，一出门就打个冷战，明天一定多加衣。

今年的秋天阴沉沉的，阳光明媚的少，像做错事的孩子似的，希望人们注意不到它的存在，不由让人浮想这个冬天不知该有多冷。初冬的清晨已经颇具寒意，温度开始走低，慢慢渗透进我们的生活，心情会受季节的制约和影响吗？人们已经陆续开始进入了一天的生活，脚步欢快依旧……

早安，初冬的早晨。

早安，热爱生活的人们。

早安，芙蓉花城。

带上心灵去散步

年假开始了，我的心一下子放松到了最佳状态。

晚上早早上床，睡前一直在盘算计划着，假期里想要完成的事情：去进修一下心理咨询、看一本自以为的好书、来一次长度旅程、回一趟儿时的山村……想着想着，不知不觉就睡着了。

今天清晨六点醒来，翻了翻《发展心理学》和昨天儿子的看图作文，换了一身轻装便出门爬山。一路上，鸟儿和鲜花伴我，踏着青石阶，行进在丛林里，夏日里的树叶青翠欲滴。我安静地用眼光抚摸着沿途的风景，心如止水。微微晨风中，你看那树的姿势，它的直，它的弯，它的摇动，它的树皮，它的树皮上的苔藓，它跟别的树之间的关系，它们那么多树所构成的图案网，还有树与树之间所弥漫、看不到其流动却让你感觉到流动的雾霭。于是，树下的野草劲长，树上的枝叶竞绿，枝叶与枝叶间衬托、掩映，风与树叶在玩耍……

原来这一切都是这么美好和静美的。你就会觉得：世界，其实很丰富；生活，其实也很丰富。突然间，感到人生是多么美丽灿烂，如路边悄然绽放的花朵，如一杯越品越香的醇酒，历久弥新的真情，只要你善于发现，你就会在平凡中发现美丽，就会在欣赏自然时顿悟人生。啊！我不是为爬山而爬山，为散步而散步。朋友们，来吧！随我一起带着心灵去爬山散步，再做一次心灵的按摩！

银杏叶儿漫天飞

秋已逝，冬已深。如期而至的轮回，除却伤感，了然无剩。

昨日携妻带子回乡下房屋边，一排金灿无比的银杏林让我惊为天人，随即树下玩弄飘落满地的银杏叶，笑意浅生，满足地离去。暗想，来日定为这良辰美景赋文一篇，以慰大自然的馈赠。无法抽身于细琐尘世，或许他日待我再来之日，却早已叶去枝空，徒留萧瑟。余下的，怕只有叹息和追忆。遂想起一句话："花开堪折直须折，莫待无花空折枝"，不禁莞尔。

万事万物莫不如此。抓不住秋的尾巴，就只能在冬里遗憾；赶不上季节的末班车，就只能在错过里追悔。回头想想，有多少个饱含生机的日子，从我们挥霍的指间溜走，却道"白驹过隙，韶华易逝"；有多少段天长地久的感情，从我们那颗不懂珍惜的心上踏过，却感"正确的时间遇上错误的人"；有多少次稍纵即逝的机会，从我们的措手不及中飞远，却恨"英雄无用武之地"……错过了现在，就等于迷失了将来。

有人曾告诉我，如果想在一片枯枝丫中找出银杏来，那就看它的树干，因为无论它的侧枝如何斜长，总有一枝主干是永远向上的。好一棵银杏！冬日里，它没有选择萎靡低落，而是继续笔直傲立，享受暖阳，用一颗快乐的心，迎接来年的活力生命。植物尚且如此，遑论我们。冬或许是最不受欢迎的季节，它冷酷，萧寂，索然无味，但造物主赐给这一季的美丽，唯有用一颗积极热烈的心方能感受。我们无法改变生命的长度，却可以试图改变它的宽度，用力并用心抓住所有停驻在你身边的美好，并且享受，懂得品味生命的人，本该如此。

是谁说过，学会在冬天里快乐，才不会在春天里悲伤?！

下雪了

前两天还是艳阳高照，气温在 10℃ 左右，一种给人奔向春天暖意的错觉。今天温度竟然倏忽降至个位数，早上送儿子上学出门的时候，冰冷刺骨的风吹在脸上，像刀割一样疼。我一头扎进车里开启汽车空调，却并不见得暖和多少，仪表盘上还亮起了一个小雪花。沿路的行人都是大衣裹体，穿靴戴帽的臃肿体态。一切都在真切地提醒我，什么样的季节就该呈现什么样的光景。尽管我们沉溺在暖冬的怀抱中不愿醒来，毕竟数九时节，隆冬的脚步向来是如约而至，直截了当，锐不可当，要不也不叫冬天。

冷雨中夹了一点小小的雪籽，丝毫没有北方雪花一片片，从空中簌簌往下落，绝不像什么鹅毛，顶多算小鹅身上抖落的绒毛，但也足够让我们一向被冠以温和之冬、迟缓之冬的成都平原龙泉山脚下的南方人，惊喜若狂，奔走相告，兴奋好一阵子。

似乎雪在南方人们心中有着不一般的意义。或许因为雪花是冬天最明显的标志物，幼小时，不下雪不冰冻就不算冬天的顽固思想，人们通过它可以简单直观地接收冬天到来的信号，而不是天文学上说的"立冬到立春中间三个月时间"，也不是气象学中所说的"连续5天日平均气温低于10℃"。初雪即入冬。季节更替在热爱生活的人们眼中，倒是可以作为一个撒欢庆贺的理由。或许是雪花洁白剔透，寓意美好，昭示着洗白、重来、新生，这自然而然令人向往。又或许因为下雪给人们带来了堆雪人、滚雪球、打雪仗等一系列童趣盎然的娱乐活动，让人可以畅快淋漓地打闹、欢叫、大笑，从正襟危坐、谨小慎微、战战兢兢的现实生活中短暂地开溜，返璞归真，获得一种心灵上的驰骋和自由。再或许，初雪启封了一年中最后一个季节。这一年或有艰辛，或有泥泞，或有坎坷，但我们还是跌跌撞撞地奔向了终点。不远处即是红红火火的春节和草长莺飞的春天。生活不易，总要给辛苦一年的自己一个慰藉，一个鼓励。

冬天真的这样美好吗？我的记忆无论如何也摆脱不去，父亲毫无征兆，说没就没了。四十多年来拥有父爱却不懂珍惜的点点滴滴，痛彻心扉的遗憾，和父亲短暂相处的生活碎片，在时光罅隙里，无数弥足珍贵的场景给自己烙印的真实低至冰点的波谷感受。再想想过往的年岁，那些太多的灰头土脸的瞬间。

其实这一年，我经历了很多重要的事，相信你们也一样。这一年，我有过无数个垂头丧气、黯然神伤的瞬间，相信你们也一样。这一年，我很多时候觉得前路漫漫，毫无希望，相信你们也一样。但是我过来了，带着对往事无限的感慨和对未来无限的畅想，相信我们都一样。

那么，何不趁着初雪纷纷、晶莹剔透、白璧无瑕，为自己、为当下，好好干一场呢？因为，南方的雪不是每年都见得着呢！而我们的心情却是完全能够由自己来主宰掌控呢！因为，瑞雪永远兆丰年！

情溢龙泉冬

这一生最美好的事情就是遇见龙泉！我喜欢这儿的水，这儿的山，这儿的人，尤其是这儿的冬天。

时间太快，一转眼的刹那，又一个秋天变成了历年，唯有几片孤零零的黄叶，仍挂在枯枝头摇摆。再过些天，冰凌花或许该盖白陌上草野，敲光白果树干。

人生不轮回，四季总依然啊！没有什么来日方长的相遇，也没有什么永不分离的恋爱，所有一切都是在猝不及防的转瞬之间完成，快得只剩下匆忙的被动接受与无奈被光阴治愈。

人到中年，人间向晚，细雪纷纷，秋收冬藏，也该让秋天所有的故事，都藏在立冬的雪花里。冬天，一年四季的结尾儿，更是预示着，又一个新年的开端。

今夜，日光落进黄昏里，晚霞羞躲乌云层，天际的遥远还未被黑暗浸染完，浣纱雾沐似沾过牛乳奶。带着些许欲说还休的青涩，青黛色的黯然里又带着橘色的蓝。而此时一颗明亮的星辰落在上弦月的旁边……

东有紫霞山，星月相伴；南有龙泉山脉，北望成都平原，而今的东安湖更像是落在情人眼角的朱砂痣。愿我居住工作龙泉山下的这座龙泉城，夜夜流光，福禄满溢。我对你，是否是一场跨越千年的爱恋，穿越时间和空间……东安湖，青龙湖，宝狮湖，百工堰，龙泉湖，大地的泉眼，瑶池人间。

《星月神话》的歌词里说："我这一生最美好的场景就是遇见你……我们的故事并不算美丽，却如此难以忘记。"

天上的星辰与地上的龙泉山脉，是横跨千万年的相伴。少年学成的我，从山那边翻越到山的这边，我未见它们时便是如此，现在，我见它们时是如此，未来，我化为沉泥归于天地，它们依旧如然。想来，心中平添了许多惬意的禅羡与安然。

这一生，青春正茂，二十三岁那年，已经走过了很多四季轮回，岁岁见你，岁岁是重逢的欢喜。我知道，你从来都是我挽留不住的心之依向，哪怕拥抱不到，也甘为执念。只要都江堰的水不断流，西岭的雪还有落满眉目的一天，轻舟飘上万重山，都算得上是一场圆满。

以前总想着，若有一个人，能陪我看尽长安雪，那便是极好的。后来觉得，任凭是谁也都不行，我只想独自去见你，岁岁年年，朝朝暮暮，不愿与他人分享半分，乃我私欲之心。

想来，这一生最正确的事情就是居住并工作在龙泉；这一生最美好的场景就是能遇见你——龙泉山。每到冬日，每见冬雪缠梅，总是千言万语，情怀满满，道不尽心中爱恋。

冬天里，如果能成为一片阳光就好了

阳光是冬天最动人的奢侈品，就像一位婀娜多姿的少女，那灵动的舞姿，是生命最纯粹的演绎，是生活最忘情的一幕。

尽管可能会夹裹灰尘，但绝不会在红尘中苟且偷生、东施效颦；尽管可能遭遇黑暗，但驱走黑暗的斗志却激烈满怀，让人豪情顿生、暗蓄生机。

冬天里，每一缕阳光都是生命的坚守，每一丝光线，都在播撒热情和爱心。没有比这种爱更能感染人了，不管老人还是孩子，无论男人还是女人，来到阳光下，吹着冷风，晒着太阳，一定会忍不住跟着阳光享受温暖的节奏，临风舞动。或走，或停，或坐，或躺，沐浴其中，心旷神怡，哪怕是闭目养神，也是心灵的谐和，温暖抚摸，真情流淌——有了这光和热，就有着永不放弃的希望，有着勇往直前的信念，有着不畏严寒的精神。

冬天有雪花飘落的轻柔，有蜡梅盛开的清幽，有琅琅的读书声，有孩子的嬉笑声，天气再严酷，但生活不会停止，快乐不会阻断。寒风像刀子一样可以削去乱糟糟的思绪，切去不切实际的梦想，祛除心中的烦躁与不安，让人慢慢纯净起来，融入冬日独有的安静与祥和中。冬日，如果能成为一片阳光就好了。

古镇客家情

自工作调动以来，整一年多没有踏足洛带古镇，而今再游，心生感慨。熟悉的人、熟悉的路、熟悉的景致……熟悉的所有，一如我从未离开。

曾经，这里是我每日饭后必至之处，那时，也曾好奇打量每个过路的游客。而现在，我却以一个游客的身份来到这里，心境自然不同。然与其他游客不同的是，这儿有我的回忆，交通警察人生经历，最美好的年华在这度过。我的独家记忆里，交通管理、客家文化浸泡了我三年，很美，很满，浓到化不开。

午后，小雨淅淅沥沥。我撇下同行的伙伴们，独自徜徉在古镇里。走在石板路上，也不打伞，只呼吸着湿润的空气，静静感受那份别样的韵味，忆起那些逝去的旧日子。

工作之余，一直喜欢在饭后信游古镇。古镇的路口是一道石门，中间是拱形的墙洞，两边各有两扇砖砌的花窗，古色古香，别有风味；墙外是喧嚣的城市，墙内包裹着的才是安静的古镇。饭后信游是十分惬意的，没有压力，清雅闲心，是一天繁忙工作后最好的放松。拐角处有我的莫逆之交，开了一家手工木头雕刻作坊，专做各类自然根雕。每次路过，朋友店主总坐于小店门口专心致志地雕刻他的作品，旁边的大水杯突突冒着热气儿袅袅绕绕。现如今，像这样的纯手工作坊已不多见，朋友的执着爱好让人钦佩，再想起不知还有多少这样的民间艺术正在逐渐消逝之中，竟生出些伤感情绪来。

都说洛带古镇是古代三国时期蜀国的后花园，是个富养出来的"大家闺秀"，虽不施粉黛、不着艳妆，却有着不同寻常的气质。古镇里有大气、精致的会馆旧宅、土楼、八角井、燃灯寺等，但我却对后来仿建的博客小镇情有独钟。因为它集聚了现代人和古代人的智慧和完美，我爱它的人间烟火气和平民气质，它能让人整个儿地静下来。

总觉得越是美好的东西，越需要有颗安静的心去感受。在此，可以沿河而坐，喝茶、看书、发呆，或是看看水中倒映的五凤楼，亦可远观对面正在唱戏的热闹场面……看时光寂静流逝。

想念古镇，不仅因为这景，眷恋古镇，还因那些人、那些事。记得一个柳絮纷飞的季节里，与一个搞音乐的友人夜游古镇，踩着石板路上大团大团的柳絮，柔柔软软，不禁放缓了脚步，小心翼翼起来。友人看着我的模样，不说话。就着昏暗的灯光，我看到那掩不住的笑意开在眉梢眼角。那夜，月淡星疏，却把我们的影子拉得很长很长。经年不见的老友携酒而至，两人就地坐河岸边，伴着香甜的桂花香，小酌至微醺，细数年少时的那些事儿。初秋的夜晚微凉，心却是暖着的、醉着的。也有跟同事一道散步，闻见小铺子里油烫鸭子，天鹅蛋糕的香味，伤心凉粉的辣气，嘴馋想吃，驻足许久，不舍离去。一路走着，一路想着，不觉天色已晚，雨也停歇了。该回家了，家人们该等急了，不值班还不回去，让他们担心了。

花敞门

四川省原简阳县石板凳区莲花堰乡六大队（金山村）的花敞门，是我幼年入学堂启蒙读书的地方，也是简阳吴姓家支的宗族祠堂。四合室，大瓦房，黑牌匾，高门槛，光线阴暗的教室……出门到左手必经路旁的黄桷树，小朋友们结伴穿树洞，寻鸟窝，树下躲雨纳凉，追逐嬉闹的地方，存在着我依稀的记忆里，平时一个人不敢从那棵大黄桷树下过，因为许多大点的同学告诉我说，树上曾经见到过吊死鬼，怪吓唬人啊！

花敞门后山上是埋葬着我们吴姓家人高高祖辈分的仙人板板。那个幼小无知、胆小如鼠的年岁，曾经屁颠屁颠怯生生地跟在大孩子们后面，偷偷摸摸地爬上祖坟山看过。有几座翘角石碑的大坟茔，据说就是我方圆百里吴氏家族人的高高祖、高高娘，石碑上刻的碑文早已被风雨侵蚀得模糊不清，但还可依稀见到前清乾隆字样的内容。想必祖宗是清朝那个年间入睡祖坟山的吧！听大人们讲，他们曾是朝廷四品以上的大员。在几座大体积坟头的后面，是无数石碑及坟头见小一些的土包块，大部分碑文都被风化蚀失，成为光石板一块，它们层层叠叠，一字排开，细诉着与排头大坟及我们这些吴氏后人千丝万缕的脉缘。不管我清不清楚，无论我明不明白，这种联系，生生不息，一脉相传。

花敞门祠堂前，黄桷树为证，东南西北都有我的族人，都生活着我的亲人啊！吴大刀、吴二刀的传说，莲花堰莲花的美传，三岔坝三军九旅十八团的盛赞，方古井、秀才沟、石板凳、哨房沟……你时时刻刻涤荡我的乡愁，撕扯我的思念啊！

四季轮回，花开花落，月近中秋，昨晚我加入了花敞门的族群，仿佛回到了温暖的大家庭，长辈还给我发红包，抬爱我的才能，同辈热情交流，长辈呵护关爱……幸福的泪光中，我的祖祖吴作山、爷爷吴茂君、奶奶陈秀英、父亲吴家兴（改名吴振东），他们的面容渐渐清晰，一一呈现，就在眼前，陪伴在我们左右，寸步不离，庇佑永远。

花敞门使我懂得一生当中，总是有一些亲人，在你最在意的时间里要离开；总是有那么一些事情，在你用心维系的时候，突然伤怀；总是有那么一些情感，在你最想珍惜的时候，悄然走远。纵是要将一切重来，也是为之晚矣。因为你不曾解读，那痛失亲人的心，早已漠然！任你如何复制，它早已不再是最初的模样。至少，也是不复最初的心情。所以，一切就都变得可有，可无，可去，可留，无奈。

花敞门延续着亲情，使我明白，人生短短数十载，最要紧的是及时行爱，珍惜现在，上善若水，抓紧时间去爱值得爱的人，去忘不该记的事。花敞门聚集着我们宗亲，让我更加悟出，每一个昨天，都是过去。每一个今天，就是现在。每一个明天，只是不可触及的永远。

所以不论"昨天"给予了生命怎样的记忆或感动，我们需要的永远都是把握眼下，展望未来，而非沉浸于那些过去的痛苦留恋。因为你逝去的爱你的亲人长辈们，在天堂时时刻刻关注着你的健康，快乐，幸福，美满。

人这一生，有太多的事情要做，亦有太多的人值得我们去珍惜，不要浪费不必要的感情与精力在那些不必要负面情绪的人和事上。人之所以会烦恼，就是记性太好，总是记住那些不该记住的，而忘记一些不该忘记的。人生总是会有很多无奈，当我们无力改变时，就选择接受或者释然。谁都无法预知明天，但我们却可以把握今天。至于那些错了的、过去的，更是不必耿耿于怀。人生，就是不断解读的过程，早晚有一天，你会明白，缘起缘落，聚散分离，不过是寻常。又何须你我去伤怀，去叹息？有时候，珍惜，是为了更好地拥有；放下，则是为了更好地前行。好与不好都走了，幸与不幸都过了。人生的际遇，就像那窗外的雨，淋过，湿过；散了，远了。容不得我们许与不许，便已然不再。于是，人生，便总是从告别中走向明天。将美好留于心底,淡淡的就好;将悲伤置于脑后,遗忘了最好。

花敞门,我和我的后代,注定与您结缘。我的喜怒哀伤因您而起,我的血脉因您绵延,我的人间故事将因您而精彩。

花敞门,我的爱!您如此近,却又那样远!

山 村

久违的山村已经不再那么宁静,什么绕城高速、什么旅游环线,这些修路的机械,轰轰隆隆、来来往往、日夜不休,山体的植被破坏,四处显露岩层,光秃秃、赤裸裸,仿佛在呻吟,穿山隧洞,水泥桥墩,堆积在旁边的废料,重型机械碾压过后,坑坑洼洼的村道……我再也体验不到山村原来的安详、宁静和美丽。

路越修越多,土地越来越少,交通却越来越拥堵。环境恶化,空气污染,日趋严重,只图一时经济利益,谁又来重视子孙未来和人类生存延续?

傍晚,天色暗淡,早早就吃过夜饭,除了一团漆黑,什么也看不见。雨后的山村,到处泥泞滑土,令人无从下脚,本来缺少娱乐的村民,各自关门闭户,就连猫狗也不见了身影,村里没有数字电视,所选择的节目不多,小孩子们看得津津有味,我却百无聊赖,加之蚊虫叮咬甚是厉害,干脆上床,放下乡里独有的蚊罩,静静平躺,让心速放慢,身体放轻松,调整自己,试图融进入乡随俗的氛围。早早上床的感觉真好!休假的日子真好!我可能已经超过十年以上没有这么早时间上床睡觉了吧。相对城市来说,十分安静的山村,还没有到秋虫群鸣的时节,所以杂音较少,尽管孩子们还在一旁打闹玩笑,乐此不疲地折腾着,我很快就入了梦乡。夜里被雨水敲打房梁的声音惊醒,询问睡得蒙蒙眬眬的美时间为几何?她告诉我才凌晨两点,到天明还早着。卧听雨声,担心山体滑坡,辗转反侧,久久不能再重新入睡,迷迷糊糊,不知道过了多久才重新进入睡眠,再次醒来的时候,已是黎明时分,各家各户炊烟四起,与还未散去的晨雾交融在一起,颇具层次感,这景色别说还十分壮观。

下过雨的山村,那些修路架桥的工人无法施工,山村恢复了难得的宁静。

鸡出笼了，鸭出圈了，林中的鸟儿出来唱歌觅食了，狗叫声、雄鸡声此起彼伏热闹极了……我索性架起木椅静坐在房门口，耐心独享起这片难得的祥和与安宁。雨愈来愈大，不见要停下来的意思，顺眼一点一滴的房檐水，我在寻觅水滴石穿的痕迹。这时候，全身沾满柴火香味的家人从厨房里出来，唤我吃早饭，我说不着急，执意要等一大早就冒雨去对面山上青岗树岭为我采蘑菇吃的美回来后才吃。于是，家人便对着远处的山林大声呼喊美的小名，果然不到一会儿，对面山上就传来了美的回声："快了，已经采满蘑菇，马上就回来了。"我一阵欣喜，不由得嘴馋怀念起青椒、大蒜一同爆炒的蘑菇味道来。过了半个时辰，美和她父亲提着两袋蘑菇出现在家门口，见他们浑身湿淋淋，我深知这蘑菇得来不易，这味道一定比花钱买来的更好吃吧！

我爱山村，我爱山村的美丽，更爱山村的姑娘！

福地德阳

激情洋溢的季节，春天与夏天正办着交接，不冷不热、温暖宜人，花开正当时。早晨，我幸运地接受到川北重镇德阳出公差的任务，心情无比愉悦。蹬、蹬、蹬，踏着轻盈的步伐，三步两步赶到三楼的内勤室，领了公务汽车的钥匙下楼，由同事叶波小兄弟驾驶，刚坐上车的前半个小时差不多都在微信里，不断地与德阳的同学联络。手机里，我已经顺利圆满地把这趟公差功课内容全部搞定，剩下的不过就是文书资料交接签收的小事情了。

德阳，青春年少读书求学、奠定职业根基、开启我职业生涯的福地。2021年5月19日这天，我将故地重游、再沾福泽，留下串串欢声笑语……

车外的天空瓦蓝瓦蓝的，流云，如少女的花格子裙摆，娇柔而可爱；微风，像是年轻母亲纤细的暖手，抚摸着大地万物；阳光，透过玻璃，雨露般洒在身上。曾经的川北平原上，改革开放的试验田广汉，重工业城市德阳，天府粮仓，第一条高等级大件路，北上的陆地通道，绵延河、水上公园、月上东山、文庙、石刻墙、黄许、凯江路、警校、油菜花……此刻，我的词典里翻阅出的词汇，脑海里正在涌现的画景，就是这些！

1990年9月1日，一个少年背着铺盖卷、手里提着木箱与你第一次相见。三十年后的今天，这块缘土福地更显得明媚、盎然生机。迎着这缕阳光，我揣着一颗感恩、崇敬的心，再次出现。在我的同学、当地作协主席守槐兄的带领下，重游"石刻长廊"，重温少年梦想。

一踏进德阳这个文化艺术的宝地，守槐兄便坦诚地和我交流文学技巧，使我思路开阔。特别他对德阳石刻如数家珍地讲解与见解，不得不让我对这个三十年前的同窗刮目相看。近年来，守槐的文章像下饺子、更似雨后春笋见诸全国各地各类报章杂志，还上了"学习强国"这一块，真是牛！

从公园的北门，沿着一段红砂石铺成的石板路开始，高达十几米的石刻雕像映入眼帘，错落有致地分布在公园的每一个角落，在这里震撼心弦的不是石刻巍峨和鬼斧神工的雕铸，而是蕴藉于这凝重石刻间的超自然的文化韵律。路旁的叶子用生命的颜色装饰石刻的灵气，让这氛围更显亲昵和谐。轻轻抚摸着这些透着光气的石刻，从轻柔发丝到庄严面容，从纤细手指到庞大身躯，从双眸的深邃到动作的豁达，个中甘苦，唯有置身其中方能体味。内心深处有股莫可名状的力量在升腾，直到周身的每一个毛孔，只感到自己的世界在扩大，胸脯在奇异地伸延，没有尽头，这或许就是文坛老前辈笔下所描述的那些精神洗礼吧！

群雕中"生命之歌"组雕，画面是先民们春耕夏耘秋收冬藏的场面，雄健的男人、美丽的女人、天真的儿童都栩栩如生，表现了人与自然和谐共处。走过古堡，可见无数石拱洞和蟠龙石柱组成的民族文化艺术长廊。拱洞的木雕门采用的是上好的楠木，刻画了从"女娲补天"到"柳毅传书"三十八个川西民间广为流传的神话故事，形象地讲述了我国传说中的上古历史，每个木门都是一件精美绝伦的艺术品。漫步于长廊中，你会觉得恍若隔世，回到了数万年前，人们穿着兽皮制成的衣服，背着弓箭狩猎、捕鱼，过着刀耕火种的生活。据说，艺术墙有三绝，龙柱就是其中之一。何为一绝？当时雕这32根龙柱时，工匠们腹中作稿、自由发挥，因此三十二根龙柱被雕刻得形态各异、无一重复，变化无穷，或吞云吐雾，或翻江倒海，或张牙戏珠，或舞爪纳宝，活灵活现。每根龙柱都是由一块高4米、直径0.5米的整石雕刻而成，所以当人们看到龙柱时无不被这巧夺天工的手艺所震惊。龙珠又是龙柱的一个亮点，"二龙戏珠"采用透空镂雕技术，雕琢得栩栩如生，整个长廊既美观又实用。

群雕中以一千多个典型的人物或形象，围绕太阳这一万物之灵展示了五十六个民族的风土人情、习俗风貌，生动地描绘出各族人民辛勤耕耘、播种生命、追求光明、共同创建锦绣河山的壮丽画卷。整个艺术墙从整体设计到局部制作都精益求精，圆雕、半圆雕、深浮雕、浅浮雕、镂空、线刻各种手法应有尽有。精细处，人的胡须、马的鬃毛、树的叶子、水的波纹，密不透风；粗犷时，人物变形，五官夸张，肌肉暴张，疏能跑马，栩栩如生。

一个人，不管你伟大与否，在历史长河中都只会昙花一现，终成泡影，湮没在时间的记忆里，而能把历史定格的除了文字，恐怕就是这种人类历史上最古老的方式——石刻了。石刻是文字的另一种表达方式。它更直接表达的思想却远远超乎于文字，博大得没有人敢去亵渎。德阳石刻人选择了这种方式，他们用双手掀开封尘的历史扉页：大禹治水、嫦娥奔月、负荆请罪、孔子育人，等等，不胜枚举。使我流连忘返的是那尊在狂奔的骏马，不仅仅是矫健英姿令人喟叹，更有一股涓涓溪流从马背上洒落，这是多么匠心独具的作品啊！偌大的背景暗喻着博大，而那股细流的内涵，谁又能在第一时间参透呢？"菩提本无树，明镜亦非台，本来无一物，何处惹尘埃！"水既是生命的象征，又是劳动人民的化身，理解全在内心深处的那份皈依和品德修为。拭去眼前的朦胧，终于发现：看钱塘潮涌，观泰山日出，固令人壮发神远，但处石刻近角，亦能心藏宇宙，心游万仞。

德阳人的伟大之处，并不在于把德阳建设得如何现代化，而在于存乎于这繁华都市的一隅里，有着古色古香的人生品位的鉴定，它是一种象征。没有人会拿历史开玩笑，更没有人把艺术踩在脚下。德阳人也一样，他们用石刻演绎着自己的尊贵和璀璨，谱写德阳人自己的东方红。

其仅石刻乎？其真民族魂、文化魂，还有我少年梦也！

踏　春

初四早上交接完值班事宜，回家收拾好行囊，携妻带子领着母亲便开始了春节假期行程。外面的世界总是那么美好，人多拥挤，赛车排队，照看老小，抱上扶下，一路司机、保姆、后勤乐此不疲。一年到头，唯一一次的家庭出游，作为一家之主，总想将欢声笑语的和谐气氛，一路相伴，进行到底。所以，自己身在其中，为了照顾好每个人的情绪，不管有多么辛苦劳累，也算不了什么。

第一站，乐山。站在大佛附近看人流；夜逛张公桥尽享美食；陪伴同学，情系少年，友谊万岁。不会忘记假日酒店15楼B13房间，乐山的跷脚牛肉、岷江桥头青菜小蝶，夹江县长江岸边的千佛崖、红烧鱼，悠闲地坐在古镇路边吃甘蔗……忘不了啊！两天两夜乐山行，初中好友唐俊夫妇西双版纳千里来相会，还有他的中专同学，让我们共获友谊，共叙绵延衷情。

下一个游览目的地——万里长江第一城宜宾市。才出门两天就打道回府，于心不甘，跟朋友一打听，乐山市距离宜宾城一百多千米，而且还有同学。不是说好了，要寻找各种机会去见见同学吗？正在江边休闲垂钓的警校同学，听闻我快到宜宾了，赶紧收竿回家，在宜宾县城的中心城区柏溪镇等候。用过午饭，云书同学领着我们全家来到和宜宾市隔江相望的云南水富县，号称世界发电量排位第九位的向家坝水力发电站。虽然不算什么风景，完全奔着著名；即便不懂水利，只图到此一游，留个行影，以作"我来过"标记而已。来游向家坝的心态就是如此。

接下来到的流杯池，完全是异样的心情。北宋著名文学家、书法家黄庭坚，为盛极一时的江西诗派开山之祖，与杜甫、陈师道、陈与义素有"一祖三宗"（黄庭坚为其中一宗）之称。与秦观、晁补之、张耒都游学于苏轼门下，合称为"苏门四学士"。生前与苏轼齐名，世称"苏黄"。著有《山谷词》，且黄庭坚书法亦能独树一格，为"宋四家"之一。当年他被贬于此，在两块大石之间设桌会友，他们喝茶聊天、讨论时政、交流书法、切磋文艺，堪比王羲之兰亭序。宜宾城到处是"吊黄楼"，可见这座城市在文化品牌上的初衷。

与流杯池比邻的丞相祠和当年诸葛亮东征的点将台，再现了儿时图书影像作品中三国历史人物的面容形象，特别是刘备的五虎大将——张飞、关羽、赵云、黄忠、马超。对诸葛丞相，这位智慧化身的仰慕，更多是读《出师表》的感动泪涌、《隆中对》的卓越超凡……

作为这个城市的经济支柱和名片——五粮液酒厂，在同学的带领下，在浓浓的酒糟香味中，我们环游了它的几个车间和标志性建筑。日月宫、野兽美女、大酒瓶，走走停停，到处留影，一圈下来，似醉非醉，居然在厂区里打转转，已经认不得回家的路了，连"十"字路口的交通警察，我也把他当成画像啦。

看大佛人流，品张公桥美食，登峨眉报国寺，览千佛崖，观造纸术，走向家坝电站，游流杯池公园，悼黄庭坚，拜丞相祠，夜食长江鱼，夜览宜宾景……这就是我的2018年新春出游足迹。

拜谒三苏祠

初夏应同学邀请，携妻带上子女赴眉山，实则是去拜谒三苏祠，那心中的文化与文豪圣地。对苏轼面对命运捉弄的良好心态，我佩服得五体投地。他曾波峰壑谷，最高时官到礼部尚书，最低时降至副团练，却不见气馁，依然修堤铺路，造福一方百姓，志存大好河山。

车到眉山已是傍晚，与同学畅叙风华少年，三十年的离愁别绪，如苏轼般感叹"早生华发"，光阴太短。夜宿眉州宾馆，与"三苏祠"一墙之隔，梦见自己与东坡一起念书喂蚕，写诗对联。醒来讲与妻子听，妻子戳了下我鼻子道："给点颜色就要开染坊，以为你是一根葱了，与苏东坡？你也配？"

第二日一大早，同学陪我游三苏祠，还特请了一位女解说员。门厅前有三棵葳蕤大银杏树，被游客誉为苏洵苏轼苏辙父子仨。一走进回廊亭榭，莲花池相拥的香楼书房陈列馆，我就闻到了沁人的书香。启贤堂门房上"是父是子"的牌匾让我静思良久，此匾是乾隆四十三年（1778年）知州蔡宗建题写。苏轼的父亲苏洵好学，却与科举不遇，屡考不中，他都觉得人生无望了，贤妻程氏却鼓励他大器晚成，又闭门苦学，进京赴考。正是他治学的始终不弃潜移默化了苏轼、苏辙两个儿子，在母亲的贤德教诲下，苏轼、苏辙花开并蒂、双双高中状元。

置身三苏祠内，听着女解说员的讲述，我才理解到"是父是子"的含义：有这样如此好学的父亲，才有这样如此文采的儿子！我对女解说员说，一会儿在文房留言里我要改写清人蔡宗建的题写，应该是：是父是母是子。同学哈哈一笑，女讲解员频频点头说，对的，男女平等。古今文坛"三苏"，唐宋散文八大家，苏洵、苏轼、苏辙占了三席，苏轼的母亲功不可没！郭沫若当年就说过。身旁十五岁的儿子神情庄重，五岁的女儿睁着大眼睛，他们都听得津津有味，我心里很是欣慰。

在三苏祠内，我最想看的是他们读书的书房，还有玩耍的地方。因为我好奇是什么样的地方让人静下心来破万卷书,懂得了如何行万里路,修行流芳千古的一生。我之所以在忙碌的基层警察工作之余也醉心读写,主要是想给年少的儿子和幼女一个好榜样。用习近平总书记的话说,就是要养成一种好家风。

苏洵过世后,许多前贤撰文予以怀念,韩琦在《苏洵员外挽词》中有论:"时名谁可嗣,父子尽贤良";张焘在《老苏先生挽词》中言:"一门歆、向传家学,二子机、云并隽游",说的是苏洵父子,包括苏洵妻子相夫教子有方,其耕读传家堪与刘歆、刘向世代传承家学;陆机、陆云等勤奋博学相比。清人邵仁泓在《苏老泉先生全集序》中说:"二苏具天授之雄才,而又得老泉先生为之先引,其能卓然成一家言,不足异也。老泉先生中年奋发,无所师承,而能以其文抗衡韩、欧,以传之二子,斯足异也。间尝取先生之文而读之,大约以雄迈之气,坚老之笔,而发为汪洋恣肆之文,上之究极天人,次之修明经术,而其于国家盛衰之故,尤往往淋漓感慨于翰墨间。先生之文,盖能驰骋于孟(子)、刘(向、歆)、贾(谊)、董(仲舒)之间,而自成一家者也。……上继韩、欧,下开长公(苏轼)兄弟。"这段评论相当精彩,强调了苏洵能成为唐宋八大家之一颇不容易。苏轼兄弟幼而习之,又有母亲和家父培养,能成一家,不足为奇。而苏洵发奋虽晚,又无师承,全靠自己摸索,而能与孟、刘、贾、董抗衡,上继韩、欧,下开苏轼兄弟,确实是了不起的。

在苏家香楼书房里,我伫立良久,听着女讲解员的声音,神思恍惚,中华文明之所以五千年传承没有断代,在世界文明史上绽放异彩,是与像孔子、孟子、庄子和一门出三位唐宋散文八大家的苏家父子分不开的。联想到时下倡导的终身学习和学习型家庭和社会,我觉得很有必要。

做回苏稽人

国庆大假第二天,应朋友相邀去了一趟乐山苏稽古镇。品尝了什么才是川西坝子正宗的跷脚牛肉、油炸串串、麻辣豆腐脑。从视觉、味蕾上彻底记住了依水而生,历经千年的古镇、古桥、古宅、老街、码头……做足了一回幸福美味的苏稽人。

川西多古镇，苏稽数翘楚。始建于隋朝的苏稽古镇，距今已经有一千四百多年的历史，史上又称"桂花场"，是乐山市中区有名的鱼米之乡。传说是当年苏东坡路过苏稽镇醉酒，闹出滑稽的故事，故此，该镇因"苏东坡滑稽"得名；又说苏东坡曾经在此稽查一件要案，从而得名。明朝"嘉定四谏"之御史程启充、徐文华也出生在这儿，在镇边的寨子山上至今还保存有程启充的墓地。

向水而生，与丝结缘的苏稽，河岸柳条依依的风景、建筑倒映在盈盈清波中，如梦似幻。古时候丝绸业是苏稽的支柱产业，著名的"嘉定大绸"就产于此。乐山丝织业历史悠久，唐代就有"水波绫""乌头绫"等名特产品。

原以为苏稽是一个历史人物，从它和三苏祠的距离这么近，猜测它可能与苏轼他们一定有某种方面的联系，惭愧得很，我这个古代文学方向的研究生，差点闹出"乌龙"，把苏稽当成了历史上某个时代的文学人。

源于峨眉山的峨眉河贯穿苏稽古镇，将镇子一分为二，靠一座古朴、质感的石桥连接对岸。当地把这座建于清道光年间，距今已经一百多年历史的石桥叫"儒公桥"。儒公，颇有儒家气息！石桥没有扶手，听当地人说，最初只铺有三条青石，后扩成五条，再后来的桥面就是现今所见之八条宽的了。横卧峨眉河，长约百米、宽四米，共有十六座桥墩、十七个涵孔，铺有一百一十九条由雅安水运而来的细质红砂条石。与下游五六百米距离的"乐西"高速公路、苏稽大桥交相辉映，成为一道古典与现代视角美学对比融合的标志性景观。

苏稽的古桥、老街、码头、古宅……每一个景点都让人心神向往，但最让人流连忘返的还属苏稽的美食。从古代"嘉定大绸之乡""龙灯之乡""书画之乡""鱼米之乡"的美誉中走来，如今的"苏稽香油米花糖""豆腐脑"和"跷脚牛肉"更是名扬天下。

相传，在20世纪30年代初，乐山有位擅长中草药、精通岐黄之术的罗老中医，怀着济世救人之心，在苏稽镇河边悬锅烹药，救济过往行人。此汤不仅防病止渴，还能治一般风寒感冒等。其间，他看到一些大户人家把牛杂（诸如肠子、牛骨、牛肚、草肚之类）扔到河里，觉得很可惜。于是，他把牛杂捡回洗净后，放进有中草药的汤锅，结果发现熬出来的汤甚是鲜香。因味特汤香，又有防病治病的功效，特意来饮者络绎不绝，堂堂爆满。其间没有席位者，有的站着，有的蹲着。当时人们站着习惯一只脚搭在桌底下的横梁上，久而久之食客们便形象地起了一个"跷脚牛肉"的别称。

朋友在古镇河边街中心地段，选择了一个在店铺门前架设一鼎大铁锅、看起来普通的饭店，门前两边人山人海排号等待，端着菜盘"让一哈、让一哈"，操着满口地方口音的男女服务员，来回穿梭忙碌在人群中。饭店根本没有做任何特别的装潢，与成都盆地的一般"腰花儿店子"并无差别。

好在朋友和店主熟脸的缘故，我们并没等候多长时间就坐上了一张正对门口大铁锅的木架圆桌。一会儿在滚烫铁锅里鲜冒的牛腰、牛舌、牛毛肚、牛脑花、牛黄喉、牛嘴唇、牛柳、牛肉、牛下水……蒸牛肉、蒸牛肠，外加两大碗莲白牛血旺汤、两碟洗澡脆泡菜就上了桌。味道不咸不淡，入口脆爽绵长，没有牛臊味儿，唯有清香嫩，简直巴适馋了。味觉和胃部为之爽快。我们连续分别叫了两份同样的菜品，最后把每一个土巴碗里残汤剩汁都喝光。

晚上，朋友又带我们去吃乐山名小吃"油炸串串""豆腐脑"。我亲选了茄子、韭菜、苦瓜、菌类等大量的素菜，朋友们选择的尽是什么五花肉、牛肉、脆骨这类的荤菜，看见他们蘸着辣椒芝麻粉、花生粉吃得满嘴溢油香喷喷的样子，情不自禁地也拿起肉串串端起豆腐脑吃。这一吃又一发不可收拾，简直太爽口啦！在苏稽，豆腐脑没有南北豆腐脑甜咸之争的说法，因为这儿的豆腐脑是麻辣味的。牛肉放在最上面，吃上一口，香菜、芹菜、辣椒、花椒、花生米、酥肉、馓子各种滋味儿一起浸润你的味蕾，大脑皮层的各种细胞也随之兴奋起来，手和脚也随着豆腐脑热和得微微出汗。不管啦，把控不了"本我"，快乐为本，能吃能喝的时候，就好好把握，一个人对美食都视而不见、无动于衷了，做人还有什么意思呢？

"风景绝佳地，人杰地灵处"的苏稽，穿越千年时光，从一个小小村落，沐浴清清的峨眉河，出落成一个浣纱美女般的小镇，随时等待着你来亲近约会。游跨儒公桥，走在古宅荫荫的桂花路上，看着清澈见底的河水，跟着闲庭信步的游人，到处商铺内琳琅满目的苏稽美食，好不让人喜爱。

这次乐山之行，感恩友人，感恩遇见苏稽古镇，让我记忆中铭留的全是美味美景。

游蜀南竹海

蜀南竹海位于四川宜宾市，这里山清水秀，绿竹一望无际，素有"蜀南竹海天下翠"的美称。今年的公休假我偕同家人到此游玩。

一进入景区，公路盘山而上，当地接待我的朋友一路驾车陪伴，坐在车窗前，一路欣赏着窗外的翠竹。初秋时节，枝枝竹子挺拔高大，透着蓬勃的生命力。山风从竹梢拂过，"沙沙"的声音渐近渐响。闭上眼，静心聆听，风声、鸟鸣声、流水声汇成美妙的旋律，携着大自然的清新质朴，荡涤着我的心灵。路缓缓向竹林深处延伸，人像是在画卷里穿行，画中的景既看不完，又看不厌。

我背着顽皮的小女儿，爬了上万步台阶正在翻新的"龙吟寺"，牵着她走着看完寺庙的正殿、下殿、侧殿、前殿、后殿现存佛像41尊（正殿和下殿有佛教的阿弥陀佛、韦陀、三佛、十八罗汉、文殊菩萨、普贤菩萨、观音菩萨等，庄严肃穆，威武一体。两侧的罗汉形态万千，表情丰富。前殿、后殿和两个廊坊有阿弥陀佛、观世音、韦陀天、灵官等塑像。侧殿有道教的灵官及儒、释、道三教神像。各尊石雕工艺精巧、衣纹贴切、栩栩如生）。天真无邪、可爱无限的女儿眼里只有孙悟空、唐僧，其他不认识的都被她称作"妖怪"，笑死我了，她老问我为什么就没有唐僧师徒。敷衍完她，我们顺侧殿旁边寺庙走廊一路往下走，一边给她阅读墙壁上图文并茂的"二十四孝"典故。看着74岁的老母亲依然健步身旁，不让别人搀扶照顾的情景，心中甚是慰藉。快到中午的时候，我们在路旁的一家饭店里顺便吃了一顿竹餐饭便急匆匆地往"竹海"里走。越往里走，竹子更为密集，形成一道道翠绿的屏障，一幅幅画卷迎面而来：翡翠长廊，仙女湖，青龙湖，七彩飞瀑……美丽的画面让人流连忘返。值得一提的是翡翠长廊，"色如渥丹，灿若明霞"的天然红砂石铺就了长廊的路面。两旁密集的老竹新篁拱列，遮天蔽日。泥黄色地毯式的公路与绿色屏风般的竹子交相辉映，形成秀丽壮美的翡翠长廊。加上这里的道路时起时伏，顶上两旁的修竹争相内倾，几乎拱合，长廊就显得更加幽深秀丽，从而成为蜀南竹海最具特色的标志性景观。

远离城市，远离单位，远离工作，远离电话骚扰，这样的心境状态，竹海处处都是忘忧地啊！我好像忘记了一切烦恼，呼吸着新鲜的空气，听着小鸟们的欢乐歌唱，它们好像在招呼着我呢！在竹林里，远处隐隐约约能听见潺潺的流水声，真是"只闻流水声，不见流水影"啊！有一个问题从我的脑子里闪过："为什么只长竹子，不长树木呢？"经过打听，原来这里的空气潮湿，在这样的环境下，只能长竹子，而竹根盘根错节、密密匝匝，已经没有了其他树木生长的空间。

到了"五彩飞瀑"，一进大门，便看见了瀑布从山上倾泻而下，撞到岩石上，被砸碎的水，好似万串珍珠，我不禁想起李白的诗句："飞流直下三千尺，疑是银河落九天"。瀑布从天而降，好像下雨一样，发出沙沙的声音。夏末初秋的竹海风景像美丽的织锦，而竹海瀑布就是锦上的一朵花，让人百看不厌，遐想联翩。

一路上到处都是青葱翠绿的竹子，我看见这些美丽清爽的竹子，简直是翠甲天下。竹波万里，浩瀚壮阔，不叫竹海又该叫什么呢？在又高又大、又多又密，生机勃勃，交错纵横，天赐翡翠，绵延俊秀的竹丛中，我们仿佛置身在一片绿色的大海里了。

那些竹子千姿百态、形状各异，它们大小不一，品种也不同。我印象最深的要数人面竹了，它的竹节不是一根直直的向上长的，而是一节一节斜着长的，每一节都长得圆鼓鼓的，就像人的脸一样，非常独特；还有就是漫山遍野的斑竹了，它们长得非常地粗壮，一个成年人用双手都握不住。再看看远处山上也长满了密密麻麻的竹子，它们的颜色有深有浅，再加上雨中那层薄薄的丝雾，使竹海变成了一幅美丽的山水画。我看着这么美的风景，心中想着那么多的竹子需要多长时间才能长大呀！后来当地人告诉我们，一般的竹笋只要四十天就能长成我们现在看到的又高又大的竹子了。原来竹子的生命力那么旺盛啊！

沿途我们看到了许多竹编工艺品，有竹编花瓶，有竹编小碗，有竹子的根雕，还有竹子做的笔筒……当地人还用竹子来做香喷喷的竹筒饭，用竹笋做出了许多的美味菜肴，原来竹子不仅好看还有这么多的用处。

我们一路走一路玩，不知不觉就来到了"翡翠长廊"。"翡翠长廊"之所以得名，是因为那里的竹子是从路的两边向中间弯的，久而久之就形成了拱门的形状，远远望去就像一条翡翠做的长廊一样。漫步在"翡翠长廊"中，闻着竹子的清香,仿佛来到了仙境之中。

来到"七彩飞瀑",我的眼前一亮,站在山顶,眼前忽然变得很开阔,左手边有一条白练般的瀑布从山顶缓缓落下,流进了竹海中。我们顺着右边的一条小路慢慢向下走,一路上到处都是小溪,小溪从岩石中流了出来,要是你稍有分心就会被它打湿衣服。经过千辛万苦,我们终于来到了瀑布旁边。瀑布好似一条条白色的巨龙,争先恐后地从山顶冲下去。我们都被这美丽的场景震撼住了,这种壮观的场面是无法用语言来表达的。

如果坐上观光缆车,从高空俯瞰竹海全景,那才叫绝!在白茫茫的空中,能看见一条翠绿的巨龙,在山间蜿蜒盘旋。如果在竹林中穿行,还能偶尔听到几声鸟叫。林中随处可见叮叮咚咚的泉水,好像在为游人奏乐一样。翠竹、鸟鸣、清泉,一下子就让人忘记了所有的烦恼。所以,竹海中有一处景点就叫"忘忧谷"。被誉为"翠龙"的海中海,是竹海最大的湖泊。

站在海中海的岸边,放眼望去,水是绿的,周围的小岛也被竹子装饰成了翠绿色,显得十分神秘。你还可以乘上用楠竹扎成的竹筏,在湖里泛舟呢!走累了,竹海还有香喷喷的竹筒饭,竹子、玉米和腊肉的香味混合在一起,别有一番风味。对竹工艺品情有独钟的我:看着雕刻人物和山水的饰品,还有编制的花篮、果盘、茶具等,一步三回头,流连忘返。

竹海的风景、美食、工艺,都凝聚了当地人民的情感和智慧。我崇敬你,美丽翠绿的竹海!

原以为宜宾的蜀南竹海,跟其他地方的竹海一样,都有一眼望不到头的竹子。这回有第二次机会来到那里,再次脚踩在由竹叶铺成的小路上,手摸到那些粗壮的竹竿,才深深体会蜀南竹海那独特的美。

蜀南竹海跟别的地方的竹海可大不一样。这里的竹子的确很多,有高,有低,有大,有小,这里有人面竹、绵竹、楠竹、苦竹、慈竹……听说,上百种呢!可是你们何曾见过在瀑布与小溪映衬下的竹海?多少棵竹子啊!在疾驰的车上看了几个钟头既看不完也看不厌,每一处都是那么美丽幽雅,一个个弯下腰来,好像一位位彬彬有礼、谦虚的君子……

目之所及,那里都是绿的,的确是竹海,群竹起伏是竹海的波浪。多少种绿颜色呀:深的,浅的,明的,暗的,绿得难以形容。恐怕只有画家才能描绘出这么多的绿颜色来呢!

蜀南竹海上千般宝,竹子种类达五十八种,有人面竹、花竹、凹竹、算盘竹、香妃竹、慈竹、绵竹、罗汉竹、鸡爪竹、箭竹等，它们有的用来食用，有的用来装饰，真是浑身是宝啊！不仅如此，珍奇的花草多种多样，如：蜡梅、桃李、杜鹃、报春花、山茶、秋桂、兰花、蕨萁、观音莲等。蜀南竹海不但有花而且还有许多珍贵药材如：千里风、铁针草、骨花。这里的动物也很多哦，像竹箐鸡、竹猴、竹蛙、透山龙、滚山珠、弹琴蛙、东方蝾螈等珍稀动物。使我不得不说一声："蜀南竹海真是一个不可多得的动植物宝库。"

在竹海的许多地方都有自然形成的瀑布，虽比不上黄果树瀑布那么大，那么气势，说起三千尺恐怕太夸张了，但我想用三百尺形容应该是可以的。我站在离瀑布不远二十米的地方，瀑布散发出来的水雾，让我在酷热的气温中感到丝丝凉意。那直落下来的水，汇成了一条清澈的小溪，那缓缓流动的溪水在竹子的映衬下，充满了不少诗情画意。

沿着蜿蜒深林之中的仿古栈道，登上建于悬崖峭壁上的天宝寨，有着与徜徉竹林绿海截然不同的感受，此刻映入眼帘的是回环曲折的山势和刀削斧砍的丹霞绝壁。沿栈道行进，好似飞檐走壁，起起伏伏，惊险异常。扶着栈道的栏杆鸟瞰山下千里风光，只见万竹掀涛，浩瀚茫茫尽在眼底。悬崖绝壁之上，雕刻着古代兵法精华《三十六计》。按照计策内容，精选大众最为熟悉的战例，一幅幅巨型摩崖石刻矗立在竹海的绝壁上面，栩栩如生，蔚为壮观。站在天宝寨栈道上，极目远眺，只见无数山丘田岭均匀排布，如波浪般荡漾延伸致远，农家小筑点缀其间，如一幅绝美的水墨画，令人绝叹，令人迷醉，令人忘返。

子曰："知者乐水，仁者乐山；知者动，仁者静；知者乐，仁者寿。"厌倦了摩登的高楼、现代的建筑，脑子里总会涌现出一丝渴望，会想起在春天或炎夏的树林，遇见一条小溪那样简单的快乐。行走在山林树影间，空幽的气息，轻盈的水汽在鼻尖挑逗，携着山清水秀的灵气氤氲，把自己放归到林海深处，寻找一丝惬意，感悟大自然留下的温柔清韵，岂不情怀满篇，乐悟致远。

瓦屋山漂流

朋友很久前就邀约我准备找一个地方去漂流一下，我的脑海里立刻呈现一些划着橡皮艇在长江上随波逐流，拿生命和旋涡、激流、岩石开玩笑的人。所以也就只停留在口头上的应承，却迟迟不见行动上的回应。

此次，朝向瓦屋山的初心，纯粹慕其为"道教"创教，发源之盛名而往（春秋末老君西行瓦屋山访道隐居；汉末张道陵到山下易俗传道教留下《张道陵碑》；元末明初张三丰到瓦屋山修行创"屋山派"；从周秦到明清像邓通、岑参、苏轼、陆游、杨升庵、何绍基等等，许多墨客骚人登临瓦屋山与山结缘，留下许多脍炙人口的作品和优美传说）。瓦屋山青山绿水养美女的雅女湖，极似古时官帽上插的"金花"桥，仿佛"武陵仙境"的双洞溪，传说是汉文帝赐邓通铸造铜钱的钱窝子，看日出、云海、佛光绝佳之地的古佛坪、光相寺，鸳鸯池，与百慕大三角和埃及金字塔几乎处于同一纬度的迷魂凼……这些听起来就令人好奇向往，充满故事的景点，远远超过瓦屋山叫凤溪河漂流一万倍对我的吸引力。

但，这次主要是朋友全程安排好的活动，更是陪刚刚初中毕业的儿子的一次亲子行程。正值青春期逆反的他，的确需要好好反思自己一塌糊涂的过去三年，而今置身于风口浪尖，唯有扑礁破浪、卧薪尝胆，辛苦高中这三年，方能凤凰涅槃。上天像是故意考验我们的意志，头天到此漂流的人出奇暴增，排到我们时候，由于装备用尽，停止了售票。朋友说来都来了，还是等等吧。我和儿子捡了个阴凉的地方休息，一会儿从我们面前走过一个被漂得脚青脸肿，一会儿又看见一个跛脚的，一会儿见人搀扶一个腰部、背部都有血道的人，本来我俩就心里嘀咕，不太敢漂的，这一下，更是忐忑不安。听说还有400人在等着漂流，于是我对朋友提出干脆回宾馆，明天再说。我瞥见在一旁的儿子高兴得不行，心中又有一些想法。

第二天一大早，朋友买到了五张票，我们一行八人，决定留下一个人在宾馆照看两个小朋友，我、儿子、美妈三个人据理力争，都想留下来。最后，我提议都不留下，美妈好像明白了我的意思，克服身体不方便，牺牲了健康，也极力把儿子拖到了漂流场……稍作休息后,在工作人员的指导下,我们穿上漂流的救生衣,戴好安全帽,怀着偶有的胆战心惊,还是各自嘻嘻哈哈坐上中巴车直奔一码头(瓦屋山漂流分两个地点,一码头艰险,二码头平缓),没有回头路啦。终于一切准备就绪,只等工作人员把我们机械地指挥上橡皮艇,双手一推,儿子一个人,我和美妈坐两个人的漂流艇顺流而下。漂流艇像一匹脱缰的野马,晕头转向地乱转,想要控制它很不容易,一路尖叫,我们迎来了漂流全程中的第一个落差,与想象中的怡然自得大不一样,这是一次刺激紧张的沐浴,仿佛自己是翻腾的水浪,是和水浪搏击的精灵,那一瞬间,好像没有了自己。一码头的落差越来越大,越到后面越惊险,每一个河段,每一个落差都有一个让人心生恐慌的名字。比如,龙抬头、龙翻身、青龙潭、龙摆尾等等,分别是二米、三米、四米、六米,由此可以想象它的凶险。好在每一次的落差后,都有一个深潭可以让我们短暂停留,仿佛是心惊肉跳之后,暂时给你一剂舒缓的安定剂。每一次的旋涡、激流都是那么地出其不意,给你全新的感官刺激,从最初惊险时恣意尖叫到后来很有经验地紧闭双眼沉默不语,从战胜激流后幸福狂喜到同行的人掉进水里的恐慌与紧张,一切都会在转瞬间被飞扬的激流击碎。一次次退缩,一次次鼓起勇气,一次次告诫自己:坚持,是唯一的选择。当一路战胜险滩终于到达目的地,我们兴奋地向同行的人骄傲地挥手,熟识或者不熟识的人们互相欢呼致意时,生命,在这一刻点燃无限激情,那份超越自己、战胜自然的力量,证明了每一个生命所蕴藏的原动力。生命真的没有什么不可以。只要心存一份执着与坚持,你会发现,原来自己也可以。

  人生不也这样吗?当面对激流与险滩,不气馁,不退缩,坚定地勇往直前,以勇气与坚韧去面对,去拼搏,就一定能顺利到达终点。而那份战胜激流的欣喜与欢愉,又将是人生多么难得的一份体验与经历。我和儿子都是第一次漂流,相信,我们都有很多相同的感受和心得。从今以后,漂流,会成为我们心中一个美妙而动感的词汇,它将融入我们父子关于不畏人生中的艰难险阻,百折不挠地努力奋斗追求理想目标的动力。

  这次瓦屋山之行,终于让心中的梦想化为现实,让我们父子俩体验到犹疑的惊喜与紧张中体验搏击人生礁石和浪花的激情及底气。

幸福像花儿一样

特别的 2020 年中秋节居然和国庆节在一起了。查看历书，2031 年才能相遇这样的"双节"啦。我想，在今年跟你一起过中秋节和国庆节的人，能够在 2031 年、2042 年、2053 年、2064 年，同样陪着你过，这该是怎样的缘遇啊！

每当中秋节这天，我总想起苏轼写的："明月几时有？把酒问青天……但愿人长久，千里共婵娟。"本该是家人团聚的日子，他用明月寄托自己的哀思与思念，希望能和家人团圆。而当时的他无法做到与家人团圆，但他通过这一轮明月，以寄自己的哀思，普天之下只有一个月亮，无论我身处何地，我和家人看到的都是同一轮明月。同样的明月，不同的哀思，不同的人生境遇。

已经记不清 2009 年的中秋节和国庆节是和哪些亲人朋友一起过的了？但我敢肯定的有一点，父亲每临中秋节这一天，都会给我拨打电话，如果不值班就叫我回家吃晚饭。印象中，我应该一次都没有陪他赏过一回中秋的月亮。如今读懂父爱时，却丧失了这种机会，这绝对是一个终身遗憾！

假期头两日，睡到自然醒，几乎没有看书学习，我想在休息的时间有家人在一起的时候，多陪陪他们。因为我的习惯是，一旦拿起书本就会忘记周围，一切事情都不会搭理，有的时候发现外界的影响太大，还会发脾气。如今还像过去那样投入书本，感觉重心意义不是很明显。人到中年，突然感到不能把家庭弄好，把身边的人弄好，即使再多知识，获取再多证书，也不会幸福快乐。所以，还是调整了一下生活的重点，默默地改变自己，学会和身边的爱人、儿女、亲人们和睦相处。加上新房的装修也快接近收尾，为选儿女和主卧的床及大小书房的桌椅柜，为此在太平家私进进出出，逛了两天时间，脚都软了，自己喜欢的，价格又贵得惊人，品质太差的又不甘心。搞笑的是到了第三天，我和美妈唤小女儿出门时，她笑嘻嘻地问我们："我们又去看床床吗？"把我眼泪都笑出来了。不去了，不去了，这回真的不去了！因为，爸爸要带你去新津啦，马上就出发！

应琥军兄弟之邀，继前年老码头艺术之约，我有幸第二次再到新津一游。

新津，是一个山清水秀的地方，是古代南方丝绸之路第一站，也是成都的南大门。

三日下午三点，我驾车到达琥军兄微信定位的单位，他换了便装一同回家接到其爱人。我们先到农博园参观各种农作物和花卉，一家人走在鲜花夹道稻香扑鼻的田野丛中，看见两旁布局整齐的大米、小米、玉米田地，红彤彤的朝天椒、沉甸甸的红高粱、黄灿灿的向日葵……都是许多农学硕士、博士辛苦劳作的试验田，我是外行，不能鉴别好歹，但从视角美感角度上，已经是一种美好的享受，好一幅田园风光油墨画。我们仨活跃在田间地头，女儿一路低头收集道上被人丢弃的花朵，美妈不断弯腰捡拾田边散落的稻穗，琥军兄弟和我寻找机会用手机相机抓拍每一个自认为很有意义的镜头。天色渐晚，夜幕降临的时候，我们才依依不舍地离开。琥军兄弟夫妇请来几位好友，在自家中式风格的餐厅盛宴相待。我破例端起白酒杯，畅饮了一大杯。婉言推脱下一步继续吃烧烤的安排，琥军媳妇只好送我们到酒店休息。

四日早上九点，琥军夫妇接我们驱车前往花舞人间游览。从电视媒体了解占地3000余亩的新津花舞人间，是赏花、玩水，体验低碳休闲之地。通过举办郁金香节、杜鹃花节、鲁冰花节、向日葵节、百合花节、野菊花节、花粉节、兰花节等八大主题花卉节日活动，使景区365天花开不断，同时在景区还种植了大面积的樱花、桃花、梨花、海棠、风信子、仙客来、山茶、玉兰、三角梅、瓜叶菊、茉莉、蜡梅等，随季节次第开放，缔造盛世花宴，吸引八方宾客。

停下车，女儿立刻被眼前偌大的一个钢圈秋千所吸引，估计可以供上千人同时荡秋千，每一条绳都用不同的塑料花藤装饰，和周围的鲜花融为一体，远远观赏，真假难辨。好说歹说把女儿诓入上山的小火车，来到专为这个节气准备的百合花节展厅，还在门口，一股股浓郁的花香就扑鼻而来。在如此多的鲜花丛中，我感觉我的鼻子都快失灵了，眼睛都要胀爆了，语言方面除了美丽、漂亮几组简单词语，更是几乎休克无别的了……迷宫花园，一路寻芳探路，趣味无穷；由多层环形组成的同心圆；拾级而上的杜鹃长廊，花舞天阶。忘不了一家人在玻璃花语桥上的嬉戏，在三角梅、百合花丛中的合影，还有第一次由山上到山下像玩溜溜板一样滑到山下的形式。我们蹲在荷塘边细数莲蓬，我们俯身去嬉戏锦鲤，我们观花蕾、抚花枝、吻花瓣、吸花香……突然间，我们感觉到我们的生活就像这些花儿一样，鲜艳、热烈、美好、幸福、香甜、圆润饱满。

新津是五津汇聚，江河纵横，风景优美，名胜古迹更是不胜枚举。早闻观音寺中的九莲胜景色彩艳丽、富丽堂皇、栩栩如生；纯阳观独特的建筑风格，优美的园林和儒、释、道合一的世俗庙观特点，享有"武阳胜景，威震全川"的美誉。

琥军夫妇特地带领我们去县城附近的美味山庄，品尝特色老鸭汤、土鳝鱼。午饭过后，又特意绕路上山游览梨花溪，我知道梨花溪被称为"春天新津最美的地方"。在这金秋十月，到处金黄的时节里，梨树正在挽留每一片绿叶，行车在梨树的海洋之间，我只有凭想象了……这里每年春天，田野中、山坡上，小路旁的梨花个个含苞欲放，装饰出一个洁白无瑕、银装素裹的世界。到梨花溪，闻清幽的梨花香，看朵朵洁白无瑕的梨花，微风吹来，一片片细小、玲珑的花瓣飞扬头顶、肩上……好一片洁白的世界，畅游花海间，该是一件多么美好的景象啊！

"江山代有才人出。"灵山秀水养育了一代又一代优秀的新津儿女，这片沃土人才辈出，群星璀璨。不仅有北宋名相张商英，反清义士——侯宝斋，"左联"作家孙煦，著名教育家、心理学家刘绍禹……

由于时间原因，我匆匆走马观花地游览了观音寺。我知道继1469年以来厚重历史沉淀，单单凭我这点浅薄文墨，怎么也表达不出来多少精髓的东西。怀着对佛教博大精深的敬意，我走进了观音寺。

新津这里五河交汇，是鱼类良好的生长环境，新津的河鲜美食色、香、味俱全，这次品尝了黄辣丁、炝香黔鱼、土鳝鱼……如此愉快的旅行，如此美好值得珍藏的友情，真的要感谢琥军夫妇的盛情陪伴！

入唐家河　越摩天岭

"写自己想写的字，见自己想见的人，去自己想去的地方，趁时光未老，趁年华正好！"这是我的心声，也是行动指南。

昨日进入唐家河，入住望唐居。早上七点，木楼下厨房忙活的杨姐，站在园子里喊吃早饭。下楼看到餐桌上手工制作的包子、花卷、馒头、煮鸡蛋、青椒豆豉、拌萝卜皮……食欲不错。吃过饭，驱车逆河上行到景区，换乘景点的观光中巴继续向腹地深入。

观光车上没有专门的向导解说员，司机和同行的旅客，一问一答地开启了沿路动物品种的介绍。据司机说，唐家河国家级自然保护区东接青川东阳沟自然保护区，西与绵阳市平武县毗邻，面积60万亩，1978年建立省级自然保护区，1986年晋升为国家级自然保护区，主要保护对象为大熊猫及森林生态系统。唐家河国家级自然保护区地处岷山东北麓，龙门山北段的高山峡谷区，最高峰海拔3837米，相对高差2400多米，地形条件相当复杂。本区的动植物资源比较丰富，国家重点保护植物有珙桐树、连香树、水青树等；国家重点保护动物有大熊猫、金丝猴、羚牛、云豹、绿尾虹雉等二十多种。

喜欢哗啦啦一路伴随我们向上的河水，特别喜欢被河水击磨得光光滑滑、形状各异的鹅卵石，让人心里很想下车去挑拣一些自己喜爱的类型。

喜欢靠山边临水一边的悬崖峭壁，和那些星星点点附在岩壁的绿色蕨草植物，好想把它们带回家里做盆景，永久保持。

一车的男女老少，每个人都两眼紧盯玻璃窗外，期待旁边的树林中出现动物。"右边河坝野猪！"随着一个男孩子的声音，大家把头偏向右边。"那里，那里，黄黄的毛色。""是只小猪。""小圆石旁边。""小猪是黄毛，成年大猪就会是黑色的毛。"大家七嘴八舌，争相把自己看到的描述着、议论着。"这边，这边，铃羊！"坐在司机后座的中年眼镜男子又一阵惊呼，整车人齐刷刷把脑袋又转向了左边。距离观光车十米左右的草丛，一只四十来斤半大的羚羊被突然刹车，又慢慢朝它方向倒车和一车聚光它的眼睛吓呆啦！居然像雕像一般伫立原地，纹丝不动。直线距离我的座位最近，我说："假的，假的，水泥筑的。""真的，真的……"不少人又随声附和。果然，互相静对了约有半分钟吧，羚羊扭头往山上蹿动了几米，随后疾跑消失得无影无踪。观光车继续往前驶行，大家都还在热议声中，一个小朋友指着公路正前方，"猴子！"于是所有人的目光又被前方公路中央坐在地上的猴子吸引。哇！左边的树上，右边的栏杆上，大的，小的，一群，一群的猴子。这时候，司机告诉我们，观光车的终点站到了。接下来就该徒步观光了。

大家下车后，经过一座铁索桥，跨过水流湍急的河到对岸，沿青石板步道盘行向上。徒步经过一片生活着品种多样的蛇类区，我们虽然一条都没有看见，但却被各处标记蛇名称的图片吓得够呛。大家都深信木条栈道下面，以及两边的湿地草丛中，一定埋伏着神秘的生灵，特别看见标有毒性的东西，我都感觉头皮发麻，何况就在你身边不能确定其位置。这种危机四伏，未知的紧张……我把女儿扛在肩膀上，防止好动的她，手脚放肆。身边的老母亲似乎不怕蛇类，一边行走，一边阅读标牌上的文字。

穿越有惊无险的蛇类栖息地后，我们向摩天岭进发。史载，邓艾是经过九死一生才翻越摩天岭的。《三国志》中对邓艾偷渡这一段写得极为生动："自阴平道行无人之地七百余里，凿山通道，造作桥阁。山高谷深，至为艰险"，翻越摩天岭时"以毡自裹，推转而下"，如此的行进方式，的确是创造了生命的奇迹。

邓艾翻越摩天岭的重要意义在于，导致了蜀国的灭亡。《三国志》记载：三国时，司马昭命钟会、邓艾领兵伐蜀，被蜀汉大将姜维堵在剑门关以北，久攻不下，邓艾则回军景谷道，到达阴平郡，走数百里险要小道，到达江油关，蜀汉守将马邈开关投降。邓艾军长驱南下，攻克绵竹，直抵成都。蜀后主刘禅投降，蜀国被灭。从此留下了阴平古道的历史遗迹。

昨天初来乍到，没有调查研究的情况下，首先对"阴平村"吐槽，早饭时请教了当地人才得知这些历史。当然，如今为了方便人们游览需要，摩天岭似乎已经没有了冷兵器时代的艰险。整个翻越过程，被一群野猴子抢劫、骚扰、追赶，背着小女儿跑的狼狈样着实使人发笑。还是老母亲稳得住，手里拿着长伞，可防雨，当拐杖，还防猴，儿子也懂事了，扶着奶奶健步走。老母亲硬朗厉害啊！七十五岁，疾走摩天岭！她的动力和毅力来源于两年前独步华山。于是有了口头禅："华山天下险，我都能不在话下，这个山路算什么。"她对我说，"儿子，我八十岁时，你带我爬一次泰山吧。"我应下了！愿我说话算数，愿老娘健康永久！

这次旅行后，我逐渐开始讨厌猴子。它们以猴王为统领，一群一群占山为王，凡过往的人群，挨个夺取你的包，撕咬开，翻找食品，若未满足，一路尾随，一直跟着你到另外一群猴子的领地。惹得小女儿一路哭着念着"我的矿泉水，姐姐的衣服被抢跑啦"，还埋怨说我："您是警察，也不管管，呜呜呜……"我也是哭笑不得，国家保护动物，不敢打啊！就是敢打，一大群猴子我可能也打不赢呀。

全身衣服被汗水湿透，可爱的小女儿，往后面看了看，说猴子没跟上我们了，要心疼一下爸爸，在背上挣扎扭劲儿着，要下来走路。我坚持把最陡峭的地方走完，才把她放下。我们互相拉着手一蹦一跳下了山。

从景区回到住处，已是下午两点半，杨姐专门给我们炒菜做饭，我吃了四碗米饭，今天畅游保护区，拿下摩天岭，死累并快乐着。

来过夹金山

我对夹金山的了解，仅限于初中课本，对其向往也谈不上，留在记忆深处，尽是填满艰苦和险难的元素。这次有幸和永华、高敏兄长同游，他们的地主之待，盛情之义，溢满心田。

三伏暑气，炎热难耐，早有利用休假空余，携妻儿去雅安消暑纳凉之意，此心情在异姓兄长那里得以满足成全。到哪里，不重要，关键你的目的地有没有朋友，有朋友就会享有和家里一样的感觉：随意、自由、温馨无拘束。

儿子去参加单位的夏令营活动，一大早坐车走了，出门时就只有小女儿佳怡、美妈和我。一路都是高速公路，四百来千米的路程，不到三个小时完成。永华家位于芦山县城偏西方向几分钟车距离，典型的一座乡村别墅，倚干道旁边，出入方便，四通八达。赶到时正好是晚饭时间，热情的高哥在我们到达之前就摆放桌碗，备好酒菜。清炖野鸡、高山腊肉、时令蔬菜，我看上了院子里还在苗秆上的新鲜玉米，他们就赶紧叫人去掰下来，当场放进锅里煮。十几分钟后，热气腾腾地给你端到跟前，狼吞虎咽、不顾形象地下肚，那个味道比城里菜市场上花钱买回来的不知要好吃多少倍！高哥还专门叫来几个儿时好朋友作陪，晚饭还没有下桌就已经安排宵夜的伙食。他们当中有人特地要下河去捉这一带有名的"梆梆鱼"，还要上山弄野鸡，下地捕蝉蛹，说是夜里要陪我好好喝上几杯自家烤制的美酒。这种盛情，令我感动得不行，就是没有吃到，都已经心满意足，美滋滋的了。这里的空气湿度很高，每天晚饭时都会如期而约地遇上一场雨。因此，夜间气温在27℃左右，使得夏日凉爽舒适，高枕无忧，一觉睡到天亮。

第二日，我们换驾了何哥的越野车，永华带着其父亲及我们一家三口在前，高哥也叫上一车朋友驾车在后，沿着一条小河逆流而行。这次是小女儿第一次正儿八经的旅行，居然一路哼哼哈哈，情绪良好，没有不适的现象。接近中午时分，眼前呈现出一片蓝汪汪的天然湖泊，与它周围群山上面悠悠飘浮的白云遥相对应，美丽极了。我们赶紧停车下来拍照留影，止步不前，索性就在附近寻找餐馆色食双收。光说走就走不行，还要想留就留，才算真正的惬意豁然。所处位置已经是在夹金山脚下了，考虑到上面氧气稀薄的高原反应，恐六个月大小的女儿会有不适反应，所以就把她和美妈留在当地人称作"瑶池"这个地方了。高哥也同其他两个朋友留在原地。

于是我们决定上山的人驱车继续前行。一路都是在蜿蜒盘旋中层层向上，奇怪的是周围群山树木繁茂，密林四野，唯独我们攀登的夹金山，如果不是坡地的话，形同草原（这应该是当时红军选择从这儿翻越雪山的原因吧）。一路上野花摇曳、蜂蝶纷飞，雄鹰在头顶翱翔，山雀时而惊叫着从地面腾飞，随着牦牛的出现，云朵也似乎也越来越近，呼吸开始不太顺畅，我知道此刻的海拔高度已经超过三千米以上。路边还看见穿着当年红军服装的团队游客。夹金山位于雅安市宝兴县境内，现亦是风景名胜区、森林公园，是中国工农红军二万五千里长征翻越的第一座大雪山，也是雅安通往小金县四姑娘山的必经之道。夹金山又名大雪山，以雪景著称。这里原始森林茂密，自然风光旖旎，雪峰晶莹，主峰海拔4930米，是青衣江的发源地。逆流而上，两岸悬崖陡峭，谷幽峡深，湖泊明净，瀑布飞溅，野生动植物随处可见，构成一幅使人向往的自然景观。

或许，是我们来的季节不是时候，也或许是如今的环境非然，地球增温，原本在夏天也可以出现的雪域景象，现在无踪无影。快到山顶时，刚才的红火太阳不见了，取而代之的是迷雾笼罩，冷气寒流，令一身夏装短袖的人们浑然瑟瑟，容颜失色。我赶紧拾机倚着镌刻"夹金山"红色大字标示的山状石头留了个影，来一趟不容易，速速对着四方匆忙闪了几张照片，关闭车窗灰溜溜地驾车下山回赶。

傍晚时分，又到兄长家附近的朋友家里做客，酒还是那酒，菜依旧是那菜，情意却浓厚绵延。正吃着时天空下起急雨，饭后雨停，虫鸣蛙起，又是一个好休眠。本打算就此结束旅程，第二天，兄长们又安排到芦山县城东边的一个喀斯特地貌的山底溶洞游览。这次，我们也有同样考虑，怕女儿不适宜溶洞中的温差，加上行走也不方便，就让美妈跟着大家去游玩，我和女儿留在洞外喝茶等候。差不多完成游览也就是中午，高哥特意安排到景区不远处一个经营家庭农场的朋友家中吃饭。到了农庄，吃过了好酒菜，认识了新朋友，欢欢喜喜下了山。本来打算去参观另外一个漏斗地貌的景区，途中遇见一辆皮卡车无故燃烧起火，车上没有灭火器，爱莫能助，只能改变计划回家。

回到兄长住处，其妹夫在家中设宴，早也是野味上桌、腊肉飘香。我们在其花园里喝茶，妹夫见我喜欢花草，就送了一盆兰草、几株金银花。酒桌上，外面又是一场疾风骤雨，这样的物候，造就了这里山清水秀的自然环境，也造就了这里的人们，温和大方，情义真挚。夜里，大家不约而同，在县城一家茶楼，边喝茶边玩起当地的麻将牌，不知不觉竟到了第二天的早晨，赶紧收拾，轻飘飘地走在起早锻炼行人稀少的大街，随寻一个吃早饭的地方，吃点东西，补一下睡眠，收拾行李，回家！

一路上，永华兄为防备我的疲倦来袭，一直在和我说话，我们兄弟之间的情义却不断地在相处中得到升华……

在母亲河——长江怀里

从长江上顺流而下，这一心愿真不知从何时就在心中扎下根子，年幼时读"大江东去，浪淘尽，千古风流人物……"，读"两岸猿声啼不住，轻舟已过万重山……"，早心向往之。中学课本上说，长江发源于沱沱河，它来自于格拉丹东末端的一片冰川，春天的冰川上布满奇异艳丽的雪莲花，而长江之初不过是一泓清溪；可是当你来到三峡，你看到它奔腾叫嚣，砰然万里的景象时，就不免在神秘气氛的"童话世界"上又涂了一层英勇光彩（想到了漂流的勇士）。加上作为中国第一大河、世界第三大河，长江以其博大的胸怀与磅礴的气势，与黄河一起，孕育了中华五千年的灿烂历史。她是中华民族的母亲河。东起青海，流经11个省（自治区、直辖市），西由上海注入大海，全长6300千米，流域180万平方千米，占国土面积的20%。中华文明最早的曙光便在这条大河沿岸悄然点燃。（元谋人）

这次国庆大假，终于如愿在六日晚上十点半登上"海内观光号"，从万家灯火、灿烂星海之中，凭栏依船，望着缓缓浮动而去的灯火，马上就要随那惊涛骇浪，直扑瞿塘，直下荆门，亲身领略长江真景，心潮澎湃呀！

灯火暗去，天穹低垂，浓浓的白雾，渐渐把重庆隐去，只剩下水声和油轮的轰鸣声，我这才走进船舱枕头看书。此刻，我想到李白、想到杜甫在那遥远年代，以一叶扁舟，搏浪急进，该是多么雄壮的搏斗，会激发诗人多少瑰丽的诗绪啊！

　　第二天早早醒来，阳光一片。长江真是美极了。透过玻璃窗，观望外面：江面辽阔开朗，两岸碧峰，骤然相向，江中浪花，欢腾拥抱，激起云雾迷蒙，波涛荡漾，船到巫山码头了，至此似乎稍微平定，水天极目之处，灰蒙蒙的远山展开一卷清新淡雅的水墨画！

　　下午三点，天又下起小雨，两岸层层叠叠，无穷无尽的都是雄伟的山峰，苍松翠竹，绿意茸茸，偶见满树柿子，还有片片红叶，好像在对你眨着眼睛。一种愉悦而又美好的情感充溢我的心灵，而且会觉得自己和大自然是那样的贴近，就像整个世界的美好，都罗列在自己的胸前。水天、风雾，浑然一体，你不像在坐船，而是自己正和江流搏斗前行。曙光就在前面！把握好船舵，人生就是一场战斗，透过风雨，在惊涛骇浪之中寻找一条路径，穿过了黑夜走向黎明！我得学习"海内观光号"，昂奋而沉稳鸣响汽笛向前方航进。

　　第三日蒙眬中听见广播提醒奉节已到，停泊时天已微亮。起来一看，峰峦也像我刚刚醒来的样子，显露出一片灰蒙蒙的睡眼。约有半个时辰游船续行。只见前边悬崖绝壁，中间一条狭狭的江面，应该是到三峡最险处瞿塘峡段了。杜甫诗云"白帝高为三峡镇，瞿塘险过百牢关"（现经改造不是很险），还在想中学课本里描写这里险峻的诗词歌谣时，抬头望去，已到巫山。站在船头，两岸山如刀削，俊秀婀娜，云蒸霞蔚，颇为壮观，简直就像江上一条迂回曲折的画廊。船顺山势左一弯，右一拐，每一曲，每一折，都向你展开一幅绝美的风景画。两岸山势奇绝，连绵不断，啊！课本上的巫山十二峰就在眼前。这时，导游大喊："看左边，快看。"满船人仰头观望，看到万仞高峰之巅，有一大拇指般大小的细石耸立如一人对江而望，那就是充满神奇缥缈传说的神女峰了。人们给巫山十二峰很高的美的评价和命名，使长江增添了不少诗情画意。加上旁边导游那张伶牙俐嘴，浩浩荡荡、郁郁葱葱、山峦激荡，日光水色，在心里的再组合，美得简直春心萌动、天花乱坠了！12点，江面趋广，激流平缓，穿过巫峡，船到巴东，进入湖北境内。江水还来不及喘息就又冲入了第三峡——西陵峡。这段江流比较宽阔，也比较凶恶，激流险滩、旋涡千万，最著名的三个险滩是：泄滩、青滩、崆岭滩。在船上看那万马奔腾的江水在江面旋转不停，荡起无数旋涡。这一段江流虽险，却流传着无数优美的传说。对面就是屈原大夫的故乡——秭归。我毕恭毕敬、满怀深情默望良久。左面出现一道河流，原来这是王昭君出生地香溪。一下子就让我记起了杜甫的诗句:"群山万壑赴荆门,生长明妃尚有村。"

我遥望了一下香溪,这时太阳出来了。把江水照得像玻璃一样发亮。"海内观光号"在平静的浪花中缓缓向宜昌大坝驶行。我读着书,独享这此时安静温柔的长江,让我穿越黑夜走向黎明;向往着一个美好明天。那些承载沐浴着旅途中的灿烂阳光和清丽景色,吐露出来的那一份份芬芳、静心呼吸过后的心情、将来回味时的惬意,不知不觉书落床头,人入梦乡。

北京的秋

北京人似乎还在盛夏里辗转,秋无约,从南到北,竟悄悄地到来。虽说,世界级大都市里的过客,看不出丁点儿收获秋的痕迹,可是,"金秋十月,香山红叶"这个词划过脑际,竟就如此这般神奇,你只消听见它的消息,就会满心欢喜。千里之约,成了近在咫尺,能无动于衷么?

总有人说,北方的秋天是萧瑟的,我反而不觉得。其实,每个季节都有它独特的美。

秋高气爽,秋是明媚的、温暖的、明净的、深邃的。尤其秋天的阳光,是有味道的。秋天的阳光不似夏天的燥热,是温婉、温和的,像一朵暗香盈袖的花,有丰沛的底蕴,硕果的希望,何况在没有压抑的环境中工作,不必在思想里太过用力,只静静地停在岗位上听从指挥服从命令,那就可以了。人在这种味道里行走生存,心会变得宽宥而柔软,天子脚下,皇恩浩荡,沾染点儿京师霸气,谋一些清华北大儒雅仕风吧!

其实,无论南北,走过了夏的喧嚣,谁都会想在生活里寻一份安暖和妥帖。那种感觉,就像是一株栉风沐雨的槐花树,躯干上的枝叶,枝叶上的花,肩并着肩在光阴中青葱衰枯,不知不觉中早已成了彼此的依靠。

季节到此,一年中三次进京公差,犹如我的中年人生,情怀静静简淡,感慨日渐沉静。所有经历的悲欢,都渐渐地失去了当初的浓烈和激荡。心之所思,生之所向,也渐渐地不再遥远浮躁。

喜欢那句,水静香自远,心静花自开,时季不到,花蕾不放。

是的，四季如歌亦如水，静静漫过生命的长堤，心随季节辗转成沉淀，学会了只截取最美、最温暖的时段，在季节里与年华含笑对坐，品一份岁月安稳，留一段唯美时光。

就这样吧，就在秋天的阳光里打开心窗，晒晒心灵。就在阳光下，欣赏欣赏北国的风光，回味回味旧事，恋想恋想过往，用心灵沏一杯阳光喝下，不问纷纷扰扰，静静地消磨最美的阳光。然后，以这份精美文字，记下这个域外秋光，再双手合十面朝天坛，唯愿每一朵花都好好地开，每一片叶都好好绿，每一个朋友都有个好好的归宿，愿我喜欢的所有，都无恙。

我爱北京天安门

去年7月因公闪过北京，心存遗憾。想不到时隔大半年，五一前一天，再受进京任务。差事性质和目的几乎雷同，上级要求迅速、果断、有效控制对象目标，妥善完成处置任务。与上次不同的是，这次参加行动的有四个部门，七个工作人员，两个工作小组。出发十分匆忙，五分钟收拾随身物品时间：高血压药、一套便装、一套警服、证件……双肩包，坐上在楼下等候的公务车，由成渝高速上绕城路直奔双流机场。

在空中飞行三个小时，降落北京首都机场。乘坐出租车来到朝阳区立水桥附近办事处，熟悉地理位置、落实落脚地点，寻找川菜饭店，路线不熟，来回反复几圈下来，已经接近晚上十一点。

第二天，正好是五一国际劳动节，由于情报信息来源方面的原因，我们一行七人在入住的汉庭酒店吃过早餐，便就近乘坐北京1号地铁线到达东单，出站后沿长安街向天安门方向步行，路过北京饭店、王府井，排着长队通过安检。一眼望见悬挂毛泽东主席像的北京天安门城楼，回想儿时小学语文课本翻开第一课的情景，四十几年后的如今，身临其境，异常激动。赶紧寻找游客相对稀少时，请同行的人拿着手机不同角度地给我拍照留影。因为不是单纯地来旅游观光，所以带着工作任务，我们兵分两路，我们一组购门票进入故宫博物馆；另一组在天安门广场周边留守。通过城楼，环视古建筑，抚摸古城墙，脚踏旧石板、旧石阶，游走在昔日神圣繁华的帝王宫殿，思绪飞扬，感慨万分。遥想在古时候，不是皇亲国戚，焉为七品以上的大员，岂能有机会出入这权力威赫、珠光宝气、人生巅峰的地方？而今，作为新时代的黎民百姓，又怎能做到心如止水、心平浪静呢！

偌大的古代帝王寝宫，过问朝政、糜烂淫乐、奢侈生活、玩弄权术，御花园、后花园，这样宫、那样殿……在我的眼里，历史文化价值、建筑技术知识沉淀远远大于它的任何价值。

机缘的来历，注定不能仔细游玩，唯有走马观花啦！不过也没有多少遗憾，自然是公事为重，兼顾平衡了部分心愿，已经心满意足，实属难得了！

这次真的要感谢这双马不停蹄的脚，近7.5千米的路程，乐此不疲！天安门周围的人民大会堂、毛主席纪念堂、国家博物馆，尽管没有进门——参观，相信下次还有机会和时间。再见了，中华人民共和国公安部，领导我的最高机关，虽然只是在门口留影一张，也会让我终生满足难忘；再见了，我最崇敬的人民英雄纪念碑，您永远屹立在我的心田。

茫茫生命花

城市里的行道树，绿了又黄了；身上的衣袖短了又变长了。窗外的银杏叶推推嚷嚷，我开始思念远山的那片红……

头天经过柏合湿地，看见一大片紫红色花海，顿时被它们吸引，不由自主地驻足停留欣赏一番。在阳光的照耀下，紫红色花上金丝绒般的细茸毛反射出迷人的光彩；微风中，一大片斑茅花缓缓摇曳，恍如起伏的层层波浪。那蓬松的花序，给人一种仿佛置身梦境的感觉。

今天特意走进芦溪岸时，又被沿途一丛丛金光灿灿的斑茅花惊艳到了。此时，在强烈阳光的照耀下，斑茅花上金丝绒般的细茸毛反射出迷人的光彩来。高大的斑茅花在微风中轻轻地摇曳，将整条芦溪河挤得满满的，形成一道十分奇妙的风景线。

斑茅，形似蒲苇，神似芦苇，又像芒，小时候我曾傻傻分不清。它是禾本科蔗茅属多年生高大丛生草本植物，秆粗壮，圆锥花序大型，稠密。广泛分布于我国各地，嫩叶可供牛马食用，秆可编席和造纸。

秋季是斑茅的盛花期。初开时，斑茅的花序呈紫红色，形态看起来比较蓬松，高高直立，给人一种昂扬向上的感觉；成熟后，斑茅的花序就会变成团状茸毛，就像棉花糖一样，呈灰白色。这个时候，轻盈的种子就会借助风的力量四处飘散，传播它们的下一代。

斑茅多生于山坡和河岸溪涧草地，开放于茫茫荒野之中，生命力顽强，自然优雅、潇洒飘逸，极富自然野趣。近年来，随着乡野园林风格的流行，观赏草渐渐走进人们的视野。观赏草的植株及叶片形态多种多样，变化无穷。观赏草花序形状独特壮观，虽然不像观花植物具有美丽鲜艳的花朵，但其变幻无穷的花序也能产生出独特的美感。斑茅作为观赏草的一种也有应用，为城市园林景观增添了一道亮丽的风景。

我喜欢在自己中式的书房中，将斑茅和菊花搭配在一起插入花瓶，体现出一种秋意渐浓的感觉。

再朗读宋代诗人杨万里《宿南岭驿二首》（其二）：

茅花似雪复如茸，一望平原浅草中。
尽日向人挥玉尘，知将何事语春风？

对于一个生命岁月已经过半的人来说，那意境，令人思绪万千，心潮起伏，久久不能平静。

20世纪60年代末，风华正茂的父亲，为了躲避武斗，揪着斑茅草，不顾伤痛跋山涉水，徒步翻越大凉山，经过雅安汉源九襄山区小镇时，缘遇母亲。这个世界从此有了我的生命。这时，外婆坟头的斑茅草正含蕊吐蕾，蓄意秋放。

20世纪70年代中期，我随爷爷奶奶生活，每天背着帆布书包，蹦蹦跳跳地穿过沿途无数的斑茅丛，去到十几里外的村小念书。每当胆小害怕的时候，就小心翼翼地分开路边锯齿一样的斑茅叶片，钻进草丛最中心，剥开刀剑一样的利叶，抽取出最粗最壮最挺拔的秆，编制成一把像模像样的精美驳壳枪别在腰间，于是便胆大起来，什么都不再害怕了。有时候在路上肚子突然饿了，就找还包裹在斑茅草腹叶当中最嫩的、略带甜味脆生生的胎花吃……记得到了秋冬不好割牛羊草的时候，我就把家里的牛羊牵到有斑茅草的地方，自己就躺在上面望天空，看云朵，看小人书，玩茅花，咀嚼茅秆……直到牛羊们的肚子圆鼓鼓快要拖地的样子，才慢腾腾地、懒洋洋地吆喝它们回家入圈。

从村小到乡中学，早晚上学，走田埂，蹚小溪，过山坡，翻垭口，一路走来，都有斑茅草，擎举着红缨枪，陪着我，伴着我，护着我。

深秋是斑茅花种子成熟的时候，微风一吹，它们的种子，便像蒲公英一样，纷纷扬扬，飘飘洒洒，无论降落何处，不管贫瘠还是富饶，是岩边，还是渠道，是缝隙，还是大园，只要有点泥土，大凡都可安家。它们从无怨言，不会悲观，无论何处落脚，都会昂扬向上，不屈不挠，蓬蓬勃勃发展壮大。

如今，城市公园里的斑茅花又竞相开放了。我忽然想念起父亲坟头那株斑茅草，也该开得正艳吧！明天想抽空回去看一看！

乡愁泛滥

故乡，我不后悔

为了温馨的美酒，却得到一杯苦苦的咖啡；为了夏日的玫瑰，却拾起一地枯黄的叹息……

我知道，坠落的星辰，不会再次升起；我知道，逝去的彩云，永不再来！

可我还是要说："故乡，我不后悔！"

我——不——后——悔！

我不后悔，哪怕所有的道路都将迷失方向；我不后悔，哪怕所有的春天都将遗憾地错过！

我仍要指着一个个带血的足印，说："看呵，为了故乡，我付出了整个生命。"

……

为了再一次微笑，我才流淌着泪水；为了再一次站起，我才匍匐喘息！

离乡那年

那天，青春的花季悄悄地来临。

过了做梦的年龄，你却仍在做梦，因为"四十七"已经不喜欢朦胧……

为了一个轻轻的顾盼，为了一个浅浅的微笑，你用洁白的目光，织一串美丽的童话，让安徒生的美人鱼复活，让灰姑娘穿上美丽的水晶鞋，让卖火柴的小女孩感受到人间温暖。

你，总爱在春风中，编个寂寞的故事，讲给自己听，再轻轻叹气，放出无数玲珑的蒲公英，在月圆的晚上，四处飘荡，寻找梦的土壤……

"四十七"是一个质数，除了一和你自己，什么也不能将你除尽！

那天，不知为什么，总有些细细的忧愁，像雨后春笋和相思树，悄悄成林……

那天，不知为什么，每一次握起手中笔，总不知在洁白的日记本上是喜悦的春风还是恼人的秋雨。

那天，青春的花季悄悄地来临。

寻觅故土

在这个世上，总有些什么丢掉了，仿佛童年妈妈轻轻地召唤，那么遥远而朦胧；在这个世上，总有些什么失落了，仿佛昨夜梦中你熟悉的颜容，那么冰冷而陌生……

童年的橄榄树，和我那飘雨的椰林，曾有一段奇妙的时光，我是一个捉萤火虫的孩子。不再回头，并非只是这夜晚的星群；无法重温的，并非只是这窗前的月光。像一阵秋风，又一场冬雨。我是个生命的过客，匆匆来去。

流萤提一盏灯，在暴风雨来临的夜晚匆匆赶路，去找它的星星。偶尔，会遇见另一盏灯，相伴度过一段寂寞的时光；偶尔，又遇一阵风雨，各自走向流浪的方向……

江边的荻花开了，当月光又一次攀上我如梦的绿纱窗时，总觉得少了点什么东西——轻轻地，一朵花，随风飞过窗前……

你好，故乡

你好，村道口的老榆树。你好，榆树上叽叽喳喳的小麻雀，对于一个少小就离乡在外漂流的游子，一份惊喜已经足够。而你们，却给了我双倍的心跳。

你好，断了流的清水河。如今，你的源头不叫臭水沟，而是深埋在眼窝里的两道泪泉。所以你就算流干了流死了，我依旧叫你清水河。

你好，二十年前已经坍塌，但痕迹仍在的老屋。从前，你是挡风避雨的欢乐园；现在，你是我揣在心底没齿难忘的永恒思念。

你好，曾经环抱四合小院的桃树、梨树、枣树、李子树。如今，机场破土，你们将不复存在，这也会成为我心底永久的伤疤。

你好，给我一起躲在甘蔗林里偷吃甘蔗的童年玩伴。这来自泥土深处的情谊，还会像从前一样清纯吗？

你好，大年后去世的吴梦君爷爷。您的离去意味着，我们这一代人失去了最后一个祖先。

你好，三娃、四林、六牛、米亮、道明……我叫得出名字和叫不出名字的童年伙伴。一晃，我们的身份就从重孙、孙子、儿子，变成了父亲和母亲。用不了多久，我们将成为祖父、祖母……直至成为，另一些人的祖先。

你好，故乡！您是我魂牵梦绕终生难忘的地方。

第二辑
警心如雪

夏花绚烂，秋叶静美，青春易逝，芳华长存。

人的一生中，

最好的年纪谓之青春，

最好的岁月谓之芳华，

最好的年纪很短，

稍不留神，

便从指缝间滑落。

警心如雪

　　成都平原的雪，因稀少而珍贵，离 2022 新年还有几天，它来了，成为南国寒冬一场银装素裹的盛宴。昨夜里，它悄无声息地来到我们身边，看着熟睡的龙泉山，就像母亲呵护着孩子一样，深怕孩子着凉，悄悄地为大山盖上一层雪白亮丽的被子，即使万分小心，依旧惊醒了一群人，他们头顶着闪亮的国徽、肩负着护卫一方群众安危的重担，在红蓝交替的灯光中负重前行。那一闪一闪的红蓝灯光就像是一种节奏感极强的号子，不断为风雨中砥砺前行的那群人加油、呐喊。一声声的呐喊，激荡在坚若磐石的心中，让砥砺前行的人愈战愈勇；一声声的呐喊，飘浮过数不胜数的门窗，让享受安逸的人欣然入梦；一声声的呐喊，回响在寂静幽深的夜空，让心生邪念的人闻"声"丧胆！

　　南方的雪，注定在这里留不住几天，它在一片雀跃兴奋声中走来，短暂抚慰人们的新鲜心灵，却无法长久坚守在他们身边。只有那一群头顶国徽、默默无闻的人，无论寒冬酷暑、白夜黑昼都会陪伴在我们身边，护卫我们一生平安，无悔无怨。

　　雪花飞舞，喜悦了一个季节，气温骤降，从炙热中懂得了什么才是寒，这是否成了冬的标志，一到冬季就盼下雪。儿时的冬天总有下雪的记忆，雪从天而降，净白圣洁，舞着飘着，自由自在，为万物披上洁白的衣裳，飘落的姿态神奇且悄然无声，难怪不知哪位高人把雪称其为雪花，那一片又一片洁白的雪不正是盛开在天地人间一朵又一朵白色的花朵吗？瑞雪兆丰年是长辈们的口头禅，万物沉寂是储蓄精力，攒足劲等待春天始发。

　　一年最后一个季节，预示着年将要结束，轮回即将开始。人人心里该有一本良心账，到年终了，一年干了些啥？盘点已走过的每一天，又对新年作出新的打算。

　　不管你如何度过每一天，四季交替向你尽洒情和爱，与你拥抱岁月流逝的每一刻。若一个活过百岁的老人已银发染鬓，只不过才度过了一百个冬天呢，短暂呀，人生如此短暂，而岁月不老，永远不会改变如鲜花般的容颜。朋友，请珍惜生命中留给你的每一天，还是那句老话：勤勤恳恳干事，老老实实做人，上对得起天地良心，下对得起父母子孙，对得起冬日的阳光为你涂洒的每一束温暖，敞开心扉去拥抱比金子还要昂贵的瞬间，珍惜生命赐给你的分分秒秒，去眷恋那如诗如画的季节吧！

我是喜欢下雪的，一到冬天便盼望着来一场铺天盖地的大雪，好像一个白色的世界，让所有的树上草地上都落一层雪花，让张牙舞爪的落叶松松针满雪，就如戴着一个白发发套；使零零碎碎的枫树，在红色的枫叶上落一层积雪，红白点缀，万丈雪中几点红，增添一些绚烂；让拥有秀色长发的柳树千姿百态，让它枝条上镶嵌几朵白花，显得更加风情万种，婀娜多姿……

站在白色的雪地上，置身如梦似幻的世界，这真是"北风卷地白草折，胡天八月即飞雪。忽如一夜春风来，千树万树梨花开"！昨日还是萧瑟一片，今日千万梨花盛开。北风依旧呼啸，雪花纷纷扬扬。大地渐渐变色，万物落上雪瓣，一个粉装玉琢的美妙世界横空出世。这是美丽与艺术完美的结合，是雪花的杰作，大自然的惊奇。

雪片飘飘却不大，细细绒绒的，像玉帝不经意间抖落的披肩，又像仙女们洒下的琼华，舒舒展展，轻轻盈盈，不一会儿就将大地银装素裹。是翩翩商女舞的那一曲《清平乐》吗？还是哪个淘气的孩童玩耍时落下的一方手帕？我默默地注视着这洁白的雪，仿佛它在洗净尘埃的同时，也洗涤了我的心灵。

警营人生　无悔芳华

人的一生中，最美的年纪谓之青春，最好的岁月谓之芳华。在严歌苓老师的笔下，文工团的岁月是何小曼和刘峰的青春年少，战场上的苦难经历和战后的不如意是人生中的痛苦回忆，只有垂暮之年的相互依偎和历尽沧桑后仍旧保持着的善良才是他们一生中的芳华。

20岁的时候我便穿上了这身警服，目前为止已经二十六个年头，做警察真的太累：值班、出警、办案、调解、出差、安保……这一连串的省略号展开来可能要写满一张纸，真的是将全部青春留在了警营，将所有精力留给了工作。因为这是自己的选择，所以极少抱怨。尽管曾经有过几次跳槽的机缘，却也从未想过离开。漫长警队生涯的潜移默化下，早已将奉献当成了理所当然，即使青春不再，但为捍卫国家和人民群众利益而不懈奋斗的一生，却可称赞为芳华长存。

许多人刚刚离开校园或部队就加入这支队伍时，风华正茂、嫉恶如仇，恨不能扫平天下不平之事，除尽天下之恶，觉得只有这样才能不负韶华。但几年的工作下来，永远干不完的工作，调解不完的矛盾纠纷，群众之间鸡毛蒜皮的小事都要你去处理，当初的满腔热情早已消耗殆尽，可能也会产生一丝迷惘，觉得和自己选择这份职业的初衷背道而驰，端的是"断送芳华又一年"。然而后来随着平凡的小事做多了，辖区群众脸上的笑容越发灿烂，心中的那一丝迷惘也渐渐消散，不求惊天动地，但求守住人民平凡的幸福，细水长流中的点滴奉献让我们永葆芳华，为民奉献的一分一秒是我们生命中最好的岁月。

有时候点开手机看新闻，当看到又有战友因公重伤甚至牺牲在自己的岗位上时，心中都会微微颤抖，在悲伤的同时，也会在心中想着：这样值吗？这样当然值得，既已选择，便要接受命运安排的种种考验，当人民群众的生命财产遭受威胁时，警服在身，责任在身，自身安危当抛之脑后。曾经在面对手拿煤气罐、穷凶极恶的犯罪嫌疑人时，只有几秒钟的时间可以思考，这短短的时间中，也许有过动摇、畏缩，但潜移默化过后的职业习惯，已经使你不由自主挺身上前，冒着可能烧伤、面目全非的危险，即使成为英雄，其代价亦是相当惨烈啊！可是，人民警察身份需要我们去作出牺牲，去成为英雄，当真正面临这个抉择时，我相信我们这支队伍中的许多人都会义无反顾，弹指芳华如电，也许只是一刹那，也许就是这几秒的一瞬间，却也是广大因公重伤甚至牺牲的公安干警人生中最好的岁月。

夏花绚烂，秋叶静美，青春易逝，芳华长存。人的一生中，最好的年纪谓之青春，最好的岁月谓之芳华，最好的年纪很短，稍不留神，便从指缝间滑落，让人感慨缅怀，但对人民警察来说，最好的岁月很长，为保卫人民，打击犯罪而夜以继日，作出牺牲；为帮助群众，维护治安而默默坚守，无私奉献。这些都是我们一生中最好的岁月，芳华不仅仅是青春年少，更是为了心中信仰和群众利益而不懈奋斗的这一段警察岁月。

写给散文集《警察笔记》

这雪花般的字，最终成了眼前这本厚厚的书。

秋月春风不计年，韶华未许一时闲。扬清激浊吾曹事，金盾长辉冰雪间。每当穿上警服、戴好警帽，一天的工作就开始了。我在书中分享了学习成长与工作的点滴，执笔的手法过于质朴。因为工作的性质，我喜欢真实，所以那些风花雪月的文字，自然与我没多大的缘分。由于工作的特殊，我十分珍惜每次写作的时间，匆促本是习作最大的禁忌，于是我战战兢兢，在文字面前怀着无限的敬畏之情。从警以来，一路的感受细心整理。人生阶段每个思考，经过文字的梳理，也稍稍可以弥补我的一些匆促。

纵观古今，横看四海，年少有为之人比比皆是。从抗战一线平定家国到文化育人科技强国，无数青年才俊靠着担当和使命，为国家发展贡献力量。我和这些优秀的人的初衷一样，那就是期待着实现青春价值。我想着，任何一个人在心理上都会有很多情感的重叠，若这种情感缺失，生命则无弹性，很容易在岁月的侵蚀中风干。有时，工作中也有苦恼，也会和自己心头打架，但是，习惯于奔跑的双脚已不允许自己停下来。书中有血脉相连的亲情和岁月留下的时光印记，我在拾起时光的过程中，让精神和体魄始终一致。不去想远方有多远，只知道，我一直在出发的路上……

如今这个时代，国泰民安，没有硝烟，我们是幸运的，但也是有挑战的。既然历史的轨迹中藏着如此多的汹涌大浪，那我们作为新时期的警察怎么甘于平庸，我们也会让自己变得更强，在历史的潮头全力拍打。

今夜无警情

深夜，白天喧嚣的城市显得格外地安静，派出所内灯光明亮，我们整理着装，检查着装备，准备出发。

远处的居民小区透出几许灯光，有的明亮，有的黯淡，都说每个灯光后面都有一个难解的故事，也许甜蜜、也许忧伤、也许温馨、也许惆怅……却又是这无数的故事构成了芸芸众生的大千世界。

通往街头巷尾的路上，灯火通明，坚实的水泥路面使我们无须再担心地上的石块与水坑。近了，闪烁耀眼的警灯，映亮两旁的行道树，仔细地巡视一番后，在渐渐平静的无人街道上，我们一条又一条，走向下一个目标……

今晚没有月光，也没有星星，连以往在树头、花园、路边的不知名的虫、鸟也不见了踪影，只有我们有序的脚步声，还在轻轻地敲打着这沉寂的天际。

夜深了，一阵凉风吹来，瑟瑟的感觉。我想起了小区中的人们，他们一定睡熟了，耳旁似乎听到了他们轻轻的酣睡声，我的心中充满了甜蜜的滋味。

今夜没有警情。我喜欢没有警情的夜晚，虽然黑暗中带着点孤独和寂寞，但这样的夜晚却是如此的安宁，也许这就是黑夜带给我们的美丽。

心儿掉河里了

这是九月开始的第一个班，恰逢周末，白天淫雨霏霏，气温宜人，警情比较平稳。到了第二天零时一过，城中心的酒吧、网吧、夜食店的年轻人便纸醉金迷、神魂癫狂开始不安分起来。酒壮色胆、打架斗殴、招摇过市的角儿，惹是生非……让我们的值班电话成为热线。于是警灯闪烁，警车进出，整个值班大厅开始闹热。尽管场面多么嘈杂无序，都可以被我们掌控，该通知120的，该分流到调解室的，该带至候问室的，该关进审讯室的，该上约束警械的……总之，每间办公室灯火通明，每个值班民警精神抖擞，做笔录，访证人，看监控，验现场——就这样一直忙到早上五点钟。人走茶凉，终于不再喧嚣热闹，还是喝口热水，收拾一下卷宗资料，关掉电源，就在备勤室里和衣养神吧！心中唯愿下一个时辰平安无事。

六点半，我的手机急促响起，指挥室满口山西口音的杜大哥，用十分无奈又疲惫的声音通知我："接一外地手机男子报警，芦溪河边发现一具尸体，请立刻到现场调查处理。"还没有等我再进一步询问一点相关信息，他就挂断了电话。我赶紧抓起执法仪和装备从3楼一路冲到1楼指挥室，边查询报警电话确定具体位置，边通知备勤室协警。我郁闷的是，报警是外地人，只说尸体在芦溪河以南，他怎么也说不清具体位置呀！由协警开车前往芦溪河方向，我坐在副驾室慢慢引导他把位置说得更详细一些，无奈还是确定不了位置。我们只好将车停在路边，下车沿河边往南方向寻找，然而早已跨出了我们的管辖范围，本想将警情退回总值班室，让他们指令别的单位来处警，但我不想耽误时间，不断向南一边寻找，一边和报警人保持电话联络。

走了大约三千米，我听见有人在用低沉的声音呼唤"警察、警察"。我循声在一个拦河石墩的旁边看见一个奄奄一息的中年男人，有气无力地靠在那里，下半身全部浸泡在水里，头部搭在河堤鹅卵石上，拦河石的另一侧是湍流急下的河水，足足有四五米高啊！一旦离开石墩的庇护，顺势冲下去不说是粉身碎骨，也得半死不活。我来不及开启执法仪，就扶着河岸，踏着水泥镶砌露在外面三分之一的光滑鹅卵石，一步一步向他靠近。雨后的鹅卵石，加上表面沾有泥巴，还有常年生长的青苔，无法着力，好不容易移动到够得着落水男子的地方，才发现他的体重有一百好几，是一个下半身瘫痪、手臂无力的残疾人。这下犯难了，我自身体重不到130斤，还有高血压，协警的体重可能只有八九十斤，仅凭我们两个的体力怕是不能把他救上岸，弄不好我们两个还有掉下河的危险。周围也看不见群众，我给报警人打电话，请他来帮忙，他躲得远远的，说那是个死人，他不敢过来，还说自己有高血压、心脏病……大约几分钟，好不容易看见一个中年人路过，我们请他帮忙搭把手，他的头摇得像拨浪鼓，快速地就从我们身边跑了。

这时候，我才抽空询问这个落水男子的具体情况：他说自己昨天晚上10点钟滑着轮椅来芦溪河上游纳凉，轮椅失控，他就掉进了芦溪河里，他拼着老命挣扎在湍急的河水中，好不容易靠近河岸，由于流水声响，天又下雨，再加上身体残疾，双手双脚都无力，怎么也爬不上岸，嗓子都喊破了，也无人听见，无可奈何的他只有听天由命，眼睁睁地被河水一点一点往下游冲移，才到了这个石墩处，终于熬到了天亮，然而，有许多人看见了他，却没有人伸手相救……听到这里，我的心中已经泪水肆意，我检查了一下随身的武器，收紧了一下腰带，对旁边的协警兄弟说，我们一起努力试一把。于是，我们两个人俯下身体，鼓励他咬紧把手搭在我们的颈部，我俩就这样用自己的身体力量将他一点一点往岸上拱移挪动。事后，我看了一下时间，从河里把他弄岸上，又从岸边抬上我们的警车，足足用了1小时20分钟。

我向指挥中心回复情况后，联系了落水人的家人，令我想不到的是，他的家人到现场看见我们正在抬其上车的时候，居然都没有主动伸手帮助一下！更让我心凉至冰点的是，他的亲哥哥竟然对着满身水流、浑身被岸石碰撞得瘀青的弟弟说了第一句话："你为什么不早点死啦！"这时候，见了一晚上都泡在水里、才重新获得生命的亲人，不去安慰，没有感谢……这个家庭怎么啦？

今天，这个警处置得很沉重。但愿，我遇见的是个案，碰巧了吧！

社区民警

派出所民警的工作很普通，派出所社区民警更普通。年复一年的信息维护采集，月月开展的专项斗争，每个礼拜的值班备勤，日日都有的群众办事求助。没有刑警的轰轰烈烈，却有查处治安案件的熬更守夜，没有交警的指点激荡，有的只是走街串巷、认门入户、家长里短、安全防范、隐患排改，有的只是默默无闻、无私奉献、年复一年、永不停止。

社区民警的工作很繁杂。南区百岁老人补照身份证，北区新娘办理户籍迁移，东家子女不赡养父母，西街青年参与打架斗殴。房屋出租登记，外来务工人员采集，犬只办证，门牌地址变更，社区两劳、戒毒（康复）矫正，肇事肇祸精神病人管理，消防安全检查、治安隐患排查，五小门店管理，居住证办理……在百姓心中派出所就是他们的"公家"。我作为一个派出所社区民警，已经习惯了东家长西家短的生活常态，也深深感到，老百姓的事情再小也必须把它当成大事来办，因为只有让关系千家万户的小案件小纠纷得到及时化解，才能争取到更多的群众满意。

社区民警的工作很重要。开展巡逻，保平安一方；打击犯罪，赢民心一片；调解纠纷，促邻里和睦；排查矛盾，创和谐社会。社区民警不是太阳，却让父老乡亲感到温暖；社区民警不是全能，却保护着大街小巷、千家万户的平安。

社区民警的工作也很无奈。有人说，基层派出所民警苦，而最苦莫过于节假日，看着别人乐享天伦，自己却只能用电话表达孝意。人说警察让家人变坚强，我的父母家人也是如此，即使有再大的困难仍笑称很好，只为让我安心工作。

我爱派出所，爱社区，是因为在这里，这些真汉子用自己独特的方式实现着人生价值和热血青春。他们不求索取，只求奉献，也正是因为他们，才换来了身边的安宁。所以尽管派出所民警的工作充满艰辛，充满酸甜苦咸，我仍然不变自己的信念，我愿用自己平凡的付出，换来警民联系情谊深远、相邻和睦、社会安宁的延续。

中秋护月圆

今年中秋特别，成都，这座我们爱着的城市，正经历着冲击最大的一轮疫情。医务工作者、警察、社区志愿者、抗疫英雄们在各处奋战。我是一名人民警察。万家团圆，疫情复杂、群众安宁，城市秩序不能混乱……职业所在，更不能回家。

内疚安慰好父母妻儿，他们似乎早就已经习惯，眼睛里分明还噙着泪花，说出来的话语仍然那么大义温暖。"你去吧，大家更需要，我们家挺好。"语言朴素无芳华，内心自豪酸楚在。谢谢老父、老母亲，谢谢爱妻和孩子，能做你们的儿子、丈夫、父亲，我真的好幸运！只有在此，跪谢您们的宽厚、理解和大义凛然。

"弃小家，顾大家"，这是我的毅然选择和神圣职责，自从第一天肩扛警衔，头戴警徽警帽，举手宣誓时起，我又获得一个法定名字"人民警察"。当我第一次认识警徽的时候，我感觉到庄严屹立，心中正义激荡；当我第一次抚摸警徽的时候，我感觉到金光璀璨，浑身血液上下腾跃；当我第一次佩戴警徽的时候，我感觉到无限荣光，为民服务心中充满自豪。

警察职业对外有着神秘的光圈，但背后有着少有人知的艰辛。因为职业的特殊性，注定要比别人付出奉献更多：工作不分白天、夜晚，没有双休、节假，有的只是年复一年、日复一日地重复辗转，同样的事情、不同的人员。当别人享受阖家团聚的欢乐、朋友相聚的喜悦时，我们仍然全力以赴地奋斗在自己的工作岗位上，因为我们知道，只有站好每一班岗，做好每一件事，才能保一方平安。虽然也有亲朋和好友，却少有时间与朋友一起坐坐，聊聊谈谈；尽管我们也有家，却少有时间陪陪一家老小聊聊天，就算是孩子呱呱坠地，也不能好好陪伴妻子。因为我们明白，我们多值一分钟的班，多检查一个疑点，社会上可能就少一个罪犯，而犯罪分子就少了一个违法犯罪的机会空间，人民群众就会多一分安全感。

肩上的职责需要我们坚持不懈，吃苦耐劳，无论是解决纠纷时的柔情细致，还是打击犯罪时的斗智斗勇，我们都要无怨无悔坚持做好。人民警察的青春是一段激情燃烧的岁月。报警平台警报电话一响："在某处发现了罪犯在逃！""在某个地方发现了打架斗殴事件！""在某处小区出现了疫情！""在某些地方又发生了灾难"……随着警笛的拉响，一辆辆警车呼啸而出，冲向事发现场。无论是抓捕在逃犯人，还是制止违法犯罪行为，抑或是去救难赴灾，都存在各种各样的风险，但作为一名人民警察，我们不畏艰险坚持战斗在第一线。抗疫抢险，救难救灾，勘查案发现场，探寻犯罪嫌疑人留下的蛛丝马迹，询问案件相关人，找寻关键证据链，舍生忘死……我们披星戴月地奔走在各项职场任务旅途之间。

"金色盾牌，热血铸就，危难之处显身手，显身手。为了母亲的微笑，为了大地的丰收，峥嵘岁月，何惧风流……"就如电影《便衣警察》中的主角一样，我们将谨记在国徽下的铮铮誓言，无悔于自己的选择，踏着前辈铿锵的脚步，迈向警徽闪耀的方向，用青春和生命谱写一曲不平凡的赞歌。所以做一个中秋护月圆的事业，我们无悔无怨，自豪满天！职业使我无限荣光！

满城桂花香

桂花是吉祥物。它一开，满城的花香就把新冠疫情撵走了。桂花满城飘香的这一天，成都市宣布全面恢复生活秩序。哈哈，太高兴了！

不经意间，新冠疫情肆虐我们已三年。九月成都，这座我们爱着的城市，经历了新一轮疫情的冲击，通过广大医务工作者、警察、社区志愿者等抗疫英雄们的日夜奋战，终于拨云见日，我们在中秋过后闻到了一年一度的桂花香。

走在大街小巷、单位机关花坛、小区院落，随处都可见到金桂、银桂正在努力绽放，它想让人们知道，我们来了，虽然比往年有些姗姗来迟。我想，与成都同城化的德阳，或其他川内城市也有同感吧！气象专家说，蜀地的节气今年要迟那么几天的，主要是极端高温天气，所以桂花迟开了十来天。每个角落，桂花香气弥漫，浸润到身心，每一寸肌肤和每一个细胞，舒畅的不仅仅是身体，还有我们的灵魂啊，疫后桂花分外香。"人间植物月中根，碧树分敷散宝熏。自是庄严等金粟，不将妖艳比红裙。"这些吟咏诗词真是太美了，有种被桂花醺醉了的感觉。工作生活在这半城半山的花园型城市，是多么惬意和幸福。

此刻，我坐在指挥中心的办公室里写一篇抗疫英雄们的先进事迹材料，一缕缕淡雅的馥郁清香扑鼻而来，夹杂着些许雨后的泥土气息。推窗望去，警营前后院的桂树在秋雨的洗涤下越发青翠。忍不住来到桂树下，仔细打量，一簇簇淡黄的小花蕊聚集在像蜡染的绿叶中央，万点淡黄花蕊交织相依，簇拥着、追着、挤着，在绿叶的衬托下，一簇簇白花沾着水珠，富有灵气，与那香气搭配得天衣无缝。一人多高的伞状树冠上，桂花树叶大，绿得深沉，银桂花乳白，金桂花金灿，花粒虽然细小，却很饱满。乳白与金灿的花蕊配上深深的绿，给人一种端庄、素雅之美。

　　桂花香并不浓烈，却很清幽，香飘得远，在空气里让人禁不住嗅鼻。也许这是所有爱它花香的原因，因为它不咄咄逼人，在无声无息之中潜入你的鼻息，让你心平气和地接受并喜欢它。我远远地循香吸气，微风拂面，淡雅的香味轻轻由鼻腔而入，洗涤疲惫的大脑，忘乎所有的烦忧。真想轻轻柔柔地抚摸那娇小的花朵，又怕一不小心弄散它，触碰掉那撩人的相思。走近另一棵桂花树，霎时间已不是一缕飘香，而是一股又一股馥郁地扑来，把我笼罩其中，轻风把香味吹到我面前，闭上眼的一瞬，似乎我也生根发芽，成了一棵桂花树。小小的桂花儿像点点碎银，又如闪闪灿金，更是一张张稚嫩可爱的笑脸，馨香了整个警营的空气。这几天上下班，或食堂就餐，都沉浸在香气四溢里，那一刻的感觉，幸福安稳，工作与生活也因此变得快乐起来。

　　桂花是外形很平凡的花，花期很短，有的几天，有的一场秋雨就谢了，天气晴朗，最多半个月。桂花知道自己的宿命，微小的它在这特别的时候，为了封闭了很久甚至隔离两地刚刚见面的亲人们，它们拼命地绽放出最美的香味。为什么今年它要选在中秋后才绽开，才把香气弥漫成都和德阳等周边城市，就是为了慰劳大家，向战胜疫魔的大家问候一声，你们辛苦了！在这短短半个月的时间里，完成了作为微小万物对于生命的意义。

　　想到这里，我不禁对桂花肃然起敬。之前正是抗疫英雄们在忙碌，之前桂花在对自己说，它要延迟花期，它要把花香开给最可爱的人。那时，抗疫英雄们正巡逻守护在桂花树下，仔细倾听着身边生命的歌唱，护卫着眼前事物的美好。那时，金桂银桂正悄悄地孕育花粒儿。桂花花粒很小，却把花香拧成一股股香绳，如抗击新冠疫情的党员干部和志愿者一样，心结成绳，就能战胜一切的困难！

　　枯叶、细雨、衰草等都给这个季节平添了一抹悲凉伤感。唯有你，把花期开到没落，花蕊谢落于泥土，孕育来年的芬芳。来年，它还要与这座城市的人们一起共克时艰，共赏中秋，欢度国庆。

巡逻车的红蓝守卫

"当阴影处出现一个形迹可疑的身影，大家立刻停住了话题，轻松的气氛瞬间变成了警惕，几个人不用说话却能各做各的事，配合十分默契"，我曾在一本书上看到这一段描述民警夜巡的故事，场面惊心动魄。

远远驻足，看到了标志性的红蓝灯在闪烁，带给人们一种安全感，也给夜晚增添了几分颜色。热情的话语伴随着真诚的微笑，健捷的脚步与敏锐的眼光融合，闪烁的警灯与美丽的夜色相呼应。警车在辖区的大街路口和各条小巷以每小时十千米的时速通过，车里的我们可以看清每一个路人的脸。在某小区的围墙外，我们还会遇到几名骑着电瓶车巡逻的辅警队员，他们看到警车通过，还向警车摆摆手，大家笑着说"自己人"。凌晨时分，偶尔可以听到手台里传出指挥中心和各派出所通话的声音，让我们感觉到在方圆百里之外，还有不少我们的战友与我们一起和夜色相伴，顿时心里暖暖的。

有一段时间，辖区的一个小区经常被小偷光顾，电瓶车被盗案件频发，许多住户的安全感直线下降，这给我们敲响了警钟。警力跟着警情走，该小区外来租户比较多，流动性大，所里加大了对小区的巡逻力度，也加快了案件的侦查速度。许多民警在不值班的时候放弃休息担负起了夜巡小区的任务，一吃完晚饭便分组开车、步行赶往小区，碰上下雨天，同样去巡逻，只为还群众一份安宁和安心。

夜色撩人，我的战友们却无暇欣赏，深夜仍坚守在各自的工作岗位上。他们每个人，是家中的父亲或母亲、丈夫或妻子、儿子或女儿。此刻，他们的身份只有一个：人民警察。他们正默默奉献着自己的青春和热血，战斗在公安工作的基层、第一线，用自己的实际行动践行着"为人民服务"的铮铮誓言，成为和平年代最可爱的人。

超越冬天

　　冬天对于我们警察来说，不是一个很好的季节。深夜巡逻自不必说，通宵值班无可厚非，办案蹲点家常便饭，最凄惨的是半夜你在被窝里做着香甜的梦，一个电话：出警！憋的是万般挣扎。大冬天、大半夜，"小区里发生盗窃案""旅店入住网逃人员""酒吧有人打群架"……不容迟疑，一脚蹬开热被窝，一个鱼跃飞奔向警车，边跑还边扣扣子。当然，那时的你也顾不得身上的寒意或去留恋被窝了，"责任"二字令你的脚步穿过整个寒冷的冬天。

　　以前老想"柴门闻犬吠，风雪夜归人"是多么温暖的词句，想象一下一个漫天大雪的夜晚，白茫茫的雪地上一个人深一脚浅一脚地慢慢前行，又冷又累，突然看到远处有了灯火，顿时心头一热，赶紧加紧脚步。再近一些，只见炉火烧得正旺，有几个人围坐着，一边往火里添柴，一边喝酒闲扯，简直就是天堂！推开门，抖一抖身上的雪，直往火前奔，把两只手放火上反复摩挲，嘴里嚷着："哎呀我的天，外面也太冷了。"顺手夹起一块羊肉，满口滚烫，吐着口里腥膻葱蒜气对窗外的大雪喊声："好天气啊！"冬夜最舒坦的事莫过于此。

　　然而，等踏入警营后，才发现如此平凡的梦想对于警察来说却总是奢望。清晨，你得披厚衣、踩坚冰，展开巡逻；为预防警情、宣传法制，你得在居民区、大型场所、繁华地段散发传单、逐一走访；为了解案情你必须得顶着严寒东奔西走，有时候为了侦破一起案件，还需要蹲点守候、反复勘查、加班加点地熬夜工作；风雪交加，路人唯恐避之不及，你却得一丝不苟挥舞胳膊……尽管如此，我们还是在寒冷与温情、不安与调节、疲惫与感动中变得坚强和温暖，并怀着最大的诚意与热情温暖每个需要阳光的人。

　　这或许是幸福的另一种状态：当案件告破，我们将事主被窃财物成功追回，看着事主失而复得的喜悦之情，之前所遭受的疲惫和辛劳都融化成冬天里的一口烈酒；当我们将被风雪围困的路人及时救回，自己却发烧打点滴，只要得知他们平安无恙，所有的寒意都化作满腔热血；当……发现原来这个冬天并不是那么寒风凛冽。我们一同担负你们的忧伤，也分享你们的喜悦，因为我们是一个整体，我们休戚与共，须臾不曾分离。

车流在城镇中如影穿梭，斜阳滑过路边的小叶榕跳到行人的肩上，像一片片金色的蝴蝶。这个城镇像一位老人悠闲地屹立着，警车守候着这位老人，守候着这个冬夜，树林、山峦、街道、人群在我眼前扑过来又削过去，最后拉成了飘飞的光影与色块。阳光抖落下来，投影在脸上，迷迷糊糊中，我感觉，逾越了整个冬天。

大年初一的夜

是夜，龙泉山脚下的龙泉城尽管已经是春节了，风依旧有些瑟瑟地令人发冷。经过了一整天的热闹喧哗，黑暗开始侵袭，马路上的行人渐少。烟花爆竹禁放令下后的夜空，除了远处偶尔响起零星的爆破音，四野显得格外寂静。我站在夜色里，只听到风吹过树叶的声音。

远远近近的辖区街道，或明或暗点缀着星星点点的灯光，在夜色的衬托下，龙泉派出所灯火通明，如同一块闪闪发亮的金色盾牌直直地矗立在城市最东边，守卫着身后的万家灯火。

"899，899，指挥中心呼叫。""899收到，请讲。""××街道××路上，有一醉酒男子倒在路边，速派民警前往处置。""899明白。"小电台的声音在派出所的每一个角落都能听到。电台虽小，作用却很大，不管是接收警令，还是发出请示，作为值班民警，整一天都离不开它。每每喧嚣了大半天的电台突然安静下来，大家都有一种"偷得浮生半日闲"的感觉。

在某小区马路边，一个意识不清的人蜷缩在路边一角，瑟瑟发抖，好心路人拨打110求助。接到报警后，值班民警立即带人驱车前往。到达小区外后，看见陌生男子横躺在路边的草地上，衣衫单薄，浑身散发着浓重的酒气，嘴里不断念叨着。民警疏散围观群众后，试图询问时才发现他已经无法正常表达，身上携带的物品仅有一张身份证和几张人民币。陌生男子是本地人，在初步检查确定他没有受到其他伤害后，民警一边安排协警兄弟联系120急救，一边扶起男子，不断试图与其交谈，确保他不会在这个冷风簌簌的夜晚昏睡过去。急救车赶到后，民警配合医护人员将男子送往附近医院，经初步诊断为病理性醉酒。醉酒男子在医护人员的悉心照料下并不老实，民警配合医护人员一同照料。直至深夜，醉酒男子才沉沉睡去。

　　派出所的那头，另一位值班民警正在调解室调解家庭纠纷。在基层派出所里，经常会接触到许多鸡毛蒜皮的各种纠纷。不要小看任何一起矛盾纠纷，弄不好会变成严重的上访事件，甚至会产生不堪设想的后果，所以每个民警都要重视，争取把大事化小、小事化了。在民警苦口婆心的调解下，两家终于同意和解。我也仿佛了却了一桩心事般，长舒一口气。

　　凌晨，还先后处理一个父亲寻找儿子三天没有回家的求助；一起因为躲避经济债务而不敢回家的报警；几个疑似精神病人的骚扰电话……总之，作为大年初一前台指挥长的我，彻夜无眠，无论在思想与行为上，都算是勤劳吧！

第三辑
我写我快乐

大多数时间，写文章，只不过是在宣泄一种情绪。
写完还不算完，
发布出去了，
似乎才得以彻彻底底地释然。

光阴赋

春天坐着花轿而来,却又偃旗息鼓地扔下满地狼藉的残花而去。

时光在晨曦里抬头,又在暮色中闭幕。城市灯火闪烁,行人过往忙匆。心生一缕叹息,不知不觉间,一天光阴就这样过去。

周而复始的日常,仿佛一切都是一如既往平淡如水一样。然而,总是会在某个瞬间,忍不住滋生一腔情怀、一缕遗憾、一抹生动……让人忍不住停下来用心去感悟。那些走过的地方,遇到的某人某事;那一路变化的风景,花繁叶茂几许,枯木扬春几何;还有那些被疏忽的人情风物,随着思绪婉转,贯穿朝暮,流光溢彩。

奈何,指缝太宽,光阴太瘦,每一个日常都很短暂。蓦然回首,惊觉岁月已晚,已是人到中年。生活中的一切都在不声不响地发生改变,是成长,也是老去。

想起那句话:人生如茶需慢品,岁月如歌静心听。

是啊,静心日常,才能抵御这喧嚣纷乱的尘世。

汪曾祺曾说:"我以为,最美的日子,当是晨起侍花,闲来煮茶,阳光下打盹,细雨中漫步,夜灯下读书,在这清浅时光里,一手烟火一手诗意,任窗外花开花落,云来云往,自是余味无尽,万般惬意。"

"写自己想写的文字,见自己想见的人,去自己想去的地方,趁时光未老,趁年华正好。"这是我的初心暮年,也是行动的索引指南。

步入中年,暗自图奋,越发谦和恭顺,没时间情绪,更不轻易与他人动怒斗气。接纳了生活中的磕碰,适应了工作上的劳心烦累,放慢心来读书写作,渐渐学会善待身边人,笑对身边事,这时候才发现,自己原本也是事事如心、妻贤子慧、顺风顺水……还有何不知足?

光阴故事里,一定要动中造静,修炼好"静"这个行。生活静心,工作尽职,闲时禅静……处处心平气和,知足感恩,不骄不躁,不因得失而乱心,不为利禄而耗神。

荏苒时光中,笑对人生中充斥的无常逆境。这一辈子,即使一生荣华富贵，最终也逃不过生老病死。既然无法左右生死祸福，不如一切顺之自惜。在这无常的世界里，保持心灵的平静与安宁。

当明白了无常，就不会张扬。我们空手而来，注定什么也带不走。百年世事三更梦，万里江山一局棋。

无常乃是人生常态，该看淡的东西看淡一点，该简单的地方简单一点。一个人的心灵简单了，他的世界便简单顺乐了。

随遇而安吧。随遇而安才是面对生命最正确的状态。庄子在《天道》中说："与人和者，谓之人乐；与天和者，谓之天乐。"庄子认为快乐分两种，一种是人乐，也就是人与人之间的乐；一种是天乐，就是那种超脱的乐，与天地相和谐的乐，是那种达到极致的乐，又称至乐。庄子又在《至乐》中说："至乐无乐，至誉无誉。"意为达到极致的快乐是在内心深处，是没有表现的。真正的荣誉是没有赞扬、没有名辉的荣誉。

真正的快乐是与自然相融合、与天地相感应的乐，是虚无恬淡、怡然自得的乐，是无忧无虑、无声无形的乐。

没有谁的生活一成不变，没有谁的人生年年如一。四季更迭，季季不同，悲欢离合，样样尝尽……面对无常，宠辱不惊，看庭前花开花落；去留无意，望天上云卷云舒。

对事对物、对名对利，得之不喜、失之不忧、宠辱不惊。一切顺其自然的样子，酒至微醺，花开半朵，这是我对待自己余下光阴的态度。

古语云：唯宽可以容人，唯厚可以载物。

做人，一定要宽容大度。这是一种修养，更是一种美德。原谅别人的错，解脱自己的心。谁都有犯错的时候，交往都有误解的时候，懂得换位思考，将心比心，是一个人最基本的善良。停止对身边人和事的指责，修一颗宽容之心，养一张宽容之嘴，你的生活就越来越顺利。

学会自省，方能成就余生。

《孟子》云："行有不得，反求诸己。"遇到事情时，反躬自省，多从自身出发找问题。

当静心下来时，你会发现：一切都是那么有条有理，所有的事和情都那么清晰有序。无常不幸，烦扰不了你的心智，成败得失让你更加成熟，所有的不顺都渐渐被你理顺，让好的事情继续优秀下来，把坏的事情也都变成美丽！去应一句话吧：宁静致远。

就这么愉快地决定了：余生与静为伴，一静到底。静静地阅读、静静地思考，安安静静地写作、平平静静地生活。静静心心细数每一天的日子，默默地守望花样尚在的人生光阴。

是春天的雨就好

春天来了，城里的季节不那么明显，二三月的天气变化总让人捉摸不透，太阳出来的时候，午后时分热得人骚动褪衣，刚刚减下衣衫，寒气又开始慢慢袭来。其实，人的心情有时也像这天气一样，一会儿雨，一会儿晴，一会儿冷，一会儿暖。人游离在近忧远虑或者近思远忧中，不断地给自己找麻烦。生活中的你，可能会为未来担忧，可能会感到愤怒和悲伤，可能会产生内疚感或羞愧感，可能会因为身体疼痛而烦恼，还可能感到烦躁或者压力重重……

到底怎么啦？物质富足、生活精彩，我们大多数人从来没有经历过在新闻里所看到的那些悲惨事件，如在自然灾害中失去亲人、受到敌方军队的攻击、在一次可怕的事故中险些丧命。但是，却时常经历着大量的压力和情感痛苦的折磨，总会感到不是很快乐。

事物总在不断变化，而我们也在不停地思考如何才能将快乐最大化、将痛苦最小化，所以，就会感觉生活很艰难。不管你怎么做，快乐终将过去，而痛苦也总会再次出现。意识到任何事情都是变化无常的，认识到这一点会让我们产生一种不满足感，即使在享受快乐的那一刻，我们还是会觉察到快乐终将过去：用不了多久，美味无比的冰淇淋就会被吃完；快乐的假期就要结束，一起欢笑的朋友总会离我们而去，下一次可能不会有这么好的机缘；我们可能失去工作失去健康，做儿女的会意识到父母终将死去。一旦认识到一切事物终将离我们而去时，与不断思考紧密相连的快乐原则就成了我们要认真考虑的问题。

我们有着寻求快乐、逃避痛苦的本能，我们试图提高自己在这个社会群体中的地位，我们生活在一个无法回避衰老、疾病、死亡以及诸多其他烦恼与挫折的世界，加上还有一种始终朝坏的方向去看待事物的倾向性。爱使人受伤啊！因为爱，所以你就怕他不快乐，就算所爱的人一切都很正常的情况下，我们还是会觉得不幸的事情迟早会发生在他们身上。

漫无目的地情绪飘逸，不求逻辑思维的倾泻，我都不知道这篇文章的主旨，就像窗外的春雨，想下就下，想停就停，能否湿了地、是否打湿心，都不是那么重要——是春天的雨，就好！

不再流浪

我用这支轻歌问候夕阳，又用这支轻歌作别山冈，扔掉手中苍老的藜杖，青春，不再流浪！

曾与潺潺的小溪，在荒草的浅滩上，一同歇过脚；曾与漂泊的西风，在千年古寺下，一同纳过凉。还记得吗？若尔盖草地，你我共枕着星光悄然进入梦乡；还记得吗？来自远方的游子，你我同槽拴过马，在那间黄油灯的小客栈里，一同温过人间相逢的美酒，然后走向各自流浪的方向……

哦，美丽的小城姑娘，黄昏的风中你轻抚着马鬃，十里相送的路口，你低头问我："什么时候回来，不再流浪？"

呵，热情的彝族少女，青山道旁，两片火热的唇刚刚分开，你就问我："什么时候回来，不再流浪？"

我把相思收入行囊，我把寂寞留给远方，嗒嗒的马蹄声是美丽的错误，又轻轻地敲响薄暮孤独的山岗上……啊，"什么时候回来，不再流浪？"

颠簸的马背上，当我采下生命中第四十颗星时，禁不住轻声问自己："什么时候回来，不再流浪？"

我用这支轻歌问候夕阳，又用这支轻歌作别山冈，扔掉手中苍老的藜杖，从此，不再流浪……

龙泉山的小雨天

我喜欢龙泉山蒙蒙小雨，喜欢雨中滴露的花瓣，流响的清泉！

我喜欢龙泉山蒙蒙小雨，喜欢雨中披纱的嫩柳，七彩的小伞……

啊，桃树林中，美丽的姑娘，我喜欢你，喜欢你朦胧的雨帘，"沙沙"地敲响我心中的琴键。

不要问我，为什么伫立路边独立撑伞，隔着雨帘看你；不要问，为什么你我之间总有一层迷蒙小雨。啊，请你，请你，不要揭开这淡淡的轻纱，听我心中的呼唤，带给你的美感。

你知道我为什么流连这万亩桃花止步不前吗？那你一定知道我为什么喜欢龙泉山的小雨天；假如你知道雨中的桃花，为什么如此娇艳，那你就一定知道为何我执着地钟情这小雨天。

啊，我喜欢，小雨轻轻洒在身边，喜欢你纤纤玉手，捧起我梦的清泉；我喜欢，小雨沙沙响在路边，喜欢你粉红的衣衫，在雨中，幻化成一道秋天的霓虹，永驻心间。

种盆鲜花在心田

越来越喜欢养些花花草草，或许年龄渐老，内心趋静，开始寻思生活中的另一种乐趣，抑或是越来越追求修身养性。

陶冶情操，养花无疑是种不错的方式。养花即是养性，养花亦是观人生：有喜有忧，有笑有泪，有花有实，有香有色。既能劳动，又长见识，养花不分年龄，不分性别，不分国籍，有人说喜欢种花的是老年人，我不完全赞同。我自小都是喜欢栽种花草的，只不过年轻气盛时养得粗糙，很少专门打理，养的品种大多都放任其自生自灭，自然也就养不出来什么精品了。

养花养的也是心情，喜爱养花的人平时都比较注重自身修养，花花草草不好养活，有的喜阴，有的喜阳，要施肥浇水，不能天高海阔任鸟飞，撒上种子任它自由发挥，它是一个生命体，不能这么粗糙地养活。花费时间和精力去培育它们，看到花草茁壮成长，这种感觉就像看着自己的孩子一样，付出心血得到反馈和收获，自己内心也非常高兴，这个中乐趣只有自己能体会，旁人是无法领会的。

养花的过程其实和创作美文是一样的，当你的文字不断地登上各类报章杂志，被许多的人阅读转发，令人开心；养花也是这样，看到自己细心呵护的植物成长开花，赏心悦目，这种成就感是极大的。

用另一个角度来讲，如果养花每天带给你的是快乐，这就会刺激大脑产生多巴胺，养花是长时间的过程，这就相当于持续不断地在大脑内产生快乐多巴胺，这种正向反馈机制，是心理学中常见的。何乐不为？

毕竟爱美之心，人皆有之。平时养点花花草草，你就能明显感受到四季的更迭，如今我们都住在高楼大厦内，天天忙工作，夏日空调，冬日暖气，一年四季都过得没什么感觉了。

养花的人一般心态都很好，乐观积极向上，喜欢美好的事物，不会因为一点鸡毛蒜皮的小事大发雷霆，言行举止温和高雅，做事情也就会独具匠心。当然，每个人养花的初衷不一样，有的人爱看绿叶红花，有的人觉得养花很治愈，都是源于对生活的喜爱。

养花的一般人内心豁达，大度体贴，古诗有云："宠辱不惊，闲看庭前花开花落；去留无意，漫随天外云卷云舒。"这种洒脱、崇高的境界，不正是我们所向往的吗？世事纷纷扰扰，争执不休，有这等心态着实难得。

喜欢养花，室内室外都养满吧。而且，现在就开始，我还要养一盆四季鲜花在心田！

春的念想

一个人走在初春的太阳下，与之随行的影子，慵懒散漫，年年岁岁花相似，岁岁年年人不同，带着一丝丝莫名的落寞与寂寥感受着周遭景象。

日子就这样一天天地散走，皱纹赏脸已经不再年少，时光本是一条单行道，曾经的无忧无虑、父母双全的日子，只能在自己的记忆里，离我越来越远了；发现世界并不像自己想象中的那么触手可及，再也没有机会在父亲面前任性、撒娇、逞强了，父亲像一座可以依靠的大山，他走了，山塌了，从此似乎每一件事的实现都是那样艰辛疲惫。温习过往，总是贪婪地想把那些时光一点一滴，那些曾经，那些过往，那样幸福，原来美得让人不敢去触碰，而当时只道是寻常事物——念想收藏。

时钟总是能一圈又一圈地回到相同的起点，但时光却再也不会重来，就如同我们再也回不到年少，它恨不得瘦成一道闪电"亮瞎"我们的双眼，也绝不会给我们再看一次的机会。时光太瘦，指缝太宽，总在我们不经意间悄然溜走；有些岁月再见之后就真的再也不见，有的人让一刻、一面、一次、一天变成永远。

当夕阳快落下时，那些或酸或甜的往事会涌上心底。有些东西会被时间冲淡，但也有些东西会被时间酿得悠远。很快就是清明了，我无限挚爱、越来越思念的父亲——您在天堂可好？

东安湖寻梦

在我工作生活的地方——成都东边，紧靠龙泉山脚的美丽龙泉驿城边，又新造像青龙湖一样的人工湖，近在咫尺，却一直都没机会去亲近饱览，心里也有种家门口景色留着吧，也只是个早晚！前些天，与家人开车路过东安，禁不住妻女念叨，就将车停在路边，步行入公园，结果被管理员劝阻，说是疫情防控，不开放，于是只好站在警戒线的旁边，翘首四处，远距离望望看看……今天在家隔离，闲无聊，就写了这首诗！当作存记存念吧！

听说
山脚下的东安湖
新开了十二朵芙蓉花
蓝蓝的湖水
映着天空的心
粼粼闪闪　淳朴璀璨
往日单调岁月　荫蔽
桃花堤　定居着蜂巢宫
东阁望川　双臂打开
挥毫一笔前无古人的盛况
掀一帘蜀古幽韵

淋一袭三国雄风细雨
在梅坡溪桥西边一抹
数只蝴蝶奋臂
摇曳出一幅幅巨美的
梅花图
锦城花重　低头
酝酿冰雪梦
驿台荷风　开了又落
你在还是不在　你来与不来
我依然　在等候
来年湖田中的洁艳
厚重虚浮了湖色夜空
是谁　在这里吹风
青山飘移着云朵
满满你的影子　是梦！

　　成都市龙泉驿的东安湖生态公园毗邻第 31 届世界大学生夏季运动会主场馆，着眼"尊重自然、顺应自然、保护自然、因地制宜、科学合理"的生态建设目标，坚持"蓄塘成湖、留木成林、因势聚山、借渠引水"，以驿文化为主线，串联林盘文化、竹文化、芙蓉文化、桃花文化等元素，着力打造一个以秀美的自然山水为基地、多元的文化元素为内涵、丰富的休闲活动为特色的开放型城市生态公园。

　　以"一湖映一阁，四园十二景"为设计纲领：一阁为东安阁，四园则是根据四季景致变换打造的槭树杜鹃园、竹径茶园、秋色植物园、梅园，十二景则是东阁望川、神鸟迎宾、龙泉澄泓、桃李书房、锦城花重、竹径茶语、溪峰河晏、转龙戏沙、湖山晚舟、梅坡溪径、驿台荷风、秋林蒲影极具川蜀文化特色的景色。

寻 觅

在这个世上，总有些什么丢掉了，仿佛童年妈妈轻轻地召唤，那么遥远而朦胧；在这个世上，总有些什么失落了，仿佛昨夜梦中你熟悉的颜容，那么冰冷而陌生……

童年的橄榄树，和我那飘雨的椰林，曾有一段奇妙的时光，我是一个捉萤火虫的孩子。不再回头，并非只是这夜晚的星群；无法重温的，并非只是这窗前的月光。

像一阵秋风，又一场冬雨。我是个生命的过客，匆匆来去。

流萤提一盏灯，在暴风雨来临的夜晚匆匆赶路，去找它的星星。偶尔，会遇见另一盏灯，相伴度过一段寂寞的时光；偶尔，又遇一阵风雨，各自走向流浪的方向……

江边的荻花开了，当月光又一次攀上我如梦的绿纱窗时，总觉得少了点什么东西——轻轻地，一朵花，随风飞过窗前……

无尽的思念

燕子离去了，所以你也就离去；秋云飘走了，所以你也跟着飘走……对吗？

昨天，我才划动金色的桨，轻轻地驶入你的西子湖央；今日，却收起一张滴泪的空网，悄悄地离开你烟雨迷蒙的池塘……谁叫那个落花的季节，你走入我洁白的童话，又是谁叫那个月圆的夜晚，你从我的梦中消散？

唉，我知道，那把吉他，那把旧了的吉他，沉默得太久，已经断弦！我用整个青春，换来几朵莲花的开谢，换来几次星辰的起落，和一阵吹你秀发遮住了眼睛的风。可是为什么，云霞与星辰总是错过了又错过，同在一个天宇，却永远不能相逢？

秋风中，当我扔掉手中最后一片枯黄的等待，却接到你春天迟到的消息，过去的一切不再回来，如同昨夜梦中你熟悉的容颜。对着枝头上那颗流泪的星，你轻轻招手唤来的雨季，我却永远走不到尽头，不要用你阳光般的微笑，探望我飘雨的心帘，不要用你温柔的芦笛，吹奏已被春风带走的缠绵……

知道吗？当那颗粉红色的星辰悄悄坠落时，我是披着寒风离去的！知道吗？当最后一枚秋叶飘落于沉重的大地时，我是踏着雪花归来的！曾经手拿蒲公英，为你放飞无数个轻灵的梦，而今却踏着落花，拾起一个个被泪水打湿的誓言。

在春天的战场上，失败了一次，你就永远无法再赢回来；你错过了一个春天，也就错过了所有的春天！我的那些红果，异常忧伤而美丽，像一串你的叹息，悄悄悬挂上我生命的绿枝，我用一地飘零的落花，编一个美丽的环，献于含泪的风前；又用一颗颗破碎的露珠，连一串寂寞的故事，撒向夜空，讲给远方的你听……

文字将我催眠成花

做一朵努力开放的花儿，哪怕是一朵普通得叫不上名的小花儿。静静地开放，与天地对话，与草木共荣。不艳羡牡丹的雍容、玫瑰的娇贵，我虽平凡，却也有与牡丹、玫瑰一样的四季缤纷。

我与绿草为邻，蚂蚁为伴，在大自然的静穆中，在最接近泥土的地方，日夜聆听地心在涌动，岩石在碰撞。年轻的蚯蚓穿越亿万年的黑土，从黑夜走到白昼，从寒冬走向春天。蟋蟀咀嚼着草叶，用汁液将夏季染成绿色。蝴蝶以花为镜，用翅膀挽留着芬芳。它们只管悠然，只管翩跹，并不在意，那短暂的时光多么弥足珍贵。风从草尖滑过，掀起巨大的波浪，雨从树叶上滴落，激起万千沙粒，闪电撕裂了天空，雨水的溪流，即将淹没我瘦小的身躯。幸好，还有那太阳拨开了乌云，又带来一道彩虹修饰着蔚蓝。我被大自然的变幻震撼着、感动着，悲悯的泪水在单薄的花瓣上滚动，澎湃的血液在叶子的纹路中喷薄欲出。

忽然间，我想说些什么或写下什么。我想说什么，写什么呢？珍爱那高远的天空和变幻的白云，它给我无限大的宇宙空间，让我产生无限联想。我描绘着我的前生、今世和来生。我欣喜从天而降的甘霖，让我鼓起勇气在这干涸的泥土中挺直脊梁，思量着下一朵花儿开在何时。

秋天，高大的向日葵将种子重新撒落脚下，长刺的苍耳被小动物带到另一块草场。我撑开一把小伞，就将我的梦想带到无尽的远方。

终于知道，该做些什么了：将梦想或记忆用书写的方式封存在文字这坛美酒中。回忆久了，便觉得逝去的光景如梦一般，反复出现。有时，现实也是梦，有着淡淡的孤独的梦。不承想，那些梦境一般的片段在我的心中渐次浮现。每一个书写文字的人，不但要有梦想，还要有故乡。

我是大地中的土孩子，从背井离乡，离开亲人和朋友，让家乡成为永远想念、吟哦的故乡。但是，我依旧怀念一个地方，就像许多游子怀念故乡一般——童年的小小院落就是我的故乡，我心灵的故乡。多年后，我时常会梦回童年的那个院子，推开房门就能捧起的如水月光，数到眼睛凌乱的满天星斗。那座洒满阳光的院子，牵牛花吹开了小喇叭，几垄绿叶蔬菜，几棵花草，爬满竹竿的黄瓜，半红半绿的柿子，忠于职守的黄狗，勤于产蛋的母鸡。那里有我年轻的父亲、母亲说笑的声音，走动的影子；那里有淘气的伙伴，熟悉的邻居；那里有童年的笑声，少年的心事。曾凝神许久，只为观察墙角的蜘蛛结网，猎物自投罗网。养在水缸里的蝌蚪一天一个模样，一夜之间便甩掉了尾巴长出幼足。一场雨过后，水洼里新生出一群孑孓，它们在浅水中奋力蛹动，幼小的生命也在那个春天蜕变。被我拔出尾刺的蜜蜂，离开了花朵，缓慢地飞远了。书告诉我，那只失去武器的蜜蜂会被蜂群逐出蜂巢，痛苦而孤独地死去。一只从树上掉落的花虫被我拾到，将它送与正在觅食的蚂蚁。书告诉我，那只花虫将会变成美丽的蝴蝶，而那个夏季就是它企盼了一生的时光。

书，让我知道了大自然的秘密，解答了成长的困惑。从那时起，我便与书为伴了。书是人生的一个个窗口，我们用目光的脚步丈量书里书外的岁月。放下书本，那些卑微的被人忽视的生命，就像那一个个蓬勃的季节，像绿叶一般在我的眼中闪闪发亮。"有些想念嫩芽萌发的日子。在暖阳里，扎着羊角辫的小女孩从木栅栏那边跳跃着跑过来……如果能让逝去的三十年倒流成河，那女孩便是我，从百草园中走出来的我，怀揣着文学之梦的我。"那是一个触手可及的田园梦，读书的梦，写作的梦，它在我心中建起了一座丰盈的百草园。就在那个院子里，我坐在门口的雨搭下，听着花草拔节的声音，屋檐滴水的声音，读着父亲寄钱买来的书，一颗小小的心如蒲公英的种子一般飘到很远的地方。而今的茅草屋、斑竹林，已经四处轰鸣声。故乡只能隐藏在记忆深处。在井边打水的男男女女，疯跑的孩子，都随着时光的脚步，不知去了哪里。眼睛是用来发现的。通往心灵、企及灵魂深处的眼睛，将世界看得博大，又将世界缩成微观。脚步不能到达的地方，文字垒成了一级又一级的梯子，到峰顶，到伸手可以触摸到云端的地方。而那些人间幸福的，不幸的平凡的人，司空见惯的事物和那些细微的变化被眼睛捕捉到，最后都变成我文字的主角或背景。

时光带走了我们的亲人，他们终将在我们的记忆中越来越模糊。我试图用文字将他们留住。我的爷爷吴梦君、奶奶陈秀英、父亲吴振东，他们都是操劳了一生的人，头发像云朵一般洁白，他们辛苦繁衍养育了我们这一系子孙。而如今，我的祖辈们也变了一抔黑土，他们都积淀在我的心里，结晶成闪亮的文字。那些文字不知不觉中走入我的灵魂深处，曾经干瘪青涩、散淡的文章，也渐渐变得温热，像晨露中绽放的花蕾，像夜光杯里的美酒。那些曾经的阅读和书写已经不再是茶余饭后的消遣，不再是花前月下的吟哦，不再是孤单寂寞时的冥想，不再是伤心忧愁时的眼泪。它有形，又无形；它有声，又无声；它看得见，却又摸不到；它流淌进我的血液，浸透到我的形骸之中。

透过我警察职业这个窗口，让我看到，这世间还有这样一些人，在救治疾苦。闪耀的警灯点亮漆黑的夜空，路灯下是巡逻的身影；节日的焰火在升腾，在欢呼的人群背后，是他们紧张而警惕的眼神。他们用血肉之躯阻挡危难，承受流血，承受牺牲……"文以载道，扬善惩恶"，我深深体会到，这是撰写人的使命，也是文艺化人的力量。站在不同的角度、高度去写意人生，用悲悯的视角弘扬警营的正能量，挖掘人性的深度，用作品温暖人，鼓舞人，启迪人，是我长久以来一直思考的问题。在灯下敲打那些文字时，始终被那些路途上的故事感动着。打开一扇门，让警营的春风吹遍大江南北。做一个行者，又将投身于新的孤独却不寂寞的旅程。情愿做一只在文学路上爬行的蜗牛，背着重重的壳，一字一句地向着我朝思梦想的绿荫前进。不为自己，而是为了一群人，为了园丁们守护的这片"百花园"。

端午节寄语

拉不住岁月的手，留不住时光的脚，转眼端午节已经过完了四十几个。每当过节的时候，我便会想起一个人，我能听见他的脚步声，他的《离骚》从遥远的时空传过来，他的忠魂充斥我的脑海。我还会想起许多有关的事物：菖蒲、艾蒿、雄黄酒、粽子、皮蛋、赛龙舟。

诗人每句词里都有一股炽热情怀，习俗背后都有一段美丽童年。其实，长大了，根本不在乎过什么节，唯有享受的是那份可以休假时的悠然。真正喜欢节日的时候是在儿时，不仅能好吃好喝，还能见许多自己没见过的世面，父母一边用雄黄酒给我们描花脸，一边给我们讲习俗、寓言。我们对每一个出处都那么好奇，对每一个故事都感到那么新鲜，历史的天空总是那样深邃，古人文化也总是那么婉美悲情，令人崇敬怆然。

时常望着门口插满的艾蒿、菖蒲，遥想汨罗江，遥想屈大夫，遥想贤哲们——为什么？那时候，他们能把国事、家事、天下事分得如此清澈坦然；为什么？他们都已是生活富有，事业腾达，封妻荫子的人上人了，竟还如此顽固不化，倒行叛逆，放弃安稳幸福日子不过，天天苦憋自己，江山社稷，为民呐喊，忧国忧民，郁郁终欢。

啊！回想过去，看看今天，古贤们是多么崇高伟岸。不过，看见当今的习近平主席，我们仿佛又看见了希望，但愿天下太平、国富民安、民主政治。

端午节的今天，我在心里采撷一束艾蒿，献给屈公，当作我的追念与凭吊，感谢他的爱国赤诚之心，更感谢他让我有幸拜读了前无古人、后无来者、千古绝唱的伟大作品《离骚》。

时光！请您慢一点儿

每当龙泉山雨季来临的时候，也是一年即将过完一半的时候。夜幕降临之际，端坐于书房，翻完最后一页书本，望着袅袅升腾的茶烟，伴着窗外淅淅沥沥的雨声，没有思维也没有想法，只是傻傻地发呆，心中一片空白，不知道要干什么？也不知道该干什么？这一刻心绪凝固，充满迷茫，真的宁静到了极致，没有一丝丝的杂色念想……

天空黑了，有再亮的时候；花儿凋零了，有再开的时候；柳条枯萎了，有再变青的时候。但是，时光啊！你告诉我，日子为什么总是一去不复返？——是天狗偷吃了它罢，还是时光它长了脚啊！就这样眼睁睁、大方方，明目张胆地从我手中溜走，像一滴雨珠滴落大海，没有声音，没有影子……我的心一阵扑腾，我不知道上帝能给我多少时间，但我还清醒的大脑确乎是渐渐空虚了。在默默里，时间又悄悄流逝了，在我转眼中一万五千多个日子已经不在！我的时间，我的日子，我的生命，就从发呆中溜走；洗手时，从水盆里流过；吃饭的时候，从饭碗中经过；默默时，便从凝然的双眼前离去。

望着你，我好无奈，好无助！在这时光如飞的日子里，在光怪陆离的世界里的我，做了些什么呢？又剩了些什么呢？过去的时光如轻烟，被微风吹散了，如薄雾，被太阳蒸化了，我留着些什么痕迹呀？我何曾像今天这样恐慌啊？徘徊、徘徊，除了徘徊，又做了什么啊！赤裸裸地来到这世界，眼看也将赤裸裸地回去了。当我躺在床上，等我睁开眼睛算又溜走了一天，我不禁潸然泪下，屈指盘算。算的时候，时光又消失指间——不必等了，不能等了，抓紧时间，活着，就要过好此时此刻的今天！时光，请您慢点儿，再慢点儿！

从此刻起，我不会再徘徊，抓紧时间：幸福、平安、快乐、健康充实地过好每一天！

6·26 致我的情怀

花静静地开，天悄悄地明。推开半夏的轩窗，早起的鸟儿在院子里垃圾桶旁边，依旧快乐地来来回回、跳来跳去，在为生存觅食；卖鲜牛奶的吆喝声，小区门口的临时早餐店，上班的、赶学的、揽客的电瓶三轮车……芸芸众生依旧在为生计奔波、劳碌。一切与昨日没有什么不同。风淡淡地吹，景慢慢地变。昨日与今日又那么不同。

今天调休，我可以不紧不慢地起床；坐在书房，练字、看书、写文字，想做什么就做什么，不必老是看时间，老担心迟到。最近买了一套《季羡林的散文集》，喜欢季老笔下那些对往事的微笑、欢喜、惦记、不舍、留恋……更仰慕他 95 岁还仍然坚持写作。其实我也留意过不少阳光里的妩媚、月下的微醺，在乎过那些绝尘而去的温柔和一池瘦荷清扬。或许，还在春天被融化，季节被斑斓；种子发芽，花儿含蕊；桃花人面，杨柳依依的那一刻，就热切向往着、憧憬着、甜蜜着夏的豪爽、夏的奔放、夏的浓烈、夏的炽热。唯愿我学得会季羡林前辈，长写长寿、长寿长写，超过老先生，活到九十九！

无数喜怒哀乐、悠悠的情愫，执笔为念，落笔成章，一篇篇、一页页素颜的落寞。招摇的忧伤，碧绿着，葳蕤着，茂盛着，让我的文章成就逝去的时光。时光轻漾着，书写一帘旧梦。唱响老歌，涟漪轻轻，悠哉乐哉，欢度余生。

光阴的渡口，每天都在循环演绎着悲欢离合的故事，不同的主角，不同的剧情，不同的结局。

记忆没有错，时光没有错。错的是那份执着，那份眷念，是一段陈了又陈，旧了又旧的疼痛。往事如风，隔着过往云烟，写意成了一本书，一副丹青。不经意，和故事撞了一个满怀，打碎五彩缤纷，成全了色彩。

那些姹紫嫣红，那些刻骨铭心，不管是初见惊鸿，还是相见恨晚；不管是支离破碎，还是兜兜转转，都萃取成了倾城绝恋、岁月静好的样子。

光阴缠绕的故事，撞不开南墙的花。经历才会懂得，酸甜苦辣咸、油盐酱醋茶的日子，让生活交织着烟火味、人情味，感受着生命的平凡与真实。

天空累了，放下太阳选择了月亮；云朵累了，放下漂移选择了雨滴；花儿累了，放下美丽选择了果实……

经年岁月，许我慢慢坚强，选择诗和远方。

让我细数千帆过尽，折叠灯火阑珊，拥淡雅入怀。

让我以酒相约黄昏，以想念丈量日夜，以文字怀念年华。

让我用眼睛读你，一颗心懂你，一双脚，天涯明月共此时。

唯愿所有的经历有滋有味，于山，山高；于水，长流。在生活的烦忧伤痛累的百般锤炼中，不管什么天气，带上阳光，内心充满快乐。

这昙花一现短短的人生，终将使我们归于尘土，唯愿就在离别那一天，我们都不悔曾经深爱过：爱过青春，爱过年华，爱过脚下每一寸土地，爱过每一次相遇，爱过岁月所有的爱。

黑夜里，我心如睡莲

已近午夜，仍迟迟不肯睡去，总在固执地相信，这世上肯定有一双眼睛在某个地方和我一样在黑夜里燃烧，有一双翅膀在所有脚步停息的地方飞翔，有一朵花瓣正在开放，有一把提琴在所有声音喑哑的时候歌唱……

不是我心灵上盛开的花瓣，请不要挂满我的露珠；不是我杯中浮起的月亮，请不要沾惹我的泪水。我固执地想要飞走，不管在这里曾留下多少脚印，多少辉煌，多少快乐，多少歌声，多少爱恋……我要走了，把颗粒大小的背影也带走。

我是个完美主义者，一个失败的伤心的完美主义者。我要到那陌生的地方行走，我要在那高高的枝头经历风霜……不管地上的陷阱，也不管会不会冻成冰条。

在这个夜里，我消失了，正在与夜融为一体。我终于没有再次点亮蜡烛，我站在窗前，等着月亮出现。许多年了，都是这样悄然走过。眼睛还是那双眼，真诚依然在心间，情儿依依如睡莲，爱情之心缠缠绵绵，是遥远的年代里流传过来的美德呵！月亮迟迟没有出来，哪怕只露出一抹短暂的微笑，也能救我。我被捆缚在时间的雨里，任思念生满青苔。

总以为厚厚的窗帘一拉上，便与这世界断了音讯，无奈电视和网络、杂志报纸，发射导弹，自杀爆炸，宗教冲突，地震海啸，战争混乱，变异病毒，一个暴力战火纷飞的地球……唉，世界就是有这么多的烦恼。

　　还是这个夜好看，月亮终于出来了，它是点燃整个世界的那台灯盏！我渐渐忘却了白天那些恩恩怨怨，只有一些老去的旧事，在眼圈里慢慢浮肿，并罩上一层月亮的光环。既然，醒着有这么多的烦恼，那就睡下吧。睡了，我的心便如一朵睡莲！

梦里的爱知多少

　　注定是一个勤奋操劳不会懒觉的人，到点儿自然醒来，醒来便无法入睡，再睡会辗转反侧，浑身不爽，与其睁眼在床上躺着难受，不如起来翻翻书本，书能医我愚蠢，亦能慰我伤悲。

　　读过《撒哈拉沙漠》，才知道原来世间还有这样一位自由随性、敢爱敢恨的玩趣之子。读完《梦里花落知多少》，才明白世间还有这样一种爱，可以爱得如此深切，爱得如此无私，爱得如此震撼……爱是永恒的，也是世间永不会灭迹的。只要有生物存在，爱就与天不老、与地同辉。

　　父亲走了，我再也陪不到他变老，但他对我的爱，却长存世间，永留记忆。那日，书房村的小木屋中，您挥笔存留的墨宝；那日，驿马桥下，您谈天我端茶，笑听茶馆文化的事情；那日，父子并肩鱼塘边弄鱼饵的过程；天台山里望瀑流，酒桌台前争历史……儿时，在简阳乡下和母亲一起生活时，每年盼望您回家探望，给我们带礼品时的情景；小学一年级时，您把我接在您工作的凉山煤矿朝夕相处的岁月、普格酒厂的烧酒坊巡视、工商所三层楼的卧室、县政府后院的黄色墙、四大班子大院的阳台花园、龙泉保平小区、汇丰路宿舍……到处都有您的身影啊！到处充满您留下的暖暖爱意！

　　并不是所有的爱，都称得上伟大，但您对我们的爱却那样真实、平凡，摸得着，看得见。没有您的日子，也会天天沐露，时时触感，念念不忘。

　　昨天，您还在为我们买菜做饭、和您的老伙计喝茶谈天、阳台上喂小鸽子、守在电视前看新闻联播……今天，您安静躺在您的爸爸妈妈、爷爷奶奶的身边，尽情享受着他们给您另外一个世界的另外一种爱！有朝一日，我老了，也会以这样的方式来陪着您。那时候，我们再续父子缘。

过去，不懂珍惜，留下太多遗憾。如今，阴阳相隔，想父亲时，只有梦中相见。唉，梦里的爱知多少，儿子思父枕巾湿！

打磨之心

我时刻都有一颗想雕琢打磨修炼自己的心。在这繁华喧嚣的尘世中，我时常迷失自己，总把淡淡的一股抑郁埋在心底，一旦被社会所欺弄后，才偶尔地释放出一点点看破凡尘的忧郁。每每自愈过后，老感觉到自己内心的肤浅和枯竭。于是啊，一头扎进古代文学书籍里，顺手取了一本硕士研究生毕业证；而后又遭随心所欲的不公平境遇，于心不甘马上又利用空余研读法律书籍，顺便又取一本号称共和国第一难考的司考资格证（一般称为律师证），照理说应该止步于此，然法治的进程任重道远，深入人心距离尚远。找不到人生的意义——被动上班，因为要生存，就这样混天度日，打发时间。一个偶然机会来到华西临床医学院学习心理咨询，才渐渐理解韩愈所说的"行成于思，毁于随"真正的含义。以前的学习，无非是不断证明，宣泄负气，自寻出处，寻找安慰。殊不知，精美文章需要琢磨，精彩人生离不开打磨，生命的意义就在于这个打磨的过程。君子做事，小人做人。很多时候，爱和亲情也需打磨。有话不能藏在心里，更需适时表达。人生最大的敌人是自己，多站在对方的角度反观自己，就容易看出自己的短处。看出短处，就要扬长避短，作出改进。没有走不通的路，只有想不通的人，遇事宁静，努力修正，把苦难当磨砺，把经历当宝贝，时时拥有打磨自己的心，我深信自己的人生就会美好光明、锦绣丰盈。

对夏天的爱是热爱

在我的印象中，龙泉山下龙泉城，这几年来的夏天都没有像今年这样炎热。我是那种比较保守的人，不管屋内屋外几乎都不会赤身露体，而现在一进家门，便迫不及待地退去上衣，光着膀子降温。

或许是家中多添了个女儿的原因吧，对周遭增了几许感触，对生活多了无数热情。人气足温暖就多，朝向幸福的干劲儿也就越大，神清气爽、热情高涨。人生短暂，儿女是你生命的延续，养育他们的过程其实就是你陪伴他们成长，他们陪你慢慢变老的过程。每当感慨时，心中便充满感恩，感谢今生遇见你，并能一起走过一段朝夕相依的日子。

夏天不烈，夏花不灿。暑气是对你各种机能的历练，更是在积储深秋的饱满，使你能在寒冬里厚积薄发，找到童话，感受美丽晶华。前些年去过厦门出差，感觉到那里的夏天热脚（热气从地底下冒上来），而盆地的夏天热头（热气是天上往下烤）。地处盆地边沿，热气笼罩，加上没有流向的江河，热气不流动，也散发不开，所以白天温度多高，晚上的温度也降不下来，24小时的变化就不明显。

于是，养成了享受夏日的清泉过后，能在隆冬季节同样尊重和珍爱冰凉。一个人要是活得这样清澈和明净，那么，他的人生即使不辉煌都会精彩异常。身边的人，形形色色各自繁忙。谁是谁非，谁上巅峰权台，谁又登财富榜首，已经激不起心中的慕拜与热望。人各有志，殊途同归，最终面对死亡的结局都是一样。凌晨被热醒，索性起来写这篇文章，没有标题，也没有立意，下笔漫游，随意东西，不知道要写出什么样子。

酷热让人坐立不安、内心难宁，蚊虫嗡嗡时常围着身边打转，冷不丁瞅见机会，狠狠呷你一口血，奇痒得你不能淡定。实在憎恨新冠病毒，要不是的话，自由走出户外，找一片清凉之地，享受夏日的特别。"小荷才露尖尖角，早有蜻蜓立上头"，让你感受树荫照水爱晴柔；"楼高水冷瓜甜，绿树荫垂画檐"，可以品味瓜果香甜；"黄梅时节家家雨，青草池塘处处蛙"，淫雨霏霏之时，正好闲敲棋子落灯花。只要你有情怀，就能在生活中发现美好，即使高温不退,也可以偶尔"水晶帘动微风起";纵然暑热肆虐,也仍然能够"荷风送香气,竹露滴清响"。还是心静自然凉,爱夏天的爱,才是真正的热爱!

八月你好

推开岁月的轩窗,如期遇上八月的时光。这个月是伟大祖国建立军队的纪念(八一),有令人憧憬的月亮(十五),沁人心脾的桂香。打开这扇八月之门,迎着清晨的柔风,踏着满地的晖光,行走在人生如歌的大道上。

八月总是让人觉得走得好慢好慢,延续酷暑的热量,渐近秋初的景象。七月中未能来得及盛开的花朵,它可以在八月中尽情绽放,就让似锦的花儿大朵大朵地开,让淡雅的花香大片大片地洒,也让那些调皮的叶子和花瓣尽情起舞,或让那些淘气的小鸟儿在树梢上叽叽喳喳地欢唱。

在八月里,我山泉般的思绪汩汩地流出,从雄伟的高山之巅唱着欢快的小曲哗哗地流下,汇入生命光亮的心河之上。

八月可以让心更加明亮,八月可以闻见生命的清香。八月终于来了,在这酷热的季节,你可以让汗水尽情地挥洒,你亦可以悄悄躲在阴凉的树下饮着清茶,或者摇着菖蒲做成的蒲扇,把烦恼摇走,把清馨与快乐摇进生命中。

儿女们就像期待生命中久违的挚友,掰着手指数啊数,终于数到这一天的到来。在八月里他们可以不用再去大门紧闭的学堂,可以尽情地在绿茵下奔跑,可以在无涯的大地上尽情玩耍,可以去大草原欣赏广袤的绿意,与成群的牛羊结伴同行。

人的一生大多都在期待中度过。父母,期待孩子无忧地成长;孩子,期待童年假期无限延长;雨天,期待温和的阳光早日出现;酷暑,期待快些袭来一丝清凉,或者期待绿地上有一株小花出现在视野,或者期待菜园子一片黄瓜叶片下隐藏着一枚鲜嫩的黄瓜,那一份小小的窃喜,让眼睛为之一亮。于是,在这份期待中,信步于江堤,抬眼望去,期待的那个人不约而至,与你的眼神瞬时编织成情网。人生瑰丽的图案在期待中再一次隽美。

八月,好想来一次年假,隐居峨眉青城,采撷一抹花香浸润记忆,伴着八月的细雨种植在葱茏的大山，吸山川日月之精华，滋养出一片又一片的诗与远方，待到月光伴着清风一起飘逸而来，随花叶婆娑而来，又婆娑而去。在这最美的季节里，把生命每个角落都植满百鸟朝凤的画面。

在这斑斓的季节里，放慢步伐，去欣赏那些甚微的感动。一生中，用微笑刻画生命，用美好雕刻前程，用善良装扮余生，幸福与快乐终会抵达你的身旁，生命终会释放出迷人的幽香。

唯愿，八月的阳光更加璀璨，八月的清风更加馨香，八月的绿意更加盎然，八月的鲜花更加绚丽，八月的细雨更加诗意，生命依旧恬淡，心情依旧宁静，放下迷茫，放下忧伤，不忘初心，且歌且行。

八月里，愿世间所有的善良，都不被辜负；愿世间所有的相遇，都溢满温暖；愿世间所有的幸福，如期而来；愿世间所有的美好，如约而至！

我的乡愁我的花

如今才开始明白"到不了的是远方，回不去的是故乡"这句话的真正含义。幼儿时期随母亲从四川盆地西边山区雅安汉源县九襄镇街上的外婆家，来到盆地东边的丘陵地带内江简阳县石板镇莲花乡吴氏祠堂附近的方古井小组乡下（据父亲的爷爷讲，清朝末年凭得他一手精湛厨艺，挣钱后才从吴氏祠堂买地迁移到此定居的，原本是他弟兄三人共同合计的，中途其他二人相继毁约，父亲的爷爷一硬气独自承担所有债务，直到中华人民共和国成立的时候，这笔买房置地的欠款才得以还清。为此中华人民共和国成立初期，划分成分是富农，差一点就成了地主。否则，我们家的历史命运应该要重新改写了）。所以在儿时的依稀记忆里，雅安汉源便算成一个朦朦胧胧的特别故土。而父亲的老家简阳却因此成为我的籍贯，名副其实的家乡（我也搞不懂，我是在母亲老家雅安汉源出生后才来到这里的。）。20世纪80年代初，我的家再一次因为父亲的工作原因，农转非搬迁至彝族聚居区的南疆800里大凉山普格县。离开简阳时，我切切实实把这儿当作自己的故乡了，并在心中暗暗发誓，一定努力学习，考上大学争取回内江简阳工作。想不到，若干年后，我工作的地方仅与自己的故乡相隔一座龙泉山。虽然偶尔回去走走看看，脚步却再也留不住我了，但是那时候心里并不存在什么缺憾。想回就回，想走就走，来去自由，心中踏实。

从前，坐在四合院的门槛上，黄粱美梦，幻想自己的故乡由寂静的山村变成繁华的城市，该多好！而今，城市梦实现不了，一下子却变成一座国际机场。如今的故乡，已面目全非，站在村口，小河不见了，堰塘没有了，连房前屋后的山也夷为平地，再也找不到昔日故居的方向。眼前无限空旷，心中也一片空荡荡，曾经的故乡，像儿时的梦想一样，只留在心底慢慢回忆啦。

故乡，总有几条小路让人难忘，曾经由此走向外面的世界，它默默地记录着我们的足迹。故乡，总有几多记忆，魂牵梦绕……儿时的伙伴、熟悉的乡音、浓浓的乡情，现而今也只能在对乡愁的回忆里出现，而那些绽放在乡愁里家家户户门前篱笆丛中，张着大大的嘴巴，美美、艳艳的牵牛花，总能在我心湖深处荡起一圈圈思乡的涟漪。

我喜欢这些平凡朴素的故乡花，它就像我乡下平凡朴素的父老乡亲们一样，在自己的土地上扎根，生长，开花，结果。每年夏天，大家都爱坐在村子里的空场上，闲话家常，土地的商情，庄稼的长势，天气的预报，还有谁家孩子的好与坏，这些都是他们谈论的话题，旁边的篱笆上绽放着美丽的牵牛花。

忘不了，儿时和小伙伴们一起采摘牵牛花的情景，我们背着小书包，迈开小腿，疯狂地在一望无际的田野上疯跑着、追逐着；遍地的牵牛花，在微风中，摇晃着小脑袋，像是在为我们狂欢舞蹈。大家争先恐后地选择那些颜色特别的花朵摘下来，握在手中把玩，玩腻了也舍不得扔掉，我们会把它带回家，找一个用完的墨水瓶子，里面装上净水，把牵牛花插在里面，这样这些小小的花朵，还能在装满净水的瓶子里，再开一阵子。

到城市里打拼久了，想念故乡的牵牛花，就去街道旁，或是公园里，四处寻找它，偶尔遇见一朵，就会带给我好一阵的惊喜。我会固执地认为，它是和我一样，从乡下迁移到城市来的，我们的根，都在乡下。

在一座城市住得久了，在欲望里待得烦了，就会在夜深人静的时候，一个人独坐窗前，想念故乡的牵牛花。这些开在我乡愁里的花朵，是记忆，是温暖，更是我灵魂最靠得住的玩伴。那些最美好最童真的时光，我们一起走过，无论我在哪里，在什么时候，你都会和芙蓉花一样永远绽放在我记忆里，一直美美的、艳艳的花开不败！成为我的乡愁，我的心花！

红叶是深秋喝醉了的客

霜降是秋天最后一个节气，南方的深秋总是五彩缤纷，红叶、黄叶探头探脑，她们都难改变绿的主题色。不论秋风如何无情摇曳劲折，也是徒劳，即便是到了大雪纷飞的冬天，枝压一季之后，仍然是满世界绿油油的南国风光。残枝腐叶，永远是反不了主的客，何况新陈代谢自然而然的常情。

绿虽然是生命的颜色，总让人赏心悦目，见多了也有倦意的时候，所以人们会生另外的情趣，争先恐后奔向层林尽染的枫叶，这个季节最美的树叶。见到飘落的黄叶，反而觉得是点缀，很少是北方那种光秃秃，光杆杆，一望无垠，一点绿都不见的萧条心慌。

从花园般小区绿化，到城市里的绿道规划，再抬头见青山，除了温度变化，添衣减裤的日常，和对待太阳的疏离亲近程度，南方的春夏秋冬，大凡都是在用此种行动和心理反应中更替度过的。春花秋实，赞花颂果，偶尔的秋郁秋悲，也都是"为赋新诗强说愁"硬生生逼出来的写意。南方的山山水水、绿地晴空等自然景象，变化起伏都是不太离谱的。所以南方人相对于北方人的性格开朗活泼，即便是暴躁也是其中婉柔，柔性的内涵是身处的自然环境天生赋予的。

喜欢唐人韦建这首《泊舟盱眙》："泊舟淮水次，霜降夕流清。夜久潮侵岸，天寒月近城。平沙依雁宿，候馆听鸡鸣。乡国云霄外，谁堪羁旅情。"

霜降是秋季到冬季的过渡。霜降时节，万物毕成，毕入于戌，阳下入地，阴气始凝。天气渐寒始于霜降。《逸周书·周月解》："秋三月中气：处暑、秋分、霜降。"东汉王充《论衡》曰："云雾，雨之征也，夏则为露，冬则为霜，温则为雨，寒则为雪，雨露冻凝者，皆由地发，非从天降。"无论是露还是霜，"皆由地发，非从天降"，怎称为霜降呢？其实"霜降"这个名字只是用来比喻这时节"气温骤降、昼夜温差大"的气候特征。由于"霜"是天冷、昼夜温差变化大的表现，故以"霜降"命名这个表示"气温骤降、昼夜温差大"的节令。"霜降"节气反映的是天气渐渐变冷的气候特征，并不是表示进入这个节气就会"降霜"。其实，"霜"也不是从天上降下来的，

"霜"是地面水汽由于温差变化遇到寒冷空气凝结成的。"霜降"节气与"降霜"无关。却因为霜,蔬菜好吃更甜;因为霜,万千树木都有了自己的色彩。

元代文人吴澄编著《月令七十二候集解》,他将霜降分为三候:一候豺乃祭兽;二候草木黄落;三候蜇虫咸俯。此时豺这类动物开始捕获猎物过冬;树叶都枯黄掉落;冬眠的动物也藏在洞中不动不食进入冬眠状态中。万物整休蓄力,只待来年博放芳华。

霜降是冬季的门槛,是严寒的迎宾。远处的枫叶是深秋邀请来喝酒醉红脸的客人。满地黄叶是树木撒给大地的金箔,重重叠叠,铺满大地,成了肥沃母土的馈赠。好想躺平在它们上面,头枕青梦,静享清闲,让自己灵魂接地自然。

年少懵懂,也不太关心农事,而今才知二十四节气的福泽,是祖先们的智慧结晶,是祖先留给后裔生活幸福的锦囊妙计。单单如此宝藏财富,万世中华炎黄子孙就受之不尽。

我爱南方的秋,她绿意不改,底颜不掉,黄叶染红,只为饰点。

今夜,风花悄悄,秋月悠悠。轻轻推窗,红叶飘落,相拥着一山秋红。隔着一帘久远,听枫林萧萧……看那燃耀似火,在秋天怀里醉红了脸的叶片。放下疲惫的心,把自己装进秋天,随红叶飘落光阴中,那些飘落的每一片红叶,就是一生留下的篇章。

秋　行

清晨,将书本、菩提、橄榄核、水壶一一收好,放进行囊,这是我外出的标配。

九月,疫情静态管控下,全天候的勤务工作模式,已成职业习惯,今天,我决定骑自行车去单位工作。

小区的保安大叔已把我认熟,极少查看我的通行证件。出于礼貌,我依然会下车将自行车推行出大门。出小区右转便是朝向城区,我的工作地点距居住地仅2.5千米路程。门前的成环大道,与绵延的龙泉山几乎平行,沿着绿道，我二八圈的车轮与大地往复亲近，每一个轮回，如同自己的心跳，恰与地心同频。

秋已微凉，绿道两边的树已染上些许金黄，那黄叶颤颤巍巍地悬在枝丫末端，终于没有飘落下来；视线所及的远山，迎着晨曦，仍然拼命地吐着绿，不肯服输；山上的树，山下的树，城市的树，乡村的树，路边的树，盆中的树……苍翠的生命是如此顽强，从鹅黄嫩绿到青翠欲滴，又从灿黄飘挂再到枯萎归零，最后静待来年新生……周而复始，一如疫情下我们的盼望……

静默管控下的城市和乡村，恢复了原始的样子，或许不是它原本的样子，但却是我等心目中向往追求的那种样子。然而，忆起昔日的车水马龙，熙熙攘攘，繁华喧嚣，孤独单调的滚轮在这一刻又让我意犹未尽……一个人总有一种深藏不露的矛盾——求而不得，得而不惜，舍而不能。

迈进秋天，感秋风秋萧、秋冷秋凉、万物肃杀、万心抹悲，就像时间经不起轮渡，走着走着，大半生已过，年奔花甲。夏已尽，深至秋，一个转身，春天就成了故事，一次回眸，夏天便成了风景，时光如流水，不想老的也老了。就像回到现实有太多不甘心，也慢慢地妥协了，有些事情已无能为力，虽说有太多力不从心，也只能接受。谁都觉得拼尽全力也没能经营好这一生，一路走来失去了什么，对什么遗憾，每个人心里都明白，只是化作一声叹息而已。

然，君不见那满山遍野即将血染鲜红的枫叶，那无边无际四溢飘香金色的稻田，那满树挂满成熟的果实，那些枯枝黄叶皆是护犊子一般，拥爱着主干，众托着绿色，即便是告别时，也是飘飘洒洒，纷纷扬扬奔向自己母根，铺垫成温暖滋养的泥被，为下一个春天，生命更强劲、更挺拔、更精彩赋能。

谁人孕育我，谁会成为父母，在哪里降生？在何处生长？认识谁，要遇见谁，在何处作停留？轨迹在什么时候活成直线，在何处化成圆，什么时候才生成稳稳当当的三角形？……口罩成必备，过独木桥，走阳关道。何处土旱？何处地涝？何处遇地震？又何处归土归尘？………人人三尺之上，皆有神眼神灵，努力即成功的气数，拼搏朝前，不放弃，不抛弃，乃人生正向之生命力。

眼前的树，脚下的路，忽然好像由红变金黄，再变成满满的绿，其间活跃着蠢蠢欲动的花期。而我蹬车的双脚似乎越发稳健有力，它载满希望，带着我轻爽行进。

时光就是一部能搭载所有生命的自行车，我应该用快乐而不悔的心情去骑过往事，用分秒当下的脚步去丈量余下的路途，摒弃心灵深处的焦虑和不安，宁静前行，随遇自然，欣赏风景，展现生命。

　　我毅然走进秋天，与希望做伴，层染金色，永不落悲！

做真实的自己

　　一直在努力做一个真实的自己，尤其到了中年，没有什么值得隐晦。因为在这个世界上，几乎没有人在乎你过得好还是不好，甚至一切。所有担心、恐惧、不安，其实都是自己设想出来强加给自己的。因此，要像保持接受太阳从东方升起，又从西方落下的这种心态，来接受生活。

　　以后，就做一个渴了就饮水，饿了就吃饭，倦了就休息，开心写下来，不开心也记下来的人。不关心别人笑不笑话，不在乎他人的评价，一个简单的我，乐了笑、悲了哭，不要管什么环境场合。做错了，吸取教训，重新来过；错过了，当看别样的风景。相信从正面爬到山顶和经过后山到达顶峰的，所看见的风光绝对不会相同。

　　每一个人都有七情六欲，每一个人都会喜怒哀乐，何必掩饰。让该来的情绪来，该去的人情去。一切顺应自然。所以，从今不会再刻意压抑情感，扛得住波峰，也经得住低谷。人情冷暖，笑颜冷眼……统统见鬼去吧！

　　有你没你，我照样是我。或许，在你的摧残下，我会成长更快。有时必须要感谢苦难，要不然也品尝不完人生的酸甜苦咸。那该有多么遗憾！做一个能在宝马车上笑，自行车上也笑得出来的人。因为，人生如一面镜子，你笑它就笑。哭哭闹闹、嘻嘻笑笑、悲悲切切……之中，陨落无影无踪了。

　　借此段文字结尾吧："有一天，我去世了，恨我的人，翩翩起舞，爱我的人，眼泪如露。第二天，我的尸体头朝西埋在地下深处，恨我的人，看我的坟墓，一脸笑意，爱我的人，不敢回头看那么一眼。一年后，我的尸骨已经腐烂，我的坟堆雨打风吹，恨我的人，偶尔在茶余饭后提到我时，仍然一脸恼怒，爱我的人，夜深人静时，无声的眼泪向谁哭诉。十年后，我没有了尸体，只剩一些残骨。恨我的人，只隐约记得我的名字，已经忘了我的面目，爱我至深的人啊，想起我时，有短暂的沉默，生活把一切都渐渐模糊。几十年后，我的坟堆雨打风吹去，唯有一片荒芜，恨我的人，把我遗忘，爱我至深的人，也跟着进入了坟墓。对这个世界来说，我彻底变成了虚无。我奋斗一生，带不走一草一木。我一生执着，带不走一分虚荣爱慕。今生，无论贵贱贫富，总有一天都要走到这最后一步。到了后世，霍然回首，我这一生，形同虚度！我想痛哭，却发不出一点声音，我想忏悔，却已迟暮……"

不爱便不会痛

如果有来生，我定要一意孤行，只爱父母，只爱自己。绝不会谈婚论嫁，一个人独身终老。不用去考虑对方的感受，不用再委曲求全，百般迎合别人。不会有儿女的牵盼，不再有担心焦愁。爱父母单纯些，好孬他们都会理解你；爱自己可以敷衍点，冷暖自知，凑合将就。是爱就不会简单，要爱就必须付出，不爱便不会生痛。

父亲母亲我最爱你们，可是这种爱，只停留在儿子的文字口头，几乎还没有兑现，明明白白成为一种摆设，伦理上的一个要求，爱与不爱？如何在爱？只能扪心自问。因为自家的父母从不会开口索求，好好坏坏也不会对外宣说，把他们的所有付出当作一种理所应当，从不会权衡得失，追要报酬。到头来，这样的爱变成了我对父母的亏欠，令我肝肠寸断、悔恨绵绵。

妻子啊，我是最爱你的，要不怎么会时时刻刻称呼你为"爱人"呢？"夫妻本是同巢鸟，贫困富裕一起扛"，小时候有父母爱、父母伴，成人安家结婚过后就是夫妻相依相伴一起终老。唇齿相依，哪有不磕磕碰碰，矛盾难免。包容一些，和谐永远，大度一点，幸福美满。俗话说得好，床前吵架床头和。时时站在对方立场，为对方设想，心往一处使，同心同德，夫唱妇随，互相救场，不拆台，你爱我我爱你，不赌气、不分心——如此相处，该多好？！家和万事兴啊！无论贫穷富贵，疾病健康，白首不离分，爱就是为对方付出，爱就要静静地，彼此安好，不吵不闹——如此可好？！

儿女呀，我最爱你们，最疼你们啦。你们是爷爷奶奶的希望，你们是爸爸妈妈缘分的纽带，你们是我生命延续的序言，事关灿烂辉煌、门楣光耀。

幼小时，百般呵护，怕你冷，怕你饿，怕你摔倒；上学了，一路护送，担心你不会过马路，担心你不能和同学相处，担心你成绩不好，将来你前途不广……你终于长大成人了，却一点不理解人，连一句问候都没有，你以为父母为你付出，都是理所当然。但愿你们做了父母后，能细品这种养育情。

朋友啊！我也爱你们，因为我是船你们是水，没有你们的承载，我也行走不远不畅。可是最伤心最难过的是我把你当朋友，你却把我当猴耍，处处算计着我，这样的朋友，我宁愿没有！

一个人朋友众多，儿女孝顺，夫妻和睦，父母康健，就是最大的福分！相反，还不如一切随缘，百事不管不顾，孤独一人，行走寺庙，四处云游，随遇而安。

不爱便不痛，话虽如此，岂能做到，唯有感慨宣泄而已。其实，就是因为爱，你才出生；因为爱，你才成长至今；因为爱，你才有家有室；因为爱，你才儿女双全——有爱才痛，有痛才爱，生活才能如此丰富多彩，有波澜的湖才深邃，有磕磕碰碰才真实……来吧！爱吧！爱就爱得真真切切。来吧！痛吧！痛也痛得明明白白，不怨不悔，永远朝前！

秋天的斑茅花

在我的心中，每一个季节都有一个值得赞美的物种，总有一个事物常留在记忆的深处。二十四节气中第十七个节气谓之寒露，在这个进入深秋的时节，我的家乡遍山遍地可见的明星物种无疑就是斑茅了。和我一样的无数人都被这样一种高大的草吸引住了，我们拍它、摸它、赞美它，直想把它们的花折了带回家。在阳光的照耀下，这些大型圆锥花序透着紫色的光芒，让人怎能不喜欢呢？

想起儿时把羊儿牵出羊圈，套在小河边的树桩上吃草，三五成群，摘取斑茅秆花制作红缨枪，编织各式玩具……比比画画中，一直要到太阳落山坡，大人们呼唤回家吃夜饭了才意犹未尽地散场。

而今，再见斑茅花时，却总吆喝儿女们离远点，担心被它们的叶子划伤。况且制作编织斑茅秆的技术早已经忘记，不管怎样捣弄，也不再是那个样儿，更无那个味儿，始终找不到曾经的那种感觉啦！

斑茅花的叶子和其他所有禾本科的叶子一样，叶片宽大，线状披针形，但是这种叶子有一条明显的白色中脉，叶子顶端长渐尖，叶子边缘有厉害的锯齿，锯齿有点粗糙，一不小心拉上这些叶子，手是会受伤的。叶鞘长于节间，基部或上部边缘和鞘口有白色的柔毛，这些柔毛看上去比锯齿友好多了，我摸了一下，柔柔的，手感很好。我猜这种毛长在叶子的关键部位，可能具有保温作用吧，毕竟在这样秋风萧瑟的季节要开出巨大的花，是需要积蓄很多能量的。

斑茅的花是大型圆锥花序，主花轴分节，每节着生 2~4 枚分枝，分枝 2~3 回分出，有人说是粉黛乱子草，但是我觉得斑茅比粉黛乱子草好看多了，它们紫红色的花穗在阳光下特别漂亮。花开以后，结的种子带有冠毛状器官，可以带着种子飞。由于种子数量巨大，在种子成熟的时候，冠毛们一副蓄势待发的样子，所有的冠毛都膨胀起来，整个花序就变成了一把巨大的鸡毛掸子。不过谁要是拿着这个来掸灰尘，那可真是要哭了，因为种子会借助冠毛到处乱飞，去寻找适宜自己生长的地方。所以，它们像蒲公英一样，原野、山岗、江河岸边、沟渠路旁，到处可见其影子。

斑茅长得实在太高大了，一群人站在它的下面，都显得有些矮小，谁又能够想到，它只是一根草。植物志上说它可以长到 2~4 米，甚至达到 6 米。它们在秋日的一堆杂草中特别突兀，那些花儿在风中摇摆，粗壮的叶子有时会发出沙沙的声音，像是陪寂寞的大地聊天交流谈恋爱……

如果一个人，做不了一株大树，就做一棵像斑茅一样的草，也是很了不起的！

邂逅冬日阳光

人到中年，好比人生到了一天的正午时光。那些美好的早晨，八九点钟的太阳……再也不属于我了！调整心态，准备享受午后的温暖阳光，这是当下的常态。

其实在生活中，没有必要非得尽心竭力去刻意追求什么诗和远方，在平平淡淡中，顺其自然地俯拾身边够得着的每个小小感动，一些意想不到的小小幸福也会让你感觉生活无限美好。

一年四季中，我最爱春天。她阳光明媚，百花争艳，活力漫天。

现在的我又慢慢喜恋冬天，午后卧躺在飘窗上，隔着纱幔，让灿烂的阳光肆意地透过玻璃窗照耀进卧房，温暖透过宽松衣裳浸入到皮肤，舒爽传遍全身，惬意极了。

纵然窗外寒风刺骨，只要阳光普照，我这里就暖意融融。独守这一份静谧，安享这一份温馨，一切幽怨爱恨、得失成败都在这明丽的阳光照耀下无所遁形，心境恬淡，一切释放。

陶醉在阳光的臂弯里，是那样地心旷神怡，享受这样静谧的氛围，温暖的感觉，唯愿时间停滞，温暖常在，唯愿生活美好，永远如常。

轻轻闭上眼睛，让阳光尽情地亲吻脸颊，默默地享受着阳光的爱抚，好像婴儿安然欣受母亲的呢喃细语，慢慢地进入甜蜜的梦乡。

从午后小憩中醒来，睡眼惺忪，怜爱的阳光仍围绕着我，真不想起动，多想就这样一直依偎在阳光温暖的怀抱里……可是，中年的自己，儿未大，女还小，工作忙——现在还不是躺平的时候，恋恋不舍地与温暖挥手告别，期待着明天的相依相偎。

红尘茫茫，世事器器攘攘，多少幽怨，多少愁忧，如影随形又何焦焦……善于发现尽情享受生活中的小欢喜、小美好、小幸福吧！你就会觉得不管生活多么无情，你仍会感到这世界还是快乐更多，不幸极少！人间是值得留恋的天堂，更是值得为之倾心的过程！

做最好的自己，才能遇见最好的别人

今天是 9 月 1 日，又到新学年开始的时候，很多话想给读初中三年级的儿子说：先成人后成才，学业固然重要，做人才是根本，做一个处处被人喜欢受人尊重的人，即是人生最大的成功。在心中一直坚信，只要我真心对待朋友，朋友也会真心对待我；只要互相珍惜真情谊，友谊定会天长地久；诚心做最好的自己，才能遇见最好的别人；做事换位思考，就是做了最好的自己，凡事站在别人角度去看问题，这个世界不会有争吵和烦恼，与正能量的善良为舞，处处皆是春天，一生都是春意。

做最好的自己，才能遇见最好的别人。目中有人，才会有路可走；心中有爱，方能有所作为。一点一滴积累德行，终有一天会得到回报。同声相应，同气相求。近朱者赤，近墨者黑。和阳光的人在一起，心里不会晦暗；和快乐的人在一起，嘴角常带微笑；和进取的人在一起，行动不会落后；和大方的人在一起，处事就不小气；和睿智的人在一起，遇事就不迷茫；和聪明的人在一起，做事变得机敏。

只有真正爱自己的人，别人才会更加珍惜。在爱别人之前，首先要学会爱自己，这才是最重要的事。人生的每一个当下都很美，适当收回对外界的关注，享受独处，珍惜看见自己的时刻。深爱自己的身体，深爱自己的个性，深爱自己的生命，深爱自己的一切，听从内心的声音，去认真感受那满溢的爱。爱是无条件地接纳。没有人是完美的，我们要学会用完美的眼光来看待不完美的自己。如果有可能，请记得每天感谢、赞美自己，很快你就会发现，因为有爱，你变得更乐观、灵动，也更有活力了。余生不长，别让自己睡得太晚，也别让自己懂得太晚。往事不回头，余生不将就，在这个无法重来的一生，好好活，好好爱。当你开始爱自己时，全世界都会来爱你。

纵有千言万语，情长纸会短，笔力也有限，但愿我的儿早日感悟为父殷切期盼！将初中最后一年的学习，记入你欣欣向荣的新起点！

跨　年

近来在各种媒介上，经常看见听到许多关于不舍怀旧当年，展望憧憬新年的文字文章，搞得年末的12月里一种即将逝去的气氛浓浓依依的。先本不以为然，中途也附和了几篇，转眼到今天已是一年的最后一天，才有点想感慨这个承前启后的特别时间。

于我来说，过去每一天都在省醒，总结也都事事时时装在脑海，所以，大不必画蛇添足，重新历目了。何况，有些缺陷创伤的回忆，如同老牛把吃过的枯草再一次反刍回嚼，冷不丁让人心生冰块，沾染凉寒，感冒了情绪。

然，回望来路，无论坎坷遗憾，抑或受人冷侃，统统不在意啦，因为，那一页已经翻过去了，如果仍然老对着过往哭泣，你就永没有欢笑的一天，历史只为鉴，是非功过在昨天。什么样的结果影响已经不由你，对你来说也没有多大的意义。回不去的、改变不了的、得不到的……那就对你没有价值！所以，回望来路，与其纠结不舍，不如潇洒挥手，无论糟糕还是风光，不属于你了，在文字里留下一个痕迹，在心灵里就能打开一个死结，不是回避，也不是为了遗忘，而是汲取其间正向精髓能量，用在今天、此时此刻、就在当下！

而，站在即将跨年的门槛，挥手作别那些陪伴过你的365个白天，使你成长过的365个黑夜，同时，还要心怀虔诚地感谢那些个日日夜夜。因为它们使你越来越活得明白清澈。谢谢自己在压力山大的时候，依然坚持不懈；谢谢自己在迷茫困惑的时候，不迷失寻找方向；谢谢自己在失望绝心的时候，始终心怀希望；谢谢自己在面对各种误解的时候，不以为然，昂首挺胸。致敬自己一年来所有的磨难，没有你们，我不会变得如此坚强；致敬一年来所有的喜怒哀乐，你们使我的生命五彩斑斓。

勇敢将自己转过身来，跨年，用过去积淀下的正能量将自己的心充溢满满，有了曾经的铺垫，还愁前路不会平坦、阳光、丰满。相信，自己的每一份不被人看见的辛勤努力，在2017年都会加倍令我阳光灿烂，丰收喜年，美好返还。

走进春天拥抱平凡

没有事情的时候，无意中翻看过去一年来写的东西，发觉自己写作的数量越来越少，好些时间都没有坚持写作。今年开始几乎到值班空闲时才写一点文字。其实生活总是日新月异，每天都有无数故事在发生着，我不知浪费和错过了多少精彩？让自己的写作水平失去一次次进一步提高的机会。前几天在看海伦·凯勒《假如给我三天光明》这本散文集，作者是一位盲聋人，不仅学会几种语言、读完名牌大学，还写出几本书籍，其勤奋努力、不折不挠的顽强毅力，令我自愧羞颜。

什么都是有限的，唯独知识例外。近来正在为跟随自己快十年的爱车寻找下家，尽管车辆状况还十分良好，行程才八万多千米，还特意花费几千元把车轮、电瓶、水箱、风扇等易损件换新，但它却像我一样日益变老了，这或许已成为我的一块心病，不是嫌弃它啦！也不得不面对现实（想起曾经爱车胜过老婆，为一道划痕而责备人的时候大在，而今满车都是痕迹却熟视无睹）。想搞个以旧换新，还是在它的同一家族中选择吧，毕竟我本普通平凡人，身价如此，财力不够，不敢攀高。何况，拥有豪车、豪宅也改变不了一个人的知识结构，本性素质，是面子和里子的问题，更是表面和本质的根本。

一年之计在于春，窗外阳光明媚，很快百花盛开。今年一开始，我便已经感受到两岁女儿的快速劲长：语言表达丰富贴切，心智日益趋于成熟，对新事物好奇接收之快，作为父亲的作用，我将努力陪伴，认真模范引导。新学年伊始，儿子的变化也蛮大，父子俩剑拔弩张的情景也少了。终于才明白"和儿子和解就是跟自己和解"的至理道道；终于才懂得一个焦虑浮躁的父亲，培养不出一个优秀的儿子。在儿女成长路上，做父母的只能做一名配角，永远不要去做什么主宰，结果无济于事不在话下，你还会很累，也会十分狼狈。儿女是家中的客人啊！有客人的每一天就笑脸相待吧，毕竟在一起的时光越来越短，不远的将来，他们长大离开后，你想他们时，你都想不来，见一面就少一面，珍惜吧！在子女教育上，以身作则、把握原则，创造和谐氛围，耳濡目染，无须担心，顺其自然，种豆得豆、种瓜得瓜，付出了就一定会有收获。

工作安全，安全工作，这是我的心愿。任务完成后还有任务，目标达到了还有会更高的目标，公共安全是职责，为人民服务是宗旨，每位人民警察，每一代民警始终围绕这项中心工作，生命不止，努力工作，你离开岗位后，后面的同志继续工作。作为一个爱好写作的人，在这项职业中，确确实实有很多可歌可泣的故事情景，应该去写应该来记。可是，每天忙碌在其中，久经无奇，职业嘛，辛苦也好，艰难也罢，早已理所当然，每每空闲之后，亦是身心皆疲，如果再去通过写作来再现其中过程，便是雪上加霜，满是疲惫，心中排斥得很，一百个不愿意啊！干一行伤一行，或许就是这种思想作祟，不想写作便成了一个借口、一种回避。冠冕堂皇的话，也叫"审美疲劳"吧。当然，写作水平不高，才是最主要的原因哈。唉，说来说去，不做的借口还挺多，懒惰应该是本质上的原因。总之，人到中年了，工作是一个人主责和生活保障，务必都会重视，所以在工作中针对个人的年龄体质即便是跳起来都摸不着的高，我们也会像年轻人一样去跳，去努力。因为排除年龄身体因素，无论从能力和经历方面，我们也不会在年轻人面前示弱呀。今后，好好利用工作的这段经历，把职业这本书，写好写满意。

生活中，安安静静，多提炼生活的真善美，远离那些负面的假丑恶。快乐每一天，做自己喜欢的事情，坚持阅读不断充实、坚持锻炼，争取生命延长一些。

能懂父亲爱，人亦到中年

烦恼其实是自己找来的，总给自己过不去的时候，你的烦恼便来了。或许在幼年，父母不在身边的缘故，环境将我磨砺成为一个在家里，能独立洗衣做饭，喂猪打柴，下地收菜种粮吃苦耐劳的男子汉形象，正房和侧房加起来差不多近十几间房室的偌大四合院。放学回到家，书包还没放下，咯咯咯、嘎嘎嘎一群鸡鸭马上向你围拢靠近，伸长着脖子等你给它们喂撒粮食。墙角的山羊听见外面的响动，也咩咩咩直叫，它也在不断提醒你，赶紧牵它出来，到后山吃草料啦。哼哼吭吭，原本还像是熟睡状态的几头年猪也开始在圈栏里骚动起来，不安分地反复攀爬撞击着石头围栏。给鸡鸭撒满一地玉米，把它们安顿下来后，赶紧看看猪圈槽边爷爷是否还预留青菜草料，没有的话，立马转身到院子门口的菜园地里采摘一大捆苕藤扔进猪圈，牵出山羊，锁好大门……这时候，乱糟糟的世界总算沉寂如初。

牵着山羊从屋后蜿蜒曲折的小道左拐右拐，来到一块相对空旷的缓坡，选一块丝茅草长势茂盛的地方，将羊绳牢牢系好在一棵半大的槐树干上，替它预留充足可以自由活动的绳距，赶紧从腋下掏出作业本，以双膝为桌，用岩石做椅，开始写家庭作业。完成了作业，就躺在山坡上看流动的云彩，遐想浩瀚的蓝天，憧憬未来的生活。夕阳西下时，羊肚子已经撑得像皮鼓，我唱着牧歌和它一前一后悠然地下山回走。途中采集一些带叶的黄荆树条编织成志愿军的掩饰草帽，戴在头顶。再用斑茅秆制作一把手枪别在腰间……啊！如今只有再致我一去不复返的宝贵时光了。

而今的儒儿正是和我当年一般大小。"00后"的幸运儿没有受过一丁点儿生活的艰辛折磨，所以一点吃苦耐劳的心态也没有。天天过着饭来张口、衣来伸手无忧无虑的日子。衣服基本不洗，连洗衣机都懒得使用，厨房事务基本不进也不会，吃过饭最多把自己的饭碗放进水槽。电脑、手机功能玩得溜溜转，除了几种游戏，玩又玩不出什么名堂，摸着它，一切自制力统统见鬼去了。似乎离开电脑、手机便再也找不到快乐的源头。可能根本没有设计过自己的人生目标，连憧憬未来抑或也没有。一切都得过且过，顺其自然吧！面对儿子的现状，常常置我于一种立雪寻道的迷茫。

我的人生已经过半，刚刚才痛彻心扉送别了我的严父，刚刚才慢慢读懂什么是父爱时？我已失去了他！或许，对儿子的焦虑，来源于我自己无措的慌乱。完全是真实自我的折射，完全是我自己存在的问题。人生过半了，距离死亡很近了，儿子初三了，小女刚才脱离襁褓……我怕了，怕哪一天死亡突然猝不及防。然而，这一对儿女才不大不小！我真的特怕了啊！

无数个夜晚懵然起立，想得太多太多，思虑的不是自己，我知道是自寻烦恼了！

让心回家

每次外出旅行，心里总怀有一种兴奋和忐忑，总要憧憬幻想那个即将要到达的陌生地域，该会是怎样地别致而鲜美。一路上，碧树蓝天，山川溪流，该是多么的惬意，总是，还没上路，诸多的情愫便已溢满情怀。去看些没有看过的风景，去听些没有听过的故事，去相遇些没有相遇过的过客。人生在世，好像就该到远方去走走去看看。而每次出游的时候，家便成了又一个背道而驰的远方，被我抛在越来越遥远的后面。

只是不知为何，每次身在其中，心里就会莫名其妙陡然地想家，反而要被家的温馨融融所包围。有时外出不过短短几天，却天天计算着回家的日期。身在异地，心里想着的，却是何时回家，看着外面的山川锦绣，眼前呈现的，往往却是自家熟悉的那条小街小巷那些人流，家的情景总是与眼前的景象交融重叠，心中荡漾的，反而是越来越浓的家的氛围。想家，竟然开始成为了出游的一个部分。

不光是出游，其实好多时候，家的分量总是占据在心间。在对未来日子的期待中，总是设想如果有朝一日，有了实力和精力定要周游四海，尝遍天下美食佳肴，看尽人间鬼斧神工，天天山珍海味，常常人在旅途才好。谁想，有一段漂泊在外的经历，天天在外面大鱼大肉，所谓的山珍海味，所谓的天上人间，才觉得其实不过如此。时间不过数天，却想着什么时候回家，喝碗自家的稀粥，或煮碗自家的面条。真的，有时竟想吃一根黄瓜，一碟咸菜，这样的想法是那么地迫切而由衷。

在家的时候，每天几点一线，路线都是一样的来回，走得多了，眼中熟视得已无风景。但在外面待的时间稍长，心里回想的，竟然都是自己每天走习惯的那条老街老巷，一花一木，一步一景，在心中荡漾回肠，一遍又一遍，竟能想得令人心碎生疼。

其实，没有必要刻意去走那么遥远的路，没有必要在乎浏览那么多的人情世故。因为再好，那也是属于别处的风景，无论身处何方，心，也还是想着何时回家，这才是情缘之所在。

原来，让心回家，在自己原本孤独的氛围里去感受温暖和抚慰，才是一个人一生游走，所要真正达到的目的。让心回家，是这个世界上最简朴、最美好、最热烈、最动人、最质朴的企盼与回归。

离别是一门学问

"相见时难别亦难……"那是在曾经。那时，以为天各一方才是最遥远的距离，而现在才发现，在身边一起熟视无睹的人才是阻隔。

有的时候非常羡慕古代的人，没有飞机，没有高铁，甚至连汽车摩托车都没有。有钱的主儿，出门骑个马，坐个驴车；没钱的人，全靠双腿。从成都到重庆，从大理到桂林，几百里地，一路跋涉奔波。所有景致、民风尽收眼底。速度，也许不是那么重要；思考，也许带来更多感动。

怀念那个日出而作日落而息的生活，没有手机，没有微信，唱一首歌，响彻山谷，听见的时候，已是万千山水。

现代人一日万里，再远的地方都不是远方。动不动就来一场说走就走的旅行，大家见面太容易了，所以离别也就显得没那么重要矫情。

曾听过一种说法，朋友或是情人，能走过三个月的已不容易，能坚持六个月的值得珍惜，能相守一年的堪称奇迹，能熬过两年的才叫知己，超过三年的值得记忆，五年后还在的，应请进生命里。十年后依然在的，那就不是朋友了，已经是亲人，是生命的一部分了。

曾经非常害怕面对面别离，人到中年才理解几乎从不去机场车站送人，只愿意去接人的父亲。

如今的我，或许上了一定的年龄，生活就开始做减法，需要清理拿掉一些朋友，需要清理拿掉一些雄心，最后岁月留下的就显得更加珍贵。岁月不会轻饶了谁，也不会格外厚待谁。世间所有人和事都会别离，即使是你自己的灵魂，最终也是要离你的肉身而去的。我们要做的，便是不再痴迷于怀念，而是拥抱当下、珍惜眼前。幸福与痛苦，得到与失去，都要用力拥抱，努力接受。因为，这才是人生，一场与最初的起点渐行渐远的别离。

离别是一门学问，我们都需要学会好好告别。

记得之前看到过这样一句话："有些人不管你多珍惜，注定只是曾经，有些人不管你多难忘，注定不再重要。"这个世界上任何一次拥抱都是以松手而告终。就像对人说谢谢是一种礼貌一样，好好告别也是。想起古人那句话：此去经年，应是良辰好景。没有"虚设"。因为离开的人们同样也过着柴米油盐的生活，只是离开的人是去到了另一个风景不同的地方，而你也重新回到原来的生活，进入新的人生轨迹。这是生命的体验，是一种生命对生命的观照。离别后，生命应是和从前一样，与其说离别，不如说从来都是如此。

相遇总是猝不及防，而离别多是蓄谋已久。我们要习惯任何人的忽冷忽热，看淡任何人的渐行渐远。不再张口就是来日方长，而要习惯人走茶凉。不要总是过着一种日子，却又妄想着另一种日子。如果你早认清，你在别人心中没那么重要，你会快乐很多。

最美的相遇不言过往，最好的离别不问归期。

第四辑
做一个温暖、知足的人

人在春天,永不孤单;心在春天,永不悲哀。
无论内心是波涛汹涌,
还是风平浪静;
无论时光的色彩是否浓淡相宜,
拥一幅春图,
将身心留在春天……

做一个温暖、知足的人

　　时光匆匆又是一年，却发现，不知不觉已踏进 50 岁的门槛，人生自此过半。此时，千言万语都在心中沉淀，无数心里话全是内省，说给自己听的：人到这个年龄，该释怀的释怀，该放下的放下，不要再为难自己、委屈自己，不要再逞强、再纠结。你已经过了任性的年龄，生命已经由不得你再去糟蹋。如果你不爱惜自己，又有谁会真的在乎你呢？

　　人生终归有太多的不如意，不必太在意。一个人生活在这个世间几十年已经很不容易，何苦让快乐远去，何苦不去珍惜。这些道理，你都知道，也都明白，可明白和知道并不等于你不去一次次地自讨苦吃。

　　人到五十，不要再去较真，徒然伤了自己，痛了别人。受伤时，抬头看看苍天，天空依然是如此湛蓝，仰望一下高空的日头，阳光依旧明媚。你要知道，不是这个世界亏待了你，是你要求的太多，不是生命里终有多少个劫难，是你不知道释然。

　　又是一年，有些人，该原谅的原谅，有些事，该过去的过去。不是你自己一个人不容易，每个人都不容易，或者别人比你更不容易。起码你有固定的收入，有稳定的工作，你有车子房子，不用为生活困苦奔波，你可以轻松地上班，可以说走就走地旅行，你有可爱的孩子，你有疼你的家人……这些你要知足，知足也是一种快乐！

　　人到五十，要知道体谅别人，要懂得换位思考。在一件事情上不要认准自己永远是正确的，更不要揪住别人的一点过错而喋喋不休，宽容是一种美德，也是人生的一种境界，不懂得宽容别人的人，永远不会快乐和幸福！

　　又是一年，你要懂得感恩，感恩对你好的那些人。明白知恩图报，父母的养育之恩，爱人的真爱之恩，家人的疼爱之恩，老师的教育之恩，朋友的帮助之恩。这些，都是你生命中的贵人，你要懂得珍惜。今生，你们能成为亲人，爱人，师生，朋友。下辈子，不一定能够遇见。

　　在今生的相逢里，珍惜每一次的温暖和感动，珍惜相遇中的点点滴滴。在这条路上，也许不是一帆风顺的，也会遇到坎坷和风雨，也会有误会和伤害。但正是有了这些逆境与经历,才更值得你去拥有和珍惜。这何尝不是你生命中的宝贵财富呢?

总是喜欢大自然,热爱大自然的一景一物,热爱生活,热爱生活的点点滴滴,因为你深深知道,那颗心一直在路上,所以幸福就始终在前方。

你去过很多地方,走过不少路,看过很多风景,却无法将人生看透。其实,人生,就是一部书,有赏不完的风景,念不完的憧憬,走不完的路程。你要深深懂得,面对真情,你不能任性;面对昨天,你不能挥手;面对明天,你不能从容;面对光阴,你不能挽留。面对生命赋予你的丰盈与瑰丽,面对人生际遇的起起伏伏,你要简单而坦然地面对,懂得拥有,明白珍惜。

虽然,生命中总有一些东西会随着岁月流逝,再也无从记起,却也总有一些东西,比如情谊,不管岁月如何变迁,四季如何轮回,都值得珍惜。

以后你要做一个温暖的人,温暖人生,温暖生命,温暖慢悠悠的岁月。

人过五十,不忘初衷,真心待他人,我心换你心。

种瓜种豆种文字

"种瓜种豆种文字",我喜欢这句话,很生动,曾经想用来做自己书的名字,也想起另外一个深邃的书名"山那边是海"。可惜被人捷足先登,便死了心。但是这些形象生动的文字一直萦绕我心中。

一生真的太短,转眼人到中年,所经历的风风雨雨,早已依稀朦胧,许多还记不起来,怎么去谈总结思考,修正方向。我是一个平常得不能再平常,普通得不能再普通的草民,渺小得不能再渺小,甚至就像《小草》那首歌的歌词一样。天地之间,四季轮回,茫茫生灵,微弱得只有自己才能感受到自己的存在……

然而,蝼蚁有蝼蚁的轨迹,哪怕每天简单得只为生存,周而复始地去寻找食物,再通知更多的同类不辞辛劳搬运回巢,有一天说不定在途中,遇见穿山甲或者别的什么天敌,身首顿消,再不然被地球表面活动的人类,有意无意地踏死、搞死,不得全尸。大自然中规律使然,弱肉强食、物竞天择。你长得高挑,被风吹虐的几率就会增多;你开得鲜艳,被人折断的可能性就会更高。

不过既成生命,我始终播种着真诚善良,至于过程中的那些插曲障碍,比起依旧蓬蓬勃勃地活着,就已经什么也不算了。笑对人生,笑看风云,活好生命存在的每一天。逝去的不悔,未得到的心安,坦然得失,到处水云间,拥有的珍惜,不该我的不争。把父母晚年照顾好,将儿女成长当家常,朋友之间真诚相待,为人处世荡荡然,有机会行善尽力,有时间写作尽言,吃亏当福气,美好存心田,感恩父母、感恩老师、感恩所有帮助我的人……

让生命存在期间的一切所见所闻、所想所感、所得所失、所哀所怨、美好丑陋、假恶真善,成功失败,统统铭记下来,传承子孙、以显经年。这样,我短暂卑微的生命至少绵延几百年。虽为黎民,不曾官宦,我的人生痕迹照样名扬播远,而且磊落光鲜!

读书,让我灵魂安稳活得富饶

打小识字后就一直保持每天看书的习惯,而今即便工作再忙,也仍然坚持着。比如在地铁或公交上等拥挤嘈杂的环境中,掏出一本书看,就像肩上卸下一个大包袱。在书籍的世界里,压抑的心灵得到了放松。于我而言,看书的行为很单纯。你不需要跟谁打招呼,说客套、不必要的话,你只管直来直去,看想看的内容,学想学的东西。你可以随时打开它,与它对话交流,也可以随时关闭它,与它分开或隔离。你去看它时,它是欢迎你的。你走时,它也不会挽留。知识的大门,随时向你敞开,而你却可以来去自由,不必顾虑太多。

一直以为:"读书好比'隐身'的串门儿。要参见钦佩的老师或拜谒有名的学者,不必事前打招呼,也不怕搅扰主人。翻开书面就闯进大门,翻过几页就登堂入室,而且可以经常去,时刻去。如果不得要领,还可以不辞而别,或者干脆另找高明,和他对质。"如果说为人处世有太多需要周全的地方,但读书这件事不仅可以增长见识、拓宽视野、打开思维,更重要的是,在整个过程中自己可以随心所欲、无拘无束、毫无压力。

有位朋友说,他在异地打工,生活过得有些艰辛。每到节假日,许多同事都去四处旅行，见识新鲜的人事物，领略异国的风土人情，而他为了省钱，只得蜗居在出租房。为此，他总是很羡慕别人，也为自己的窘迫感到沮丧。可是后来，他爱上了读书。书里有另一个更辽阔的天地，即便足不出户，也可以借助别人的经历，通过别人的视角，跟着别人的脚步，去跋山涉水，去行路蹚河，去感受李白诗里"庐山秀出南斗傍，屏风九叠云锦张"；去审时度势，去识人辨事，去体悟《红楼梦》里的那句"世事洞明皆学问，人情练达即文章"。在书里，仿佛长了翅膀，可以自由翱翔，穿越在不同的时间和空间，去阅览历史、预想未来。而这一切，都无须大费周章。也许你特别想要走出去看看诗和远方，可是眼下时间不充裕、金钱不充足，或者有许多事缠着你，让你无法脱身。那就多读书吧，这是成本最低的旅行。你可以通过看书，走遍天下的各个角落，结交不同的伟人名家。只要打开书，就随时打开了一个崭新的世界。

刚开始读书，或许有人会投来嘲笑的目光，甚至有人觉得你装。因为读书多，好像也没有让别人感觉你表现出有特别的优势。但只有自己知道，因为读书，无数虚荣心变少了，很少因为跟别人攀比而嫉妒或自卑了；因为读书，变得更低调了，不喜欢炫耀了，很少显摆卖弄；因为读书，心态更乐观、状态更积极了，遇事不易慌张、不会斤斤计较，让人更加大度和淡定。就算最终跌入烦琐，同样的工作，却有不一样的心境；同样的家庭，却有不一样的情调；同样的后代，却有不一样的素养。读书，就是让不一样发生的变量。某种意义上说，读书就是为了让我们尽量摆脱平庸。虽然生活朴素，但我们内心丰富；即使深陷泥泞，也依然可以仰望星空。

成年后，我们读书或许会有更多功利性。刚开始看书时，我也是为写文章积累素材，可后来发现自己越来越离不开书。在这里，我可以感受到纯粹的快乐。书籍就像我的知己、导师，当我迷茫、焦躁、不知所措时，它给我指明方向，安抚我、引领我、激励我。在这里，我可以认识和探索世界。眼睛看不到的，读书可以；脚步不能丈量的，读书可以；身体无法抵达的，读书也可以。哪怕我们活在方寸之地，依旧可以拥有大境界和大格局。在这里，我们可以见天地、见众生、见自己，即便身处柴米油盐中，也不会被细碎和庸常的生活捆绑。我们会变得越来越通达坦荡，不偏执、不世故。

作为我这样一个平常人，为什么要读书？大概就是为了遇见更好的自己，成为一个有温度、懂情趣、会思考的人吧！还有就是，读书，让我灵魂安稳，不再迷茫，活得富饶！

做个好思好学正能量多多的中年大叔

人生，弹指一挥间，仿佛昨日还是青春少年，今天便已成为面容臃肿的中年大叔。

人至中年，历尽世事，无论厅级或者处级，无数的荣耀与辉煌，无论骄子或者豪门，曾经的低谷与没落，到头来也不过是过眼云烟，尘归尘，土归土。随着时光的流逝，让人看淡了无数，也释然了许多。

"一斤米，在农夫眼中是米，在厨师眼中是饭，在酒家眼中又成了酒。但米始终是米，不管别人怎么看，你始终还是你。"

人越成熟便越明白，别人的言语、看法，都是最次要的。我们的耳朵，每天要涌进无数噪音，又何必为那些不相干的声音扰乱了心怀。

真正智慧的人，就不在意眼前是非，也不做无谓的争辩，吞得下去委屈，才长出来宽广的胸怀。

人到中年，学会凡事看淡随缘，就像陈果教授所说："我自风情万种与世无争。"

人生短短百年，无须在意他人的眼光，笃定地做好自己，便是最好的修行。我们的人生，有时也如这四季轮回，古人说春生夏长，秋收冬藏，人生处于低处时，其实是蛰伏的最好时机。

人到中年，精力体力大不如前，被琐事牵扯，被责任压身。往回看，没有退路和靠山，向前走，只有迷茫和辛酸。

与其身处半山不上不下，不如学会适当停顿安然，利用空闲的时间读书写作思考，用文字沉淀去丰厚余生来年。

渔夫在无法捕鱼时，就会修补他的网。我会一边做着力所能及的事情，一边顺其自然地编织自己生活的网。相信在不知不觉中，就有了一张细密的网，正是这些时刻构成了完整的自己。

人生，总是有高有低，有起有落，无论何种经历，都参与并建构了我们的人生。但高峰时的畅快，远不如低谷时的顿悟给人以清醒。

也许你现在迷茫无措，但是不要着急，把一切交给时间，只要沉住气，守住心，总会拨云见日。

也许你现在伤心困顿，也请相信，人活于世，求人永远不如求己。

把失望的情绪收拾好，把不堪的过往放一放，你只管去努力、去成长，不疾不徐向前走。

你想要的一切，总会在未来的某一天如约而至。

有句话说得好，人生如逆水行舟，前方不时总有巨浪袭来。

但你要相信，这世界从来不缺无常，缺的是面对无常的坦荡。

面对生活沉重的磨盘，不能让自己被碾碎了，人生风雨无数，一定要学会自度。

这世上只有一种深刻，那就是被生活百般刁难，依然热爱人间烟火百折不挠。

人生的每个阶段，都有它不同的风景。中年的妙趣，也在于逐渐认识人生，认清楚自己——人生是你的世界；自己就是你的视野。

走过漫长路，爬上半山坡，早已在岁月磨砺中收起玻璃心，穿上了厚厚的铠甲。

人到中年了，收起你的委屈，藏起你的锋芒，默默沉淀自己吧。

太过热闹的思想，会不由自主地忘了自己。那就俯下身子，安静在自己的世界里。即使不能遗世独立，也要时刻保持内心的素净与清醒。

明明知道，平常生活里，哪有那么多的光鲜与诗意，谁的日子，不是在烟火俗世里暗流涌动，狼藉满地？

大多时候，没人能懂你笑容背后的落寞，无人知晓你坚强里掩藏的脆弱。

所有的沉默与坚守，靠的是暗夜里无尽的累积与沉淀。所有的温柔与静好，靠的是不动声色的消化与自度。

让自己坚强行走在时光的长河里，脚步坚定而有力；置身在喧嚣的尘世里，内心迷失却要保持清醒。

一直坚信，心存感恩与美好，懂得珍惜光阴与情感的人，都有一颗柔软慈悲的灵魂。

不要总是渴望这一生相爱相伴的那个人，能懂你的欲言又止，又懂你的言外之意。

希望一个信任的眼神，一句宽慰的话语，瞬间能抚慰你多年积压心头的愁云。

其实我们生命中最困惑的，不是没有人懂你，而是你不懂你自己。

只有懂得珍惜，才配拥有。不守寂寞，岂能见繁华？懂得相爱不易，才能相守长久。

面对生活，很多时候挣扎而又服从，努力而又深情。我能想到人生最美好的样子，就是心怀赤诚，从不言弃。骨子里既有岁月静好的温柔，也有面对疾风冷雨的盔甲。

这世间，没有人会爱你胜过爱自己。在每一个清朗月夜的来临，你都要无数次叮嘱自己：亲爱的，一定要好好爱自己！人到中年，怎么了？做一个好思好学努力向上的中年大叔，其实也挺好。

你只管初心不改，只管抬头仰望星空，低头赶一路风景。

心之所向，用脚丈量，终会抵达。

忽有往事上心头，蓦然回首已是秋。

愿这个秋天，中年大叔，不被俗世所染，不被风雨所侵。愿这个秋天，中年大叔，所爱都澄澈，所遇皆温良，所见都是沉甸甸的美好！

我到中年自带阳光

我以为，许多人觉得自己过得并不快乐的原因，归根结底是：内欲膨胀、能力又太少，可想要的却太多；不喜欢的、看不惯的东西太多，能改变的却又太少。人生就是这个样子，总在起起落落中明悟，更在跌跌撞撞里成长。用乐观的心态对世界，再平淡无奇的日子也会开出花朵；用悲观厌弃的目光去看待一切，好运也都会绕着你走。

我以为，一个人要能做到："接受、改变、离开"这几个词组。学会运用这三点后，你的人生就会快乐很多！

何为"接受"？是指接受已经发生的。世界很大，我们会对很多事情无能为力。谁的生活都不是一帆风顺的，重要的是你怎么去看待。当坏事降临，不要一味地浪费时间自怨自艾，不停地埋怨生活的不公。有时，眼睛看到的东西，并不是它实际的样子。任何事都有两面性，只要你用心去感受。塞翁失马，焉知非福，如果事与愿违，请相信命运一定另有安排。你遇到的每一个人、每一件事都不是偶然，无论是好是坏，他们都将是你成长路上的台阶，帮助你变成更好的人。以平和的心态对人对事，不因幸运而忘乎所以，也不因不幸而垂头丧气。时间久了你就会发现，自己身上具有了一种气质，能吸引更多积极向上的人和事情。曾听过这样一句话：当你在错过月亮时哭泣，那么你也将错过群星。请相信，一切都是最好的安排。尽量少为已经发生的事后悔，永远挺胸抬头向前看。

何为"改变"，是指改变难以忍受的。接受现有的一切，是一种智慧，但并不意味着让你对一切都忍气吞声。当一个人或一件事已经对你产生严重负面影响时，就要勇于为自己争取，改变现状。解决难题有很多种办法，停在原地挣扎是最没用的一种。希望你懂得争取自己的利益，活得有棱有角。对朋友可以笑得很单纯很灿烂，但面对困难也要毫不手软。

何为"离开"，是离开改变不了的。在适当的时候学会放手，是最高级的优雅。有句话说得很好：手握得太紧，东西会碎，手会疼；有些事，想多了头疼，想通了心疼；有些人，宁可放手，也不必做无谓的挽留。总有一些事情让我们无可奈何，但无论何时何地，都别忘了守住心里的阳光。路不通了，就选择绕行；心委屈了，可以选择离去。要记得，你才是生活的主人，别为了一些不重要的人和事把自己搞得身心俱疲。当你学会潇洒地转身之后就会发现，不远的将来可能有一片更美的风景。

人生这套题，说难也难，说简单也简单，就看你想怎么做。不能接受，那就改变，不能改变，就试着放下。要懂得如何让自己开心，生命中的每分每秒都要留给那些真正值得付出的人。从从容容、简简单单，对未来满怀希望。

我到中年，自带阳光，也愿你：心中藏着善良，眼里带着光芒，活成自己想要的模样。

迷茫时我选择顺其自然

人到中年，心静的日子颇多，内省的时间也增加不少。

有时候确实很迷茫，看不到生命的意义，找不到前方的希望，不明白自己是谁？想要干什么？应该做啥事？到底需要什么样的东西？

一日三餐，不是在家就是在外，上班时被呼来唤去，夜晚休息也没有规律，因为职业，节假日也常常作牺牲，看见别人阖家欢乐，成双入对，天伦融融，生儿育女又不能给他们更多的物质和时间，心里不是滋味，愧疚惭愧。

　　活着的意义是什么？儿时唯一目标就是读书考学，不经意间上完了硕士，学的东西也未见用在生活工作中。由于年龄更源于现实，我再不想考什么博士之类的心思，因为那些有何用呢？当今社会，不单是学位的问题，你为之所用了，那些依附于你的东西（包括知识）才能被用！何况自己也有自知之明，有那本事吗？有真才实学么？没有坚持四项基本原则的信心和修炼！没有中国特色的裙带！也无决定上层的经济基础！你能干吗？给你一份固定的谋生工作，你能养家糊口，不做流儿，这社会自然够好了！还有什么不满足？

　　在这世界上，当你不知道该怎么办的时候，选择顺其自然也许就是最佳的选择吧。感冒没有痊愈，无论是输液还是白加黑，似乎都帮不了你，好在除了鼻子堵了以外没有其他的任何症状。于是不再管它，顺其自然，因为你处的这个环境其实是一个容易感冒的环境！儿时，总以为心想都会事成，可是当一次又一次的成功在不经意间来临，一次又一次的失败在毫无准备中突袭，我才明白要顺其自然。属于"无产阶级"的我曾经有一些不屈服的倔强或放荡不羁，所以毫无所得，甚至把自己已经获得的也失去，于是才开始信奉顺其自然。

　　给世界增加了一个无，只是人生在世，缥缈间不过百年，真的够守住无而做到顺其自然的又有几人？

人生留痕

　　一个普通人，要在岁月中留痕迹，还是比较不容易啊！相对于历史，我们都是一粒过往的尘埃，除了在人类发展进程中，做出过贡献的科学家和伟人，人们会以写入史册方式，去永远纪念歌颂他们的丰功伟绩。还有艺术家以创作的形式，表达的作品的艺术之美，能通过大浪淘沙保存下来。一般人，怕只能在自己的家族感情中生息几代吧！

绝大多数人，都平淡无奇，庸碌一生，为生活而生活，一辈子都忙于应对基本生存。我也是其中那个卑微得不能再卑微的平凡小人物。从早到晚，忙着自己及与自己婚姻血缘所形成的小家庭的延续和生计。平平淡淡地出世，又将默默无闻地离世。

每个人都摆脱不了自己一生普通平凡人的命运。当不了伟人，也做不了精英，如能活得顺利，活得明白，已经难能可贵。

花开两朵，各表一枝，话也分两说：阅读量大，视野也渐开阔，想法也大异，骨子里莫名地涌动着"我命由我，不由天"的叛逆情绪。看见身边有靠钱权、色相、攀附、欺诈等手段，达成自己所谓人生价值的人，自己又失落千丈，充满郁闷，这种改变不了现状，又融入不进去的两难处境，造就了一个早生华发、多情自嘲、忧国忧民、望洋兴叹的文弱书生气质。

于是，写吧！有人说得太贴切了：一个失败了的政治家，绝对会成为一名伟大的文学家。即使成不了文学家，也是个合时宜文化者，不为名，不为利，自我疗愈，自我出口，自我宣泄……自欺，也坚决不去欺他人。这是读书人善良的底性，不害人，不妄为，更不评问政治。

言论，出版自由，宪法保障赋予的权利，使得自己随时随地，真实表达，书写文字。待到将来老得哪儿都去不了的时候，慢慢反刍回味。即便双眼闭了，留下点实物给后人，求得安慰。

今日，收到样书，虽然不再有什么激情，但毕竟还是有一篇关于自己所学知识与工作相结合的各抒己见的见解。形成了文字，还入了中国国内有名气的论文数据文库，不为别的，只为入库，千年有据可查！随时点开网页库可看。哪怕有一个同仁或后人阅读过后，有一点点启发，也是贡献！文笔到此，略略慰藉！若有机会，继续努力！没鲜花和掌声，也无所谓。

不再苛求

我常常反思自己写作目的于何求？见书？见刊？见报章？No！No！我还没有如此多的奢求！大部分时间是开心写，写开心，不写不快乐，纯粹是自娱自乐！还有部分时间是因为受了气，受了伤，受了委屈，心里难过……这种情况也写呀，不停地写。写完过后，一切恢复正常，该干嘛，就继续干嘛！

我想申明的是，自己的写作基本上没有受过专业学习，全靠自我性情，天马行空。当然也存在像写毛笔书法一样，自认为好的文章，情不自禁作过临摹，对于历史典故、传说进行过搬运使用。别人说过的话，我也说；别人写过的词句，我也写。因为我还做不到形成自己独有的语言表达风格，要具备这样的能力水平，或许我这辈子都只能不懈追求了！文字语言作品的陌生感、陈旧感、枯竭感！谁叫我们的语言因为有太多功能，以至于被我们差不多像钞票一样使用过度，变旧了的呢？

　　人到中年，每每偶遇有人对我做人做事做文章有疑问时，我一般都如鸡啄米，频频低头虚心接受，从不辩解。有时候，连我都会惊奇自己的变化，不再因为别人的质疑而埋怨，也不再因为别人的含沙射影而愤懑。我学会了接受这个世界，完整而毫无挑剔地接受这个世界。我不会因为自己的好恶而弃权，也不再因为自己的高傲而卑视。

　　曾有人对我说，一块棱角毕露的石头，在岁月的长河中也会渐渐磨平，成了圆而滑的鹅卵石；一把锋利的宝剑，在经历了过多的挫折后，也会平庸迟钝。"是吗？"听后我忍不住哭笑："我不是石头，更不是宝剑！我只是一个人，一个头顶蓝天脚踩大地的人！"我不但向往蓝天，而且脚踩大地；我向往浪漫地飞翔，可我更需要潇洒顽强地生存！但我并不是为了生存才去"容忍"别人的虚伪，更不是为了潇洒才去"接受"这个世界的阴暗。

　　如果你深刻又敏锐地活，你终会发现一个令你吃惊的真理：许多卑鄙自私的行动，往往有个真挚专一的原因；许多高尚无私的举止，往往有个愚昧可耻的动机！所以，曾有段时间，我学会了低头前行。现在又一次把头勇敢地抬起；我无法获得完美，但我却能趋于完美。

　　我不再苛求自己，也不会再苛求他人！埋头走路，认真做人，想写就写，自乐就行，难免成为别人的"时空陪随"——难道我走了你走过的路，就成了同道中人？难道我与她在同一个时空停留过，也算是一次授受不亲的相遇？

　　从此，我不再苛求自己，也不会再苛求别人！

转身已中秋

不敢去细数我丢落的时光，每当静下心来，无可奈何看着大把大把的时光又从手中溜走了。看着窗外曾经碧绿碧绿的叶子开始变色成熟，越来越五彩斑斓起来，我知道，这一年的中秋到了。

尽管该来的总是要来，该去的总是要去，可我心里还是不免生出一丝丝莫名的惆怅与留恋。我自觉是一个多愁善感之人，可又不知从什么时候开始，我对时光越发敏感起来，每每看到日出日落，叶绿叶黄，季节轮换，看到淡淡的月色，听到潺潺的流水，秋虫的轻吟，我总会感慨万端。

有人说，这是老的象征，尽管岁月一点点将我从青年向中年又向老年驱赶，可我不服，也没有觉得自己老啊！再转念，自己年轻的时候毕竟不像是现在这个样子的啊！就这样，我总是在半信半疑中走过一天又一天。每一天都要无数次转身，无数次转身又总悄无声息，像风，没有留下一点痕迹，像雾，早已烟消云散。但又不知在什么时候，转身，蓦然回首，在一个路口，或者那个角落，发现了自己。

可时光呢？去年和前年的中秋我依稀记得，从父亲家走出来，我携着淡淡的月色，漫步在驿马河的岸边，想着心事，听柳风、虫鸣，看着月光下的芦苇荡，时有鱼跃，现在想想，也觉得都是可以复制的一段景致。

今年中秋，再也见不到父亲了，父子相离，阴阳相隔。唉！这一生，父爱至此，再也没有机缘来一个不见不散，再也没有不离不舍的中秋团圆。俗话说，种豆得豆种瓜得瓜。一世的缘，前生的种，幸福和快乐，遗憾和悲苦都是可以种的，一旦种下，一生呈现。

转身，已中秋，回过头看，我对过去和现在的日子甚是满意，也满足。再转念，你不满足又能怎么样，除了增加忧，一点意义也没有。钱多钱少哪能挣得完，官大官小啥时候是个头。当觉得不满足的时候，把自己的欲望降低，也就平衡了。心一旦平衡，许多事情也就平复，心一平复，那些隐藏在犄角旮旯的忧愁也就被这些四季风景图化成生命的色彩。晨光中，那些满头银发仍然孜孜不倦写字、练太极、唱歌朗读的老人；校园里，荷塘亭台边认认真真背书的少年;幼儿园里,天真活泼、嬉笑打闹的孩子……每个人在每一个年龄段,都应该有属于自己的精神的。

人生就是这样,当我们增加不了生命的长度时,就增加生命的宽度,当我们站不到山的高峰,就在山脚提升自己的心境高度,当我们不能在物质上出人头地时,就让自己的精神自留地百花盛开。

今日的转身,不是放弃了前行的路标,更不是放慢了追逐的脚步。转身,是更好地发现自己,看自己在前行的路上是否遗漏了什么?转身,是短短的小憩,回味也是一种生活。有时,真正懂自己时,正是某个不经意的转身。智慧当学诸葛亮,持家看齐曾国藩,为心遵从王阳明,胸襟要学苏东坡,为人处世学周公,作文活成季羡林……淡然转身,就在今日!

谁的人生不分离

当我们还是胎儿的时候,生活在母亲的肚子里,靠羊水和胎盘呼吸和获取营养,每天游泳自由自在,最为幸福。因为在母体最安全。

当我们下地时却啼哭不止,由于和母亲的身体分离的痛,加之来到一个陌生的世界,有了未知的恐惧。

成了婴儿,母亲短暂的月子照料,为了生活父母要上班,要出门,要做自己的事情,他们不可能带我们一起。幼儿的你我号啕大哭,感到又要被分离了,于是我们应对的方式就是撵路。

少年游子为了自己的前程,天南海北求学远行,挥手作别泪眼模糊的父母,又一次与父母分离。

人到青年,开始寻找自己的另外一半来结束孤单,热恋中的男女,若即若离,相思无限。

新婚宴尔的爱人,分分合合,甚至两地分居,次次告别,哪一次不是在被剥离!?相思还好,毕竟是两个人,双方彼此在想念着对方;然而思念就难说了,我思念着她,她不一定思念我;思念和单相思同义吧!至少此时此刻我以为了。

为什么?我们要承受这一次次的分别剥离,而剥离后又去想方设法寻找、聚首、相逢、团圆？人啊人！我们就不是一种独自生存的动物，孤单、没有安全感、分离存在焦虑不安。自第一次被从母体剥离开来，到成人后就迫不及待去寻找另一半；从不安全到重新找到安全，这个过程就是我们不断成长的过程！

我的心理导师说过这样一句话："人生没有创伤，就好比一生中没有景点。"或许我发育太晚，至今还在分离焦虑，感受种种被剥离的创伤，对自己的另一半依恋太多，期待太多……因此就感触太多，莫名其妙之中也有些道理和顿悟吧！

龙泉山，春的畅想曲

人在春天，永不孤单；心在春天，永不悲哀。

我把春天，拥在心里；我把快乐，逐放天涯。

无论内心是波涛汹涌，还是风平浪静；无论时光的色彩是否浓淡相宜，拥一幅春图，将身心留在春天……

三月的龙泉山雨过初晴，万物刚接受过雨水的洗礼，显得寂静清新，陌上的野花也竞相绽放，鸟吟鸽鸣，泥土味和淡淡的花香味随风飘来，让人有一种久远的情怀弥漫开来。驻足龙泉湖心的花岛上，极目远望，水天相连，只见平静的湖面上泊着一叶扁舟。在远处观望，月牙形的小舟停泊在清波粼粼的蓝色湖面上，看起来是那样的寥落孤单，却也别具一番独特的韵味，犹如一幅展开的时光画，再配上远处红墙黛瓦的房屋和连绵起伏的绿色屏障，无一不给平凡的湖周边环境增添了一层深邃的魅力，好似一幅水墨丹青画展现在我的面前，更像一种"轻舟已过万重山"过后的安详。

而此时的我，面对人生，内心波澜起伏，思绪万千。没有人能帮你生活，也只能迎难而上了，暴风雨不来时静享风平浪静的好时光；而电闪雷鸣时，唯有挺直脊梁，任它风吹雨淋，做个淡定的自己，不偏不倚、不躲不闪！想来，小舟虽时有孤独寂寞，但也有它的风骨，波涛打来时，它轻摇慢晃，以柔克刚，以最为独特的姿势安然地停留在自己的位置上……

人生道路，如果我们的人生之舟永远不敢出航，只想躲避在那个安逸的岸口，随波逐流，不屑斗转星移，物是人非。那么，终有一天，我们会腐朽废弃，被遗忘在那个渡口……所以，唯有借助波澜壮阔的大海去历练一番。话说不经风雨，难见彩虹；不经风雨，怎能长成参天大树！尽管早已没有了长成大树的欲望，那就当是一种人生经历吧，让自己更为从容地直面人生！

　　玄奘大师经过了十七年的颠沛流离，翻山越岭、历尽种种磨难，最终到达了印度，取回657部佛经，人生有几个十七年？但他把人生中最宝贵的17年献给了大唐王朝，去的时候风华正茂，回来时饱经沧桑、步入中年。他行经一百多个国家、见识了当地的风物民情，行程2.5万千米，他的经历再现了一代宗师艰苦卓绝的求法历程，最终成为一代伟大的思想家、旅行家、哲学家。

　　我想，谁都想在那个雨后初晴的午后阳光下，将一盏茶喝到无味，将一幅画画到无痕，将一页书读到无字，将一颗心猜透。享受不劳心劳神的安逸时光。可花不会因为你的疏离来年不再盛开，太阳不会因为你的遮挡来日不再出来。所以，既然做了那叶扁舟，就做到淋漓尽致、无怨无悔吧。我做那个舵手，乘风破浪，高高起航。让轻舟渡上可渡之人，载上可载之心；装满热情的艳阳，也纳满清冷的月光；看此岸春暖花开，嗅彼岸旅程如风，人如花梦，每个人就似风雨中的一粒沙尘、露珠、雨点，或花，或叶，或蝶，或网，可终有不同的归宿和港湾。也因此，我们不要看到爬满绿藤的院墙，就以为是家；不要看到紫薇花开，就以为是百花齐放；不要看到那扇半掩的门，就以为是自己的等候。我们得稳稳地掌舵，在盏盏灯塔的照亮下，风雨兼程毅然出航！在人生的航程中，别太沉迷于烦琐的名利，忽略人生除了浮名还有太多美好和值得留恋的东西，如婀娜多姿的美景、明镜般的湖面、亘古不变的绿水青山。最重要的是追求心中的自己，做到某年某月的某一天，当我们回首往事、追忆往昔时不后悔，做到了问心无愧。那样，我们的一生就真的无怨无悔了。

　　人生一世，草生一春，任它花开花落，任不同的角色登台与谢幕，即使荧光灯永远打照不到你身上，即便做了一个完完全全黑暗中的独舞者，都顺应自己的角色和位置，做那个纯粹的自己，守住心中那一朵莲花，精心培育种在心中的那株菩提树！在人生的航程中，让我们轻驾好自己人生的扁舟，装载满幸福、快乐，颠沛前进，把她放逐天涯！

也无风雨也无晴

五月的气候宜人，五月的生活很慢，五月的心情很好。每天六点起床，必到花园和菜园子里捣弄捣弄：理理南瓜藤、牵牵丝瓜秧、给豇豆搭架、为葡萄掐尖儿、数数金弹子、找一找草莓果、清理鱼池、浇一浇花草……不知不觉一个小时悄然过去。回卧室唤醒女儿，等把她弄起床送到学校，又是一个小时。然后和妻子各自到单位上班，中午女儿在学校吃，我在单位食堂吃，妻子从家里带饭就在办公室对付，我们仨，互不干扰，各自安好。

我们家的"宝马儿"，除了节假日和早晨摸一摸，一般我都不驾驶了。每天下午五点下班，我就骑自行车回家。从单位到家有十千米的路程，刚开始的时候，骑下来脚和屁股有些笨重和酸疼，一个多月时间下来，真有点喜欢骑自行车下班啦。有时候还早晚来回，日骑行二十千米也不觉得累。忽然认为汽车于我来说，可有可无了，当然，如果不出远门的话。

四月正式入住阳光城，居住的地理位置十分尴尬，出小区对面是紫霞山，左边毗邻蔚然花海、穿"成安渝"高速五千米到洛带古镇，右边越"成渝"高速过聚和花卉市场距离龙泉主城区八千米，背后去往西河十千米。由于阳光城没有大型的娱乐及购物商场，除一个几乎废弃的体育馆孤独地矗立着，还有一所民办四川国际标榜职业学院、一所公办成都信息工程大学及几所中专学校，基本上全是居民小区，还好没有工厂。至于空气质量方面，不知道附近的万兴垃圾山和西河的垃圾发电厂对这里是否产生影响？生活总是不可能完美，占了这头，就占不了那头！

自从两年前远离了牌桌，着实少了许多的应酬。连交往的朋友也变得尤为至少，似乎更喜欢琴棋书画、愿意和搞艺术的朋友一起厮混度时，也突然静得下来品茶聊天，彻底放弃原来喝茶、玩牌之恶习。表面上好像越来越孤独，内心却越来越淡定，仿佛好些事情都能看开了，不愿意去钻牛角尖，不喜欢和别人做无谓的争论，也不想结交什么权贵，也没有什么远大抱负，想养生休闲的生活多一些，想独处的时间久一点。如果少值一个班，少遇一件事情，那么相当的窃喜望外啦！

每天下午，都想早点回家，一回家就想一头扎进自己的菜园、花园，哪怕坐在书房懒人沙发上发呆；哪怕在青砖木庭回廊上抱膝打盹；顶着烈日在院子里锄草，光着脚丫楼上楼下东搞搞西晃晃也十分满足。每一个不上班的日子，那是惬意舒爽。看一本书、写几个字，拍几张顿感心仪的照片上传QQ相册，实在不愿意一个人再待下去了，下楼骑自行车二十分钟到古镇，访朋友、逛古街、看来来往往的人流……烦了、倦了、累了，就骑着自行车回家吧！

把昨天搬进书房、卧室的花草，搬出去沐浴夜露；再把前天弄到室外的盆栽，又移入房间装点美好。仰慕苏东坡"回首向来萧瑟处，归去，也无风雨也无晴"，今后、余生就这样过吧！安安静静、平平凡凡、慢淡时光，即是精彩。如此！加油吧，亲爱的自己！

心若年轻岁月不老

人到中年，似乎没有了曾经的热烈与癫狂。只想静静的、淡淡的、心情好好的，与世无争地过好每一天。

闪过快乐无忧的童年，蹚过明媚忧伤的青春，再到看似平实的婚恋，面对一个个突如其来的过往，最后才真正明白自己一路的艰辛，一路的得到与失去，皆是因果有缘。

看着秋风戏叶落，待着皑皑雪花飞，盼着春暖花开，在我感伤自己的年华随风飘逝的同时，也在为自己拥有当下的生活而满足欣慰着。

一直很简单、很平凡、很努力地活着，从来不奢望上天给我掉下个大馅饼，让我美美地抱着馅饼，从此不再为衣食住行而奔波劳累。相反，我很坚持地在职场打拼，在家庭的琐碎里，寻得心灵的宁静。

轰烈过后，才懂得喜欢简单，因为它能让人保持孩提时代的纯真；因为简单，身边相交的才可能是淡静、思想纯白的好友，没有勾心斗角，不会尔虞我诈，更不会人心两面。

近来，晚上往床上一躺便能呼呼大睡。夜，似乎太短，没来得及等我把美梦圆了，便听见闹铃在丁零丁零。梦到了很多，有关于自己曾经那些喜爱的没能拥有的东西，梦到了曾经拥有过的又失去了的珍贵，梦到了现在迫切祈望却遥遥无极的……最后，在忧郁即将爬上眉梢时，醒了，最终悟出明白了许多道理。

生活简单，身心轻松；思想简单，心灵宁静；心简单，人生就会美满；领悟了简单，深悟生命之理！

人心复杂，总留给我们太多悬念；心悸蔓延，遗落下许多尘埃。恍惚的遇见，一不小心绕成了心底永久的遗憾，点燃心灯，温暖曾经怀想过的梦，照亮未来明净的路。

我愿就这样，沉寂着、善良着、温柔着、简单地活着；让那些经历的、流淌的岁月，安安静静地游走着，而心却依然停驻着。

心若年轻，岁月老去，又奈我何如……

人在低处心向梅兰

自幼就喜欢梅花、兰草，仰慕兰居于幽谷，虽孤独亦芬芳，不争不抢，淡泊天涯；赞叹梅开偏隅，虽寂静亦流香，不温不火，优优雅雅；水滴顽石，虽遇阻而不滞，不疾不徐，这是一种坚韧。人就一辈子，别指望来生。心态当若兰，凡事都能看得通透；性情当似梅，学会在命运的冬季艳丽地盛开；意志当如水，你能包容多少，终会收获多少。

有时不快乐，不是拥有的少，而是放不下的多，放不下走远的人、无关的事，放不下外界风言、他人非议，放不下身边风景、前途期待，总在自我折磨与耗损。并非光阴荏苒，是时间敌不过自我的欲壑。人生最重要的，不是如何走得快，而是怎样放得下，事无所祈，情不旁待，练就平静淡泊的心，乃追求之极致。

无论如何，不管未来怎样，都要保留善良的本真，你善良，世界才宽阔，别人才宽容。要有济人之心，物质有厚薄，精神无囿限；要有赞人之口，好言令冬暖，恶语使夏寒；要有纯净之眼，你看简单了，众生并不复杂；要有助人之手，少些锦上添花，多点雪中送炭；要有忍人之胸，你接纳多少，就能得到多少。

每个人都是自己的主宰，就算你再伟大，在别人的世界里，你也只是个配角；哪怕你再不堪，你的人生之旅，还得自己艰难地走。看着身边人头攒动，貌似热闹非凡，实则少有人驻足，稀有人同行，与你一路相伴的，是那些心境的寂寞孤独。不要艳羡嫉恨他人，切莫空耗时日；全力审视督促自己，如此渐有所成。

苍茫人海，谁是你的邂逅，你是谁的偶然；是谁与你错过，你又与谁擦肩；谁在眼前陪你，你欲与谁永远？命运里我们经历的，皆是不尽瞬间，无意成就功业，巧合注定姻缘；错过的，再是不舍、不愿、不甘，也要学会放手，你放下了，精彩只是早晚；拥有的，要懂得不厌、不叛、不弃，你坚守了，月缺依旧会圆。

任你再高贵，抑或再卑贱，不过修炼一个"心"字。心静者，必登高，然后可以望远，俯瞰众生心愈清；心和者，必仁爱，然后可以济人，包容万物心愈慈；心慧者，必淡泊，然后可以平坦，笑面冷暖心愈安。心若静，得到不长奋，失去不久悲；心若和，得到不狂妄，失去不嫉恨；心慧者，得到终失去，失去亦重来。

生命的深层意义，常在于诱惑丛生中保持真我，不恋世间纷扰；于心灵躁动中趋向澄静，不眷凡尘浮华。花开是一段过程，相聚时当惜缘；叶落是一种轮回，别离处莫挥泪。当初有多繁荣，最后就有多败落，痛楚与快慰向来此消彼长。人生的精彩，不是你铭记多少，而是你淡忘多少，唯有边走边弃，才能走得更远些。

曾以为，只要路是对的，就不害怕遥远，只要上下求索，终可得偿所愿；只要认准是值得的，就不吝啬付出，相信精诚所至，顽石亦能开出花朵。可天意常会弄人，有时路走着走着，已不是昔人昔景；有时坚持久了，世界已悄然沧海桑田。行至尽头再回望，人生不过白云苍狗，有些人其实不必等，有些事无须太较真。

人生如赌局，输赢交织，忧喜转换，涨退更迭。微笑再美，亦难永恒；哭音再悲，终有尽头。你若跌落谷底，每一次攀爬都在往高处走；你若傲立波峰，稍有不慎就会向低处去。别让生命太平凡，云淡风轻虽好，身后却了无痕迹；莫使命运太激荡，波澜壮阔虽美，居久常易失方向。光阴不待，功败有时，看开就好。

不要轻信与依赖他人，唯一不抛弃你的，到最后只有你自己。不要轻言你的苦痛伤悲，真正关注你的没有几个，你的倾诉可能变成一堆笑料。不要轻易躲避与拒绝打击伤害，不经苦药的疗养，何来精神的坚强？不要轻视与你无甚关系的人和事，或许那正是你往后攀高的梯。你大度，世界才开朗；你善良，人生才美好。

不懂音乐也知音

不知从何时开始,总沉醉于一种叫埙的袅袅绵绵的余音中,在过往的流光岁月里寻寻觅觅、寻寻觅觅,独享着一种郁郁的、淡淡的、香香的百味人生,刻苦邂逅时间沉淀的缕缕馨香,希望她能洞穿人世间林林总总散落的悲凉之心。

自古音律识知音,有谁不曾被那高山流水的故事打动过?流淌的音符,若潺潺的溪声,若莹翠的玉珠,若穿越时空的精灵,荡涤生命独留纯粹。勾起的是最柔软的心事,入怀的是最清浅的愁绪。

埙乐响起的时候,忧伤都有了别样的韵味,跳动的丝弦,拨动着心中的悸动,滋润着灵魂的虚无,不关悲欢,不问离合,漠漠尘缘,默默蹉跎。

多少的风雨夜,埙乐在心中翻涌百千浪,红尘熙熙攘攘、潇潇依旧,容颜皱皱叠叠、奕奕老去。世间多少情断情续,半点不由人。正如这古乐之韵,也许我们并不解这其中的琴音,那些古典的情结皆已蒙尘,午夜梦回才会偶然记起那被遗忘于角落的音律。

我们每个人带着各自不同的使命,来到这世间,红尘陌上急赶慢行,无论遭遇什么样的疾风苦雨,在无法改变的宿命里,也只能独自舐血疗伤,让一颗浸染烟火的心渐次恢复宁静。虽寄身于俗尘,但心向往之纯澈清明,心时常会有感于孤独,或寄语音律或寄语文字,古乐之缘,便是生命中的情缘之一。

平凡的日子里,平淡地生活着。虽不会绕梁的音姿,也没有生花的妙笔,但萦绕在心间的是充盈饱满的情怀。有梦的时候欢喜,无梦的时候怀梦。

世间从不缺缘分,缺的是刻骨铭心,缺的是命定之约的不离不弃,多少人成为红尘过客,沉寂于浮华的流年过往。在梦与醒之际,相伴于身边心间的只有优雅的闲情和安稳的姿态。

曾经的故事已然远去,亦不会重来。看院墙上的花朵兀自摇曳,从不去在意世人的目光。古乐的清律自心底缓缓流淌,拨动的是锈迹斑驳的回忆,饮一杯花香清酿,与时光同醉,春雨初歇,大地孕育着万物生长,生命绽放新的芬芳。

人生最绕不开的是情，愁绪满怀是情，心旌摇荡也是情。岁月无语，任你千帆过尽，光阴依旧，只待明月入梦。挑尽灯花不成眠，望断天涯无以恋。即使我不懂得音乐，也能在内心深处长有知音。就在自己的心里种植一株菩提吧，无须开花结果，无问归期交集。

别让时光负流年

过去的几个月左肩膀莫名软胀，眼见稍有好转，近来腰部却因为结石的缘故，疼痛得坐立不安，甚至抱不起小女儿了，过敏性鼻炎还时时光临，鼻涕一把一把，鼻子经常难受不爽。人到五十身体就这般预警示威，使我不得不重新审视自己的健康问题，必须在理念上改变，彻彻底底摒弃一些有碍健康的生活习惯，重新建构健康理念，不负光阴，不负流年。

心理健康：病由心生，心理都不健康了，身体还能不出问题吗？所以，定期清理心理蒙尘，打扫心房，打开心窗，让阳光照射，来的要珍惜，去的要放手。若渴了，水便是天堂；若累了，床便是天堂；若失败了，成功便是天堂；你若是痛苦，幸福便是天堂……总之，没有其中一样，你是断然不会有另外一样，天堂是地狱的终极，地狱是天堂的走廊。每一个现在，都是以后的回忆（说过的话，做过的事，走过的路，遇过的人）。不必长久缅怀昨天，也不必奢望明天，只要认真地过好每个今天，说能说的话，做可做的事，走该走的路，见想见的人。脚踏实地，不漠视，不虚度，努力为明天的回忆增加亮彩。心里存阳光，雨季也浪漫；心里下着雨，晴天也遭罪。相同的环境，不同的人生，不同的态度，心中美好，一切美好！身体健康：没有健康的躯体，用什么来承载你快乐的源泉！健康是唯一，其他的都为零。不自律，很难健康，不想把绝大部分时间都拿来跑医院，不想经常用自己的胃口试验药效，只有从现在开始迈开腿，管住嘴，爱自己。

把工作当作锻炼大脑，群体学习；把家庭营造成爱的港湾，温馨、甜蜜、其乐融融；把儿女当客人，热情款待，笑脸欢送，不再居高临下、盛气凌人，同时秉承"儿孙自有儿孙福，莫为儿孙做马牛"不苛求的心态；水，越淡越清澈，人越淡越快乐；不争，得自在；无争得清闲。在时间中平静，在岁月里坦然老去。

人生是一场旅程，一边感受，一边修行吧！

来日并不方长

很多事措手不及，很多情猝不及防，很多心愿未伺机着手，一转眼就已经来不及了。父亲的离世，令我三观重拾，几近颠覆。一个多月来，内心深处依然四溢苍茫，苦不堪言，实在难以寻求理由来说服自己，释放冰凉。

很多时候，我都以为来日方长，就如同嵇康在死前感慨：袁孝尼一直想学习《广陵散》，我以为来日方长，一直执意不肯教他，而今我这一走，《广陵散》从此绝矣。

生命来来往往，我们以为很牢靠的事情，在无常中可能一瞬间就永远消逝了；有些心愿一旦错过，可能就万劫不复，永不再来。父亲生前一个星期还器宇轩昂地迈步攀青城，将一群年轻人远远地甩在后面；一个星期前还做过健康体检，报告单上的结论还为良好……他对自己的寿命，充满信心，起码活过八九十岁吧！

父母双全，我时常引以为豪。父亲的信心，更常让我以为自己还小。总觉得父亲留给我的时间还多，原本设想退离休后，开车带着他周游世界，至少也要脚踏大半个中原腹地吧。那么北京城，是我们父子俩第一个要去的地方啊！作为共产党的县级干部，连自己党的最高政府首脑机关所在地都没有去过，谁也会于心不甘的啊！

什么才是真正的拥有？

一念既起，拼尽心力当下完成，那一刻，才算是真正实在的拥有。

人这一生，总是在等。等将来、等不忙、等下次；等有时间、等有条件、等有钱了。可是后来，等来等去，等没了缘分，等没了青春。等到最后，等没了健康，等没了机会，等没了选择；等来了遗憾，等来了后悔。

别再等来日方长，因为亲人朋友不会停留，趁着大家都还健在，想聚就聚。不要等你再想起约他们一起聚会、一起旅游时，却发现你的亲人朋友再也不能成行赴约了。

别再等来日方长,因为时间不会等你,趁着时光正好,想旅游就去。不要等你想去了,才发现自己已经颤颤巍巍走不动了。

来日方长只是一种美好的愿望。世事无常,趁还能动去看远方,见想见的人,做想做的事,圆想圆的愿吧!因为来日并不方长!

每段路都是一种领悟

慢慢地,我们都会变老,从起点走向终点,自然而必然。成长的途中,匆匆而又忙忙,跌跌而又撞撞,奔波而又小心,劳累而又费心。一生,留下什么,又得到什么。细想,活着,就该尽力活好,别让自己活得太累。想开、看淡、放松,人不可太精,事不可太勤,不要累人、累己、累心。记住,你好,全家才会安好。

人生就像一场旅行。人生不过是一场旅行,你路过我,我路过你,然后各自向前,各自修行。在岁月中跋涉,每个人都有自己的故事,看淡心境才会秀丽,看开心情才会明媚。好好扮演自己的角色,做自己该做的事。生活不可能像你想象得那么好,但也不会像你想象得那么糟。人的脆弱和坚强都超乎自己的想象。有时,可能脆弱得一句话就泪流满面;有时,也发现自己咬着牙走了很长的路。

每段路都是一种领悟。人的一生,注定要经历很多。一段路上,朗朗的笑声;一段路上,委屈的泪水;一段路上,懵懂的坚持;一段路上,茫然的取舍;一段路上,成功的自信;一段路上,失败的警醒……每一段经历注定珍贵,它必将令你忆起智慧,生命的丰盈在于心的慈悲,生活的美好源于一颗平常心。不必雕琢,踏踏实实做事,简简单单做人。有的人本来幸福着,却看起来很烦恼;有的人本来该烦恼,却看起来很幸福。

拿得起放得下才是完美的人生。谁不想拿得起放得下,把人生走得愉愉快快,把生活过得轻轻松松。拿得起,就要扛得住,放得下,就需看得开。这,既是能力,也是智慧,谁不愿,谁不想。只是,生活中,拿得起放得下之人,能有多少。不然,为何有那么多的苦,那么多的痛?我们不求拿得起放得下,只求看开、看淡,就已经很好、很美。

懂得低头和让步，才会成功。肯低头，就永远不会撞门；肯让步，就永远不会退步。求缺的人，才有满足感；惜福的人，才有幸福感。生活的滋味，酸甜苦辣咸；人生的色彩，赤橙黄绿青蓝紫。打垮自己的，不是别人，而是你自己。不要把一次的失败看成是人生的终审，世上没有一帆风顺的事，只有坚强不倒的信心与毅力。逃是懦弱的，避是消极的，退就显得更加无能。成功的道路得靠自己闯，心在哪里，路就在哪里！

生活中无须过分依赖别人。无论你说话多么谨慎，总有人歪曲你的意思，不需要解释。在这个世上不要过分依赖任何人，因为即使是你的影子都会在某些时候离开你。人生最糟的不是失去爱的人，而是因为太爱一个人而失去了自己。有些事，挺一挺，就过去了；有些人，狠一狠，就忘记了；有些苦，笑一笑，就冰释了；有颗心，伤一伤，就坚强了。

用积极的态度面对人生。如果，感到此时的自己很辛苦，那就告诉自己：容易走的都是下坡路。坚持住，因为你正在走上坡路，走过去，你就一定会有进步。如果，你正在埋怨命运不眷顾，开导自己：命，是失败者的借口；运，是成功者的谦辞。命运从来都是掌握在自己的手中，埋怨只是一种懦弱的表现；努力，才是人生的态度。

用简单的心态面对人生。时光老了，人心淡了；计较少了，快乐多了；压力少了，轻松多了；抱怨少了，舒心多了。自卑少了，自信多了；攀比少了，自在多了；复杂少了，简单多了。心里放不下，自然成了负担，负担越多，人生越不快乐。计较的心如同口袋，宽容的心犹如漏斗。复杂的心爱计较，简单的心易快乐。

微笑的人生最美

喜欢这样一种生活，一人，一书房，一扇窗，一份淡雅的情怀，一个只属于自己的世界。以清水涤心，用文字取暖，简单着，明媚着，便快乐着。

欣然于这样一种日子，独坐于岁月一隅，指尖流淌着阳光的美好，捧着一缕岁月的沉香。夕阳下，轻拥落日余晖的绚丽，窗外是红尘喧嚣，心中却是风轻云淡。

独处的时光，可以思考，可以遗忘，可以清扫心灵的尘垢，是灵魂修复的过程，生命的感悟就在这份静好中得到领悟，灵魂就在这份静谧中得以升华。

岁月如一条河，纵使是风平浪静的湖面，偶尔会起点点涟漪，那些彷徨的心境，便能在这份独处中得以慰藉，那些微风吹起的薄凉，就在这份寂静中得以温润。

时光，终是温暖了记忆，沉淀了美好，一种清欢，不关悲喜，只在浅释岁月静美，一个人的世界亦能婉转成歌。

走一段路，看一段风景，听一首歌，念一个人，我们总喜欢在别人的世界中驻足，期待别人给天长地久，只是更多的时候，是一个人的清欢，一个人的细水长流。

人世间的聚散依依，不过是心与心的距离，红尘中终会有人来人往，学会在遇见中感恩，在经历中感动，在包容中丰盈。总有一天，懂与不懂，爱与不爱，都不重要了，缘聚缘散，本是寻常。

只是那些拥有过的，那些逝去的，都曾是生命中最美的风景。唯愿，每一次遇见都是温情的相拥；每一次对望都能看到彼此最美的微笑。花半开最美，情留白最浓，懂得给生命留白，亦是一种生活的智慧。淡泊以明志，宁静以致远，懂得给心灵留白，方能在纷杂烦琐的世界，淡看得失，宠辱不惊，去留无意。

懂得给感情留白，方能持久生香，留有余地，相互欣赏，拥有默契；懂得给生活留白，揽一份诗意，留一份淡定，多一份睿智，生命方能如诗如画。

人心，远近相安，时光，浓淡相宜。有些风景要远观，才能美好；有些人情要淡然，才会久远。人生平淡更持久，留白方能生远，莲养心中，随遇而安，生命中最美的事有时不过是懂得保持合适的距离。

生活终究是美好的，有阳光，有雨露，有白云，有清新的花朵；有的时候不快乐，是自己给心房筑了一道墙。

揽一份诗意，学会风起的时候笑看落花，雨落的时候聆听心语，让每个素白若水的日子，有了流过眉梢心底的浅淡清欢，让一些过往在时光的沉淀中释怀。

人生一程山水有一程盛放，身边的风景一直曼妙，重要的是看风景的心情。

清晨寻一米阳光的暖，黄昏捡拾夕阳余晖的诗意，赏春之明媚，夏之繁华，秋之沉淀，冬之丰盈。只要心中充满阳光，眼中就有美景，走遍生命的山山水水，微笑的人生最美。

没时间恨一个人太久

日子按部就班地过着，工作上的忙碌，生活中的必需，让我渐渐从失去父亲的悲凉里慢慢淡出。一旦空闲下来，父亲的影子仍旧出现在脑海，特别是经过曾经同父亲一道走过的故地，遇见曾经同父亲欢聚过的旧友，路过父亲生前居住的小区附近……到处都会涌现父亲的身影。那个时候，心情便会跌落低谷，思念无限，揪心裂肺，悲从中来。

每每看见路上，成双成对的年老夫妇，会不自觉地减慢步伐，敬目相望，羡慕不已。工作中前来办事的群众，年龄在1945年以前的，绝对会让我刮目相看，感到仰慕。父亲过世后，对我震动最大的是，一个人想要长寿，一定要趁早讲究养生，有规律地作息，要服老，要有一个平静稳定的情绪，拥有一个好的、值得孜孜不倦修身养性的艺术嗜好，宽阔的胸怀……

我相信，心胸宽广这一点做得极好，近来，一个曾经因为职位升迁，毅然损我的人，突然因为法律事务方面的事情，求助于我，我没有一点犹豫，一如既往尽心尽力，利用所学法律知识鼎力相助，圆满协助他处理好后事。为此，身边的朋友还没想通，而我却一笑而过。以为，我们应该，学会只记住别人的好，总是忘记别人的孬，这样的人生才会越走越宽广。

这些天，睡前读半个小时的夏洛蒂·勃朗特写的《简·爱》，特欣赏他书中的一句话："生命太短暂了，没时间恨一个人那么久。"

人生何处不相逢，没有必要计较太多，默默地努力，该属于你的，迟早一天要到来。不要去费尽心思争抢，不要轻易去憎恨一个人，每个人有每个人的素质、苦楚，别人怎样对待你，那是别人的事情。不要去浪费时间了！珍惜眼前，活好当下，极力做一点有意义的事情，多拥有一些美好，为子孙多留下一片阳光。

人到中年，就怕过年

父亲走了，故乡被天府机场建设占用了。从 20 世纪 80 年代爷爷去世，父亲的姊妹各自在外打工谋生，租房子居住都不再回家，老房子便成了残垣断壁，荒草杂芜。但是屋脊还在，心中始终还是踏实的，如今连后山也夷为平地，祖坟搬迁……乡情变成了故土上空的幽灵，云雾蒸腾、随风飘散，无所相依。或许更是人到中年了，过年反而成为一种凝重的心事，总觉得再也没有那种感觉了。

没有父亲在厨房忙碌，年味越来越淡了，姊妹们聚到一起，不是各自玩手机，就是照看自己的孩子，相对沉默，似乎没有那种聊家长里短的氛围了（心里一直在思索一句伤感的话：父母在时兄弟姊妹还算一家人，父亲不在了，兄弟姊妹就成为亲戚了）。

如今的春晚也不像从前那般好看，那些小品总觉得没有能够逗笑你的点，歌曲也少了很多滋味。有人说，当你觉得年味越来越淡的时候，其实是因为你已经不在那个快乐的年纪了。你现在肩膀上承担的很多东西，家庭、工作，还有大大小小的事情，生活给了你太多的磨难，让你喘不过气来。而春节放假，又总觉得那些烦心的事情还没有解决，这个年过得也没有那般有滋味。

步入中年，也就越来越不想过年了。回家过年母亲不会做菜，几姊妹像是应付了事一般，很快就弄上桌子吃完饭各自忙各自的事情，原来的气氛荡然无存……有时回到家里却发现，你将要面对的，是你不得不面对的家庭矛盾。此时的你，是否心中陡然升起想找一个地洞藏起来的感觉，如果消失一天，是不是所有的事情就会自己解决？但现实往往是不可能的。

其实你倒也不想这样，只是自己的孩子还在读书上学，需要操心的事情不少，需要时间精力去处理去陪伴，工作很累，钱也不是很多，你肩上的担子真的好重好沉。当你有了自己的小家庭之后，再回到那个大家庭里，你总是觉得心有余而力不足。看着父亲离世后，母亲越发孤独衰老的容颜，你有时候也会感到心酸。岁月真是不留情，怎么一晃，你也成了当初他们的那个角色。

你多想有一台时光机穿梭回童年，玩卡牌游戏，将弹珠弹进洞里。虽然，那个时候没有手机、平板电脑这些电子设备，但是你比谁都要快乐。在年三十之前就早早地买好了炮仗，约好小伙伴一起去田埂里，去河边或是去别的地方玩耍。你把炮仗放进那些被用过的盒子里，有些恶作剧地点燃它，然后看着那些盒子被炸得四分五裂。不知道为什么，小的时候就觉得这样做很有趣，现在再回过头看，又总觉得那时候的自己天真幼稚。而人一到中年再回去的时候，早已经不是童年那种心境。没有人再会去迁就一个中年人，但是谁又能想起，他曾经也是一个孩子呢？

人真的是越长大就越孤独。小的时候，整个村子里都是玩耍的伙伴，放学后大家就聚在一起，直到家人喊回家，才不情不愿地跟在背后，转过头去，跟好朋友约好明天再一起过来玩。

回想起往昔，你总是能很轻易地记忆起那些小细节，也许是人老了吧，对于最近发生的事情倒是记不太清了，而那些遥远的记忆却是那样鲜活。

人到中年，就是越来越不想过年了。

一年的疲惫，确实是想找个地方，慢慢放松下来，可回到家里又是一地鸡毛。当过年的主角不是你的时候，你似乎也就没有那么快乐了。因为，除夕夜，这样的节日都是给小孩子的，只有他们不会去担忧未来会发生什么，也不会总结这一年的得失是什么。你又会去想，小时候你最期待的事情就是过年，因为往日很少能吃到的肉，终于能在除夕夜吃到肚皮撑起来。家里的大人都会给你红包，而你又能买到很多很多的玩具。

你有时候会眯着眼睛躺在那种老式的竹椅上晒太阳，看着天上飘浮的云朵，就会想起自己逝去的年华。明明好像什么事情都没有完成，却已经走过了半生。没有人会记得你曾经是什么样子的，而你却记得那个当初酷爱香港武侠片、台湾言情小说的意气风发的少年。他是那么恣意，那么不羁，仿佛世界在他眼里就是一个完全可以对抗的角儿。为什么喜欢看武侠片呢，因为英雄永远不会老去，英雄永远伟大，而你想成为一个英雄。为什么爱看言情小说呢？因为爱情是永远美好绚丽、令人眩晕迷恋年轻的主题。

虽然岁月不饶人，你终究被生活磨砺成了一个，空有一颗少年心，身体却早已疲惫的中年人。

但是，你千万不要放弃，也放弃不了，人生路漫漫，你已经走过了这么多年的岁月，其实你早已经成了你生命里的那个英雄，你要努力当好一个丈夫的角色，你也要当好一个父亲的角色，最后你检讨过当好一个儿子的角色了吗？其实，好与不好，已经是过去时啦！朝闻夕始，亡羊补牢不为晚也，就看你知不知道反省自知，知耻后勇，极力革新，而做到这些就已经足够，

算是个善人啦！（人分三六九等：智者、圣人、善人；人、庸人、恶人、坏人、猪、狗、猪狗不如的畜生）

我的病根叫平庸

  病床上躺了十天，一天不到一百步的活动，硬是把自己当作是病人啦。医生说做个全面检查就出院，居然半点也高兴不起来。有意不坐电梯，来回在医院的门诊与住院部的各个检查室穿梭，每一个检查室门口都挤满了人，就连过道都得侧身才能通过。花了大半天，一直昂首挺胸，强装精神等待屏幕出现就诊的名号，然后像白痴一样，坐上去或躺下来任凭医生摆布，无心去关注周围的事物，大部分时间尽是说不清积极还是低落的心理活动。

  是病痛的生活偷走了我的激情，还是在太平日子的后面，躲藏着我的懒惰？

  近些年"三高"伴随颈椎、腰椎、膝盖病痛，再加上如今的耳疾……从不相信到接受，再到最后还要习惯。"年老衰退"早已将我的灵魂锁在岁月的页面，把我的生命斑驳成记忆之外的废墟。激情远去的脚步声，我已经无法听到它的破碎，只有在偶然之间，发现生命走入死胡同。

  在我一直行走的路途，望见漫漫的黄沙已在身后弥漫，时光的书页在青春的封面开始发黄。旧日的足迹，是用年华的花絮拼凑的风景，在满眼病痛折磨的医院，无法找到昨日的年少康健，以及往昔的意气风发。

  我努力在生命的各个巷口穿梭，希望借此来弥补心里的空隙，在走过以后才发现，此时的我更加无助。每一天，我都希望自己拥有激情四射的状态。然而，我知道这一切只是自欺欺人的一个想法而已。我已经无法找到生命中真正的激情，只是我一直在期盼着，希望有一天能把它找回来。

  这些日子，我总是幻想着自己的未来，把希望寄托在明天，在一个个明天过后，才发现自己已经退步了许多。我不再是往日那个激情努力、不知疲惫、参加各种学习考试拿国家资格证的青年，变成了今天一个蜷曲着身子躲在角落里的避世者。

  我时常拷问自己的灵魂，让自己保持最后一丝清醒。颓唐，成了我暂时的代名词。我拖着它走在人生的道路上，让人们看见了我的狼狈，我不知道自己是不是自己，忘记了什么叫作生命的疼痛。难道一直就这样庸庸碌碌，在海边看潮，做个旁观者，而不是生活的主角，只是看着别人演绎他们的人生。

在我的生命里，一直有种莫名的疼痛，它让我对生活不敢有丝毫懈怠。真正想有所作为的人和我有着一样的痛。只是他们没有表达出来而已！这种疼痛的名字叫：不甘平庸！或许，这就是我的病根，CT 找不见，医生治不了，只有靠自己，也只能靠自己！

儿时，无不对自己将来的生活有无数美好憧憬，"想当作家""想当科学家""想当电影明星"。忙碌中不知不觉长大了，丰满的梦想被骨感的现实所替代。不得不奔波在为了生存，为了活得更好而投入辛苦的努力中。稍许停下来的时候，偶然也会想起自己那遥远的梦想，有时会哑然失笑，有时会变得深沉迷茫……

千辛万苦挤进工作单位，不知疲倦地工作，却不知道前方的路是否正确；投入所有的经历，付出全部的心血，却发现还是有那么多的无奈。或许获得了成功，依然发现内心仍就不那么平静。愤怒、快乐、烦恼、忧伤、焦虑、兴奋、激动，这些情绪无时无刻不在伴着我，正面的负面的竞相交替，许多时候雷鸣电闪、暴风骤雨，让我措手不及、防不胜防，搞得自己情绪失控、狼狈不堪、伤心伤体，难以开颜。

儿女大了，他们能像小牛犊一样顶人啊！偶尔一句，叫你失望郁闷的话，会让你半天不能开心颜。唉，身边的、你认为最好最亲的人，他们行为话语的杀伤力往往那个大啊！笼罩你的心情，左右你的情绪——你会好难过，好难过。

要消融情绪，只有先接纳情绪。保留正面的，正视负面的。这是一名合格心理师，必须要面临的。

远离那些令你有负面情绪的人

昨日去看新房的鱼池，发现池水清澈见底，无数鲫鱼却翻肚漂浮在水面，白色颗粒满池皆是。两周没有过来饲养照料它们，光景竟如此，一边回忆原委，一边动手打捞起死鱼的尸体，池水清亮，却嗅闻到一股异味，鱼死怕有一些时间了。平时舍不得吃活蹦乱跳的鱼儿，现在甚是惋惜，只好把剩余的几条捕捉起来，将水统统放掉，简单清洗池塘，然后回家。

刚好到家，我逗孩子，让美妈处理鱼，这时候电话响起，同事蔡哥电话里说要给我介绍一个新朋友（蔡哥是单位的笔杆子，历史知识渊博，爱好武术，我们经常一起交流，不到一年就成为铁杆哥们儿，所以他一召唤，我一般都要响应），还特意安排在我住家附近聚餐，所以也就应约而去，步行到家一街之隔的砂锅串串，进店就看见是两个同事（一个提拔去金牛区任职，一个还是同一个办公室的）。呵呵，我们相视而笑，蔡哥善意的谎言，算是幽默。除了蔡哥，他们都是小兄弟层面的，无论原先和现在关系还行，算是比较上进善良可以相处的人。

世界太小，曾经料想不会再同桌共餐的人，不到一年的时间，偏偏相遇。回忆当初有求必应，关键时刻就溜边，使我受伤的那个人，至今心有余悸，存有负面情绪。产生此情绪，我当时觉察到了自己的问题，身在其中，我只是默默地任由其发生蔓延，接受、陪伴它，不做任何举动……饭桌上，我渐渐收敛了许多话语，只听、只看，不做评判，点头示意，随声附和。过了一会儿，又加入我也认识的同单位的人员，桌上菜越来越少人动筷子，桌下啤酒数量直线上升，酒话越来越浓（大话、自诩、仗势），而我越发觉得无意义感，甚至开始产生一点反感情绪，身体反应如坐针毡，离开的想法越来越强烈。毕竟，从晚上六点半坐到十点半，确实时间也差不多，趁着各位短暂安静的时机，捡起杯中残酒，自干为敬，然后借口逃离。

回家后，酒力发作，通宵不舒服。日后，应该少沾酒为好。

只想拥住这样一种才华

下派出所来，工作繁杂，经常加班，休假变成一种奢望，每到轮休时间，大部分和家人在一起。锻炼身体，几乎没有什么时间，过去长期看书考证，让视力度数不可逆转地从200度变成了2个200度，健康的体魄和渊博的知识，我全部都想要。

看见身边越来越多的人，因为健康问题，生活变得暗无天日，精神变得萎靡不振，把原本惹人羡慕的事情弄得措手不及。身体不好，再多努力也会竹篮打水一场空。跨专业谋取证书、无规律加班熬夜、还想提升潜能，所有的神经紧绷，每一天都过得很焦灼。睡觉也不踏实，生怕半夜接到单位电话。一点感冒，拖很长时间都不好，免疫力太差，到医院拍 X 光、打点滴、吞苦药时，才发现自己居然这么脆弱，一场肺炎住院两个月，一场咳嗽，一个月不见好转……每每生病时，才强烈地意识到：一副病躯，就算明天再美好、前途再风光，也到不了自己的手上。

渐渐明白，一个人的身体好，也是一种了不起的才华。是应该每日三省吾身的时候了，是应该有为自己约法三章的必要了。不管工作累到炸、忙到裂——饮食健康、坚持锻炼、作息规律、心情愉悦，将是我每天的目标。一个人，只有问心有愧，才会去找借口，记住亦舒的名言：我的归宿就是健康与才干。

从今，见缝插针开始锻炼。从此，让各种不健康的东西，见鬼去吧。我不再奢求别的才能，只想拥住身心健康这一种才华！

换一种方式活着

想换一种生活方式，早睡早起，每天都能有几个小时，安静地看书，平时隔三岔五地去爬山散步，周末骑着小黄车和儿子一前一后到绿道中行进穿梭。

想换一种生活方式，能有时间走进菜市场，大筐小袋静心厨房，揣习厨艺，丰富妻儿老小的胃口；时不时地召唤亲朋挚友来家里坐坐，叙叙情谊，聊聊生活，品一品茶香；弟兄姊妹多抽机会聚在一起，有时间就常回家看看，陪陪父母，喝茶饮酒钓鱼，其实就是一种最简单的幸福。

早晨，亲一亲睡梦中的女儿，抱一抱辛劳持家的妻子，告诉她们你的爱，今天你会开心工作，平安回家。不要把外面的不好情绪带回家，再苦再累，都要微笑面对家人，不要让她们担心，让她们时常看到你洋溢出的快乐。人的一生，真的和昙花一现差不多。植物经历春夏秋冬，人类有童少青老，四季轮回，时光易老，等明白过来，大半人生流逝，人到中年，感慨无数。

细细想来，昨天亦回不去，明日复明日，其实无明日，属于我的，唯有今天的此时此刻，能把握住的就是当下的一瞬间。所以啊，不能奢望啦！珍惜眼前的分分秒秒，好好爱自己，快乐起来，健康起来，幸福起来，接纳过去，抓住现在，展望未来，踏踏实实过好每一天！只有，自己做到了，才能去爱身边的人，才能让身边的人幸福，才能兑现一切你想兑现的所有美好承诺！

记住，今天起，换一种方式活着！正该如此！迫不及待！

我的人生也该入秋了

昨日值班室，大门没迈，独守一天。昨日季节也静悄悄立秋了，不知不觉中夏到尽头。

早晚凉爽伴随着秋的来到，一年中又过了一季。夏花的灿烂多彩，在秋季里将沉淀出金黄色一片。

秋天来了，秋虫不懒，尽情鸣叫，夏日炎炎，热情满满，注定在为收获做铺垫，勤劳依然是最美丽的身姿。那就用自己的满腔热情，付出，收获，去拥抱秋天。

立秋过后，许多树木开始落叶，因此有"落叶知秋"的成语。"秋"字由禾与火字组成，是禾谷成熟的意思。秋季是天气由热转凉，再由凉转寒的过渡性季节，立秋是秋季的第一个节气。一叶知秋，沉甸甸的季节里，唯有懂得深情厚重，才会硕果累累，落地生根。

秋天的故事，到处童话。七夕在望，有情的人儿，在这个季节里播种爱情，奥运会在如火如荼地进行，体育健儿们在这个秋季，挥汗如雨，为梦想拼搏。

秋天里，到处充满情怀。落叶，稻香。秋天里，不再张望，而是扎扎实实地，在秋季里认真对待。人生总是不断地奔跑，不断地跌倒，却丝毫没有放弃心中执着的梦想。用勤奋去涂抹着梦想的颜色，用执着去缩短梦想的距离。受伤了，也想放弃了。回到最初的地方，才发现，再也回不去的是这一路相随过的风情景象。唯有，向前。

人生之秋，格外沉重。肩上扛着人生的希望，心里装着亲人的期望。不能停留，不能闪失。累了，独坐，或凝眸远眺，或冥想。苦了，就默默地找个安静的地方，不想被人安慰打扰，自己一个人自愈自疗。就连笑容，也少了张狂，更多的是稳妥安详，安顿余生。我热爱着每一个今天，过去的昨天也许很值得留恋。可是，每一个现在，都是一个新的起点。前方，才是我追寻的方向。点亮心中的灯塔，在汪洋中一如既往，等到了生命的彼岸，回首处，但愿我无怨无悔，还会热泪盈眶。

从夏花到秋黄，经历了多少年少轻狂、青春躁动、迷茫张扬，来到中年之秋，终于学会了秋收冬藏、避露锋芒，学会了圆滑温润，学会了不去斤斤计较，学会了包容体谅。于是，我的人生：云淡风轻，秋高气爽，月明星朗。在饱满中，不慌不忙，执着勇往；在安静清澈中，不瘟不火，如期绽放；在生命的道路上，俯首拾得，满地金黄。

流年感怀

一年的日子又悠悠到了年尾，洋人的圣诞节下周即是，中国年的味道越来越浓了，不由感叹时光竟然如此飞快。

时光好像从来不爱打招呼，有时候看着孩子的睡颜，觉得特别神奇，怎么可能就从那么丁点大的小娃娃长成了快到你胸口的大孩子，从只会哭不会笑，只知道吃奶的小屁孩长成了会和你一起嬉笑玩闹，也会惹你生气的熊孩子，除了感慨更觉得时光神奇无比。

转眼在新的岗位又度过了一年，算年头，从警已是二十六年，以前总听老人们念叨着这岁月啊动不动就是几十年，总觉得不可思议，分明有时觉得时光如此漫长难熬，可身陷其中还真是白云苍狗、白驹过隙，一年年眨眼就过。寒来暑往，迎来日出，送走晚霞，牵引春风，告别夏雨，身边的风景却每天如一日：川流不息的人群，鱼贯而涌的车辆，熙熙攘攘，车水马龙，路口红绿相间的警灯闪烁不停。如果可以画面快进的话，看起来也没有任何改变，每天尽职工作，没有足以让人称道的丰功伟绩，只是默默巡逻值班，为群众登记办证，解决各种纠纷矛盾，如同警察工作岗位上的很多人一样，也许没有冲锋陷阵在第一线，更没有豪言壮举表决心，却一样尽心尽力，日复一日执着坚守对百姓平安职责的承诺。

十月，慈祥严肃的父亲已经离开了我们，老人家带着我们四姊妹长大，又看着我们个个安家和儿女出生，每回忆起老人家的音容笑貌，念起老人家的好，总会忍不住泪满眶，以至于始终无法提笔为他老人家写点什么留作念想，也不得不去学会接受时光带给至亲的骨肉分离，从此天人永隔的残酷事实。

皱纹是岁月的印记，一丝丝不经意间地爬上了我眼角、额头，岁月催人老，纵然可以掩饰、装扮，但自己照镜子时都觉得看到了时光在脸上慢慢流逝的样子，青春这只欢快的小鸟已经飞走，一去不复返，企盼时光，你能走慢点吗？

唯独儿女，正是太阳升起的最好时候，蓬勃欲出的金光，马上就要照耀大地，热情、洋溢、充满生命力，每天都有新变化：眉眼慢慢长开了，个子开始拔高了，开始有了自主意识，知道自己要什么不要什么，开始学会独立思考，会说笑话讨你开心，也会有理据争让人哑口无言。我想，在儿女的心里，一定盼望着时光快点走，盼望着自己快快长大，长大就意味着，可以买自己喜欢的东西，做自己喜欢的事，这种内心的企盼想必也是当时孩童稚气却最渴望的。

可惜时光不会因为个人的喜好而发生任何改变，喜也好，悲也罢，明天的太阳总是会如约而至，不管经历了开心或者不开心，早晨醒来这座城市依然车水马龙，时光这个忠实的老者，他只遵循着自己的原则，谁也改变不了，谁也左右不了，与其感叹蹉跎，在纷扰中度日如年，不如让自己在宁静舒适中耗尽余生。

曾经以为相亲相爱的一大家人，会永远在一起。结果人生苦短，我们谁也承诺不了永远。唯有，尽自己所能，相互陪伴，过好每一天，过好当下……

你若精彩天自安排

为人父母是一件操心奇美的事业，其中充斥着希望的抚慰，也夹杂有泪水的滋润。

多年来循规蹈矩的生活行程，没有规律的职业工作安排，已经是我固定的生活形态，不过好像也没有什么可以抱怨的理由，人生既然选择什么就必须承受什么，得到什么就会失去什么，这道理毋庸置疑，只是在日复一日面对工作、面对朋友、面对家人儿女的各个角色扮演中,"自己"这个角色除了时刻活跃在自己的内心世界里,在现实生活中反而少有登台上戏的机会,除了午夜场,在几乎无声也无观众的演出过程里,和"自己"对戏的另一个唯一的角色就叫"思想"。

思绪有时候会绵延得很长很长,彻夜不休、辗转无眠,从午夜一直到天际露出微光。因为人到了中年,"自己"在"后怕"的引导下经常静谧得有些使人窒息,曾经错过的某个阶段常常被激活与"自己"失落的心情再度重逢。于是,找不回过往光阴的自己,有更多的所谓感悟被唤醒,思前想后,焦儿愁女,现状未来,几近自虐,毫无边际……

有时候会想,生命里某些当时充满怨怼的曲折,在后来好像都成了一种能量和养分,因为若非这些曲折,好像就不会在人生的岔路上遇见别人可能求之亦不得见的人与事。而这些人与事在经过时间的筛滤之后,几乎都只剩下微笑、眼泪、感动与温暖,曾经的怨恨、委屈和不满仿佛都已云消雾散。

我在细碎的流年里低眉凝眸,书写着明媚而刻骨的欢喜和忧伤,看时光仓促地流转在生命的长河里,把那些隐隐的悲喜,散落在记忆的角落里。在不会有结局的年华里,学会遗忘,在孤独寂寞的日子里,孤芳自赏。记忆的碎片在流年里不知疲倦地流淌,单薄的情怀在凛冽的风中诠释着青春的渴望。当弹出的春芽咬破了冬日的包围,当和煦的春风温柔地散布在脸上,花落知多少?流年依旧暗换往常,人生如梦,几许遗憾与惆怅。

抬头望天,雁来雁往,面对烦琐、重复的工作,枯燥乏味之时、筋疲力尽之余,不妨让自己静静地坐下来,闭上眼睛,用心去感受下生活、体会下工作。一花一世界,一叶一菩提。一朵微不足道的花儿,为何能包含整个世界?一片不起眼的叶子却又为何能有堪比菩提的纯净之心?还不都是因为它们拥有一颗朴实无华的心吗?珍惜这一场没有轮回的岁月吧,它会在你迟暮的混沌里勾勒出几星鲜活的亮色,它会化作记忆,站在你人生必经的每一条路上,给你明媚的阳光。有朝一日,当你翻开那些尘埃的扉页,你一定会无限伤感,热泪盈眶。

或许,你我都一样,站在属于我们中年既定的轨道上,不舍着那些青春的美好回忆,感受体验着教儿育女浑身上下的烦躁……或许,我们想多了,考虑复杂了,太心悸了……或许,随着时光渐行渐远,一切都会水到渠成,功德圆满——或许,我们本就应该放下烦恼,放下包袱,不为牛马,不及过往,不诉离伤……

何不看看身边的亲人朋友,其实我们生活在爱的世界里,只要我们有着发现爱的眼睛，那么我们将时刻被爱着。多一分理解，少一分抱怨，用爱去发现，才能创造出多姿多彩的生活。

用真心感受生活。真心，是一切正能量的催化剂，它能创造出生活与工作的热情，产生无穷的正能量，帮助我们沉稳应对各种烦琐的事情。全心全意地去帮助，真真切切地去体会，相信生命的旅途中有一颗真心，那么生命旅途将注定绚烂缤纷。何不让我们的心停一下，让我们的注意力离开那个此时还不曾拥有的目标，用心感受下生活的旅程，欣赏下途中别样的美景。不管是寒风暴雨还是烈日炎炎，它们都能浅笑安然，用自己的坦然一笑而过。你若盛开，清风自来；你若精彩，天自安排。心有多宽，前方的路就有多宽；心有多美，你的世界就有多美！

品读孤独

警察的工作，紧张忙碌，要求严肃而又不能缺乏活泼，提倡丰富娱乐而又不能缺失纪律。每天东西南北，千头万绪，时间似乎处于饱和，还要时刻准备着，时刻准备处置突发事件。不是在值班就是在备勤，每每有机会学习都成为一种福利。总之，一个做警察的人连贯休息的时间不多，如何去打发这些没有规律断断续续的零星时光呢？那就属个人品位的问题。有在网络世界建立战队厮杀；有在虚拟世界畅游聊天；有蒙头捂被养精蓄锐……毕竟人与人之间不尽相同。

我常常喜欢选择的是一个不太合群的休闲方式——读书听课。用现下潮流的方式表达就是很"宅"，因为读书听课要的是一个"静"字，相比较是一件孤独的事情。沽名思利的人不能静下来读书，灯红酒绿的人醉眼蒙眬不能读书，红男绿女的人意乱情迷不能读书，或莺声燕语，或如泣如诉，或慷慨勇武，一如狼嚎的人更不能读书。古有"千山鸟飞绝，万径人踪灭"的名句，"独钓寒江雪"的柳宗元先生选择安静处为读书的胜地。试想，如果江边围着一大群钓者，熙熙攘攘地一如长街闹市，那钓者的诗意怕是早就荡然无存了，也不会有这么美的绝句长存留世了。

大凡喜欢读书的人都爱"孤独"，因为那里是思想活跃的空间，寻找真正自我的方式。孤独可以更加深刻、更加明智地观察生活的高度，思考生活的深度。如果，有一天你愿意舍弃"孤独"，那么你开始失去固有本色。我倒是喜欢继续坐稳板凳，守住清寒，"搜练古今，博采沈奥"，领略书中大智若愚、大音希声、大雪无痕、大公无私的意蕴。

置身于喧嚣和功利的社会，我们一方面日渐浮躁，另一方面又常常陷于莫名的孤独与落寞。生存状态中的孤独是软弱、空虚和无奈的，而唯有读书中的孤独才是充实、自由的，洋溢着旺盛生机和活力的一种美丽孤独。学会享受孤独、珍惜这种孤独，或许是读书的境界、人生的境界了。

由读书而思索，因思索而读书，也是排遣孤独的良方。那激扬的文字，给人向上的豪气；柔和的词句，是一井甘泉，能滋润我们孤独的心灵。透过字里行间，我们可以看到柳宗元、苏轼的忧国忧民；也能解读出陶渊明对桃花盛景的幻想。以书为友，以我们坦荡的胸怀撒下仁爱种子，让这个世界从此没有孤独。

从现在起，开始慎重地选择我的生活，专注去做一件事情，做到极致；规律作息，形成习惯；控制物欲，衣物简洁，不参加无聊的聚会，留下时间做真正有意义的事情。不再轻易让自己迷失在各种诱惑里。一个人如果看透世相，看清本质，就如庄子的"虚室生白，吉祥止止"；诸葛亮的"非淡泊无以明志"；苏轼的"人间有味是清欢"；林清玄的"愈是内在芬芳，愈是朴素单纯"。不要有了100万元，想要1000万元，当了科长，奋斗处长，这些名利场上的角逐何尝不充满着战斗生存般焦灼与痛苦。读书学知识，读书能使你活得通透而精彩，所以我不怕孤独，反而需要这样的孤独。

老了才淡定

有句谚语讲得好："老马不死旧性在。"意思是说一个人性格一旦形成便很难再改变。自感生性急躁、没有城府；爱憎分明、没有心术；重情重义、场面不顾；心直口快、不讲场合……于是得罪了不少人。现在细细总结，所以才成就了今天这个样子的我。

记得父亲在外拼搏时独自将我留在简阳老家，本意是让我好好在当时教育质量明显优于大凉山的老家读初中、上高中，然后再回民族地区考大学，而我急躁呀，根本不理解他老人家的苦心，却以为父亲不亲不爱我，偏偏想方设法来威逼为难他老人家，硬是自作主张把学校的转学手续开好在手上，非要回到凉山普格去上学。到普格初中毕业，上高中后，嫌那里的教学质量太低，处处和父亲作对不能和谐的我，又千方百计难为父亲，跑到了资中县龙结读高中。翻筋（四川方言，指一个人太过折腾）无数、反复无常，结果还是只上了二流学校，后来百般努力终于才圆了大学梦。而今父亲已在天堂，我也仅此凭吊思念，检讨自己还该不断修炼的性情。

人到中年，把各种希望厚寄到儿女身上，现实证明越急躁越窘迫，子女教育上黔驴技穷，搞得自己身心疲惫，无疑成了拔苗助长、南辕北辙。儿子的叛逆，让我隐隐约约中窥视出当年的影子，本人也不是一盏省油的灯啊！未完成便是未了结，岂能针尖麦芒，两败俱伤，过意不去，伤人毁己。罢了，罢了，儿孙自有儿孙福，不为儿女当马牛。

这个年纪，工作只是糊口的营当，没有必要为工作而搞得自己天天不开心，注意安全，保护好自己，争取多活几天，淡泊名利，远离是非小人，不在乎别人的脸色，看不惯时，当之于猪；不顺意时，笑之以对。闲暇多运动多阅读，以书为友，心平气和，真正修行、修心、修为。让腹有诗书气自华，成为常态，融为自我。

之所以还做不到，或许是自己还年轻气盛吧！莫非真是老了才淡定么？不知该庆幸自己的年轻，还是该叹息自己已经在变老！

好好爱你身边人

这次西昌普格之行，物是人非，触景伤情，内心深处久久复念着这样一句话：这次我路过，人间已无父；下次你路过，人间已无我。这句话把我和父母亲人之间以及人与人之间的关系，体现得淋漓尽致。人这一生，有几辈子可以活？满打满算不过几十年，加在一起不过 3 万多天，真的不长。我们每一个人，都是独一无二的。我们和父母相伴，也许下一刻就是最后一刻；我们和远方朋友相见，也许转身即是永远。

这一路走来，有多少人和我们擦肩，然后彻底地留在记忆中？又有多少亲人朋友能长时间相处在一起不分离？明明就在同一座城市，却又几十年不曾相遇。最让人惋惜的，不是一开始就陌生，而是明明很熟悉，慢慢地变成了陌生人。通讯录里的名字，渐渐陌生，朋友圈里的动态，很少翻看。多少感情，走着走着，深情变无情，真诚变儿戏。密不可分的两个人，却成了无话可谈的两个人。不要以为，错过就错过，来世再续前缘。这个世界，真的没有来世。百年之后，你占你的坑，我占我的穴，想说话却开不了口，谈感情却动不了心，谁也不再是谁的谁。等到那个时候，甚至连争吵和恩怨，都会成为奢侈。

人生难得一份遇见，不要因为太忙，就总是拒绝对方，拒绝的次数多了，人也就不主动了。不要因为对方对我们太好，就不当回事，一而再地冷落，再而三地敷衍。这样的时候多了，人也就不在乎了。多少感情，走着走着就成了陌路；多少关系，处着处着就成了过客！能联系，别傲娇；能相伴，别等待；能周全，别看戏。开水放着放着会变成冷水，真情伤着伤着会变成无情。人这一辈子，什么才是最贵的拥有？房子再大，咱只住一间，车子再好，咱用来上下班。所有我们以为珍贵的东西，都是动动手就能拥有的。但有些东西，失去了，却一辈子都无能为力。

不陪伴父母，父母老去，再也没有机会尽孝；

不珍惜爱人，爱人离开，再也不能共度朝夕；

不关爱孩子，孩子长大，再也回不去儿时。

有些东西，是不可逆的，失去了，就是一辈子；有些感情，只有一次机会，走远了，就再也回不去。错过了花季，还有明年；错过了日出，还有明天。可错过了真情，却没有后来。

所以呀，能包容别争吵，能善待别冷脸，能陪伴别傲慢！好好珍惜身边那些对你好、对你真的人。因为有时候错过了，即便再遇见，对你好的，也未必有他一般赤诚的心。

或许下次我路过，人间已无你，趁着这辈子，请别再蹉跎！

或许下次你路过，人间已无我，趁着在身边，彼此多陪伴！

为不舍的流年

年越来越近，人越来越老，心，越发慌乱。年复一年，时光从指尖悄然流逝，收获的只有年龄。人到中年，人生过半，过年，不再是一种期盼与喜悦，在心中早已沦落成一种负担。春节联欢会年年还在唱《难忘今宵》，却再也找不回儿时的那种热情高涨。不变的四季，变了的是苍老的容颜。岁月是一把雕刀，或深或浅，将我当作玉雕。

上班途中看见片片黄色的银杏叶子，在车窗飞舞，好想停下来捧一捧藏储于书房，权当书签，因为我喜欢这银杏树叶子的形状。晚饭后，牵着儿子的小手又到小区里银杏树下散步，透着路灯夜幕下的银杏叶，格外油黄澄亮。举头遥见一弯月亮，仿佛还沉浸在秋的残梦里，冬便悄无声息肃杀来到。转眼，寒来暑往，四季交替，年轮飞转，又将是一年过往。我的眼前就将成为记忆中的流年，来年快马加鞭跑向我未卜年老。时光啊！你总是让我猝不及防，说起来无声无息，我却又分明听到你划过指尖的细碎声响。

逝去的时间，并不像这手中脉络清晰可供细数的银杏落叶，回放那些庸常懒惰匆匆而过的时光，本来以为的刻骨铭心也只是浮光掠影，本来以为的无关痛痒也许会铭记在心。世事总是这样，总要待时过境迁了，才给我一个看似无惑的明了。而所谓的展望也变成了淡淡的期待，再也不敢轻许诺言，轻立誓言。因为，世事无常，总有些东西我无能为力，无法主宰，得而不到……唯有静待时光漫浸岁月的磨砺，也让我开始不再那么容易大悲大喜，学着看淡是非成败，学着接受失去得到，生活因平和或麻木已经没有太多意外，却渐渐学会时光煮雨，按部就班，默默承受。

面对聚散起伏不大，面对得失不会发狂，似乎每天都在轮番上演，只是有时悄无声息，有时惊天动地，喜怒哀乐都是自己的情绪，不过是见惯不惊的俗套而已，学会习惯他人的忽冷忽热，学会看淡别人的亲疏远近。你一个人就是一个世界，没有人能帮助到你，太多的时候需要一个人坚强地行走，一个人坚强地面对风霜雪雨，一个人落寞地演绎潮落潮起。一年又一年，就这样孤独成长，也这样一天天老去，看一春春花开花落，赏一场场云卷云舒，品一轮轮起起伏伏。在这世事的起承转合中，在这时日的错综纷繁间，难免起伏跌宕，心生憧憬和希望。唯愿现世安稳，岁月无恙，世间少些灾祸，多些美好。

又是年尾巴

不觉间，又是一年尾声时，转眼一年又到了最后一个月最后十几天。回想一年的光景，日子就这样不自觉间从指尖的缝隙中流过了。这一年，照例是遇到很多人很多事，也告别了很多人很多事。有些人说着不离不弃，结果走一段就没有了踪影，有些人虚假诚信，时间事实证明一切。不管相遇，还是别离，无论虚伪，还是真心——都是注定的缘分。留在心里的朋友，无论对方是否真心对你好、在乎你，只要你对亲人和朋友是真情以待，做到问心无愧就好，别人怎么想的，其实也没有那么重要。

人生的路上且行且珍惜，懂得感恩，感恩这一年里给你带来无限欢乐的人，也要感谢那些给你忧伤和苦难的人，因为所有的遇见都是一种成长。用快乐丰盈的心态，去面对每一天不能倒流的光阴；用一颗豁达的心，对待所有的相遇。世事无常多变幻，生命珍贵有短长。用有限的时间学会感恩，去做有意义的事情。如果每一天，都是把精力放在吃喝玩乐上，放在与亲人的争争吵吵中，那样的生活无异于浪费珍贵的生命，践踏人生。

最美好的生活，不是克隆别人的幸福，而是珍惜自己拥有的幸福，每一个人的幸福都是不同的，我无须艳羡别人，也无须克隆别人的生活。生活，就像买一双鞋子，它不是好看就好，而是舒心合足为重。

我们活着的最美好时光，不是为了在满足中虚荣度日，而是按照自己的意愿快乐舒心度日。每一个人的快乐都是自己来决定的，心宽容万物，心宽才会快乐。生活的烦恼总会以各种形式来到你的面前，面对烦恼，我要学会一笑而过。

一年有四季，柴米油盐酱醋茶是每个人的人生组合，生活给予我们的生活模板大抵相同，人只要生活着，你的朋友圈也就会有穷有富，名望有高有低，但终归是为了一日三餐的温饱，不用受餐寒露宿苦。在看似无法逾越的烦恼面前，我们依然要有可以笑对苍穹，用心感受生活、热爱生活的态度。只有好心态，才能铸就你的好命运。人有旦夕祸福，月有阴晴圆缺，谁也不知道意外和明天谁先来？对于意外的来临，我们只能学会坦然接受。人生一世，草木一秋，能够坦然面对生活，才能够活出自己的一份豁达和洒脱。钱财功名利禄，都是身外之物，生不带来死不带去，唯有生命最可贵。生命是青山，只要生命还在，那么一切的美好生活，都皆有可能。热爱生活的人，永远不会让自己生活在绝望之中，他是一株可以从石头的罅隙里穿越出来的草，坚强不屈笑傲江湖。

我也愿意做一株原野劲草，心向阳光，坚韧不拔，快乐生长；不去做一个醉生梦死、贪图安逸、麻痹人生的人。我相信，一个人只有越来越努力，这个世界才会更加爱他。生活就是一个付出的过程，种瓜得瓜，种豆得豆，越勤奋越幸运。

当时间拉开新年的幕布，我看到了更热情、更成熟、更有希望的美，在向我招手致敬：2019你好，我们很快会见面了，期待与你和谐相融，共创美好！

还能痛苦的人是修行不够

心里一直装着"如果还有人能让你痛苦，就说明你修行还不够"这句话。学习心理咨询十年，从不敢以心理咨询师自居，区区几本书就能通过国家心理咨询师资格证的过关考试，领取证书那天起，静静将它塞进书橱最靠边的角落，满腔热血，投入助人，却深知自己都没有一口水井，哪敢去滋润别人，所以如饥似渴博览群书，参加这样那样提升的各种培训……至今在这条道路上走得摇摇晃晃，如履薄冰。

时常知足地去想：曲折人生难免错过，错过英俊，还拥有健康；错过健康，还拥有智慧；错过智慧，还拥有善良，所以不必为自己错过的悲鸣，而应该去为自己当下还拥有的喜悦。心若计较，处处都是怨言；心若放宽，时时都是晴天。人生不可能天天都美好，只有去寻找放大每天那些细微处的美好，露出最美丽的笑容，开心度过每一天。微笑、适应、理解、包容、欣赏、谦让、善良、感恩……只有这样，你的气质就会越来越好，处境会越来越顺，知己会越来越多，生活会越来越好，人际会越来越广，肚量会越来越宽，福报会越来越多，运气会越来越好。

如果耐不住寂寞，你就看不到繁华；如果有人能让你受伤，说明你的修行还不够。人生就是每一步都需要勇气与坦然，不论结局成功与否，只有学会了享受过程,才会乐在其中。懂得生活的人,会把日子过得有滋有味;不懂得生活的人,日子会过得一团糟糕。

每个人都始终遨游在自己情绪的宇宙之中,领略着情绪像流星般刹那间的绚丽、奔逸;沉浸于情绪又似行星有时的娴静、哀怨;感受到情绪时而像恒星一样的灼热、辉煌。这纷繁的宇宙,这多姿的星彩,有时令人振奋,给人欣慰,有时也向人播撒着困扰与阴霾。大凡,堪当大任、成就伟业者,无不是自控力超常、心理超强大、情绪超稳定、内心超孤独的人。

唯美我中年

人到中年,看穿世事,不再困惑,终于发现很多事情都不会因你的好恶而转移,唯有你的情绪才属于你自己。哀哀怨怨是一天,开开心心也是一天……去懂眼前人,去珍惜眼前事吧。不然,你真的要来不及了,否则负人、负己,还负人生。

年轻的时候,忙忙碌碌、疯疯癫癫,总是自信人生还有两百年,好些事情,陌生而又遥远,从来不用去想,不用去念。而今到了中年,仿佛听到了时间匆匆的脚步,才有一种感觉像一只在陌生人面前行走的猫,诚惶诚恐、警觉敏感,生怕在不经意间轻轻就踏到你的心头来。

年轻的时候,从来不知道病为何物,甚至偶染小疾,也总把亲朋好友的关心当成一种自然应该来享受。而到了中年,身体稍微有一点点不适,就开始往最坏的地方去想,好担心自己会成为那一个倒霉蛋。

年轻的时候,时不时翻看名人的大事年表,会偷偷将名人成名的年份减去他出生的年份,然后和自己作比较。一想到自己离那个年龄还远,顿时觉得来日方长,对人生充满了憧憬与希望。而到了中年,每逢听说有人逝去,却总爱用他的年龄减去自己的年龄,算出来的那个数字,往往会诧异得一身冷汗,心情失落好半天。最让人产生感慨的有两个地方:一个是医院,另一个是殡仪馆。看到病床上的病人,才知道我们的身体是那么脆弱;参加完一个葬礼,会感慨人生的归宿是如此苍凉命短。所以,开始注重养生,看到文章里有长寿两个字,总会多停留几秒。手拿保温杯,里面泡上枸杞和西洋参,坐在椅子上不紧不慢地喝,已经成了我们这群人的标配。

白岩松曾不止一次感慨道，到了中年就不得不思考了，青春一去不返，前方依稀看得到死亡的影子。他说，中国人忌讳谈论生死，但人生是一条单行线，谁都无法阻拦，不思考死亡的问题便不会活得好。外国先人很聪明，早就说过"生如夏花之灿烂，死如秋叶之静美"，真把它参透了，道破了。老白说得对，人到了中年，需要参透生死，参透人生，才能过好接下来的日子。

我想，首先要学会忘记，忘记自己的年龄，忘记曾经的恩恩怨怨。天天掰着手指头算剩下的日子，只会让自己过得更绝望。而生命太短，只有时间拿来爱，没有时间拿来恨，只有时间享受幸福，没有时间追抚痛欢。留不住的人，割舍不下的情，那些不愉快的事，就让它随风散掉吧！

享受把握当下，才是正经。然后我们要记着珍惜健康的身体，亲友的陪伴，是我们能拥有的最宝贵的东西。珍惜眼前人，珍惜眼前事，才不会辜负自己。至于钱财、名声、地位都是身外之物。人到中年，已经明白自己能够做什么，不能做什么。所以，要比青年人多一点实际、少一点盲目，多一点沉稳、少一点狂妄。于是，去学会忙中偷闲，学会享受生活。毕竟，我们经历了太多。

昨晚与几个成功人士聚会，一位喜欢写古诗词的局座兄长酒后深情地概说：人到中年啦，能和父母家人在一起的时候，即是人生中莫大的幸福！常与朋友聚会在一起的时候，就是人生最大的快乐！

所以，我们一定要珍惜和家人一起的每一刻宝贵时光，务必和颜悦色，爱贯全场，让幸福满满；我们一定也要珍惜和每一位朋友在一起的聚会相处时间，行云流水、无拘无束、欢声笑语、友谊天长，让快乐绵延。没有家人朋友的余暇时间，我们就去锻炼身体，留住健康……兄长说得太好、太正确啦！而我觉得中年更似一杯下午茶，是该静下心来认真品赏，仔细沉淀的时候了。这样，人生的滋味，才不无惘然！

为后人留思念

每当看见日志数目快要接近整数时，心中有些快慰，这是自己辛勤笔耕的收获，无论文章好与不好，于我都是开心的。回看以前的一些文字，发现少了几许浮躁，淡了几多造作，逐渐地越来越接近自我本真——吾以我手写吾心。

生活裹挟着每个人，如同空气将身体缠绕。就像每个人相貌各异一样，每个人也都有属于自己的一份生活。我的人生，独特地在世间仅此一份，就其本质的意义而言，它是独一无二、不可替代、无法复制的，就像指纹，绝无备份。因为独特，也便值得诉说、交流和记忆。而写作便是最好的方式之一。

当然，可能也有人会说，这就是写作的理由吗？经历过，感知过，也就够了，最多在内心再咀嚼体味一番，未必要诉诸文字。

有这种想法的人，显然是不十分了解写作的意义，或者缺乏切身的写作体验。首先，倾诉是人的一种本能，就像容器里的水满了要溢出来一样自然。而经由文字来将所感所思记录下来，要远胜于口头的表达。与写作这一外在行为相同步，是经验的整理，思绪的梳理；模糊的化作清晰，粗糙的变为细腻；从飘忽的情感烟云中触摸到灵魂的真实状态，由零碎断片的感悟里演绎出完整系统的理念——文字起到了缩结、显微、扩张、提炼等多种作用。

甚至，写作还是一种治疗，借由倾诉，可以有效纾解内心的积郁苦楚。这一点已经为临床心理学反复验证过。

或许，这些便是我坚持写作的动机。做官的人我不羡慕，更不会趋炎附势，既然没有做成那种能真正全心全意为人类服务的一人之下万人之上的职位，在心底早也就灭绝了权欲；敛财富甲的人我也不稀罕，自古财物生不带来死不带去，我追求的是能富足（基本生活开销）就行。有机会带着灵魂周游世界，体风土人情，览异域风景；通过写作自疗自愈，不断反思总结，让人生倾于完善……

野心依然有：留下些感悟，传播一点思想，存储一段美谈，给子子孙孙想念。

这一年，谢自己

匆忙岁月，光阴流逝，年已接近尾声。回首 2020 年的经历，不容不易，不简单，感恩岁月顾我，一切还算顺好，尽管改变不多、变化不大，却始终没有放弃努力，没有放弃成长，又朝着既定的目标，前进了一小步。还是为自己点个赞，继续加油吧，为2020年画上一个圆满的句号，用拼搏的姿态迎接新的一年。

这一年，谢谢自己，经生死、遇病毒、儿女读书、新房装修、两场诉讼……真的好累，但从未想过要放弃。

人到中年，已经到了不敢喊累的年纪，何况所有的都是自己的选择。父亲只能想念了，母亲越来越老了，冥冥之中挂牵成为常态，儿女离不开的种种操心，家里的大小事务似乎都需要你一一去打理，家人的平安、健康、顺气成了最大的奢求。因为，但凡一点点"小插曲"都会打乱整个生活的平静，让人措手不及。

事业是一剂对年龄的催老剂，也是一张你养家糊口、病老终死的保障卡，想要有所进展，却举步维艰，每一次熬夜加班、值班，都是使人早点离开人间的诱因。每个人都似乎过得很艰难，健康变得格外珍贵，升职几乎成为不可能实现的梦，只求夜班少一点，危险离我远一点。

各种异想天开的改革，想要不被淘汰出局，每天都让自己满负荷运转。不想参加的饭局，必须硬着头皮去；不想端起的酒杯，还是一仰脖子，就喝下去；受了委屈，依旧要强装笑容，竭力控制自己的情绪，千万不能在大庭广众之下发脾气。

隐忍、坚持、奋进，成为唯一的选择，只要还有班上，只要还有活干，就是最幸运的事。无惧劳累，无惧困顿，哪怕死在岗位上，也不敢说放弃。

一天天，就这么提心吊胆地过来，一月月，就这么咬紧牙关熬过来了。终于，当日历翻到了12月，才惊呼：呀，时间依然过得那样快，还有好多事情没有完成，年初定下的目标还有好些没实现。只好紧赶慢赶，希望抓住最后半个月，给自己交上一份满意的答卷。真的要谢谢自己，谢谢自己顶住了压力，再难的时候也一直保持乐观心态，哪怕哭过也依旧擦干眼泪，继续拥抱生活。

这一年，谢谢自己，学会与自己和解，学会与世界和解。年少懵懂，总想要证明，自己能够改变世界，能够让自己过上理想的生活。越是折腾了，越是认清了自己的本领，也习得了为人处世的规则。不再让自己做那些不切实际的梦，也不再一味地把矛头对准别人。

这一年，有更多的反思，更多的行动，那就是好好做自己。面对生活，儿女教育是心魔，柴米油盐酱醋茶是现实，如何身心健康，少受病痛折磨是思考。面对婚姻，不再一味地指责对方，是不是尽到了义务。而是反观自己，有没有把每一个环节都考虑周全，有没有因为自己的情绪化而让大家不开心。

面对工作，不再指望有人来指点、帮忙，也不再责怪队友不给力。而是不断地检讨自己，是不是能够独当一面，能够预见一些不利的后果，并采取相应的预防措施。

面对待人接物，不再一味从众，人云亦云。有些人，有些事，看淡了，也就看轻了。再也不会因为活在别人的眼色里，活在别人的谈论中，有选择性地合群，甚至独来独往，内心不再有被边缘化的惶恐，反而是更多的安宁。

尽人事，听天命。终于以一种"和解"的态度，放过了自己，也放过了周围所有的人。

这一年，谢谢自己，爱自己所爱，行自己所行。我们总在说，最幸福的事情，就是"爱我所爱，行我所行"。在生活的角斗场上，很多人因为种种原因，都无法按照自己的意愿去生活，只能为求得生存而苦苦挣扎。儿时的梦想，内心的追求，就像渐行渐远的车灯，消失在了茫茫夜色里。可这一生，你甘心就这样碌碌无为，留下遗憾吗？那个倔强的自己，终于作出了反击。

爱自己所爱，行自己所行，意味着与过去截然不同，开启一个全新的领域，又或者，还没有能力全然放下过去，只能让自己处于一种"加班"的状态，白天谋生，晚上追梦！

都说"时间在哪里，成就也就在哪里"。这一年，为了让自己能够跳脱原有的生活，真的不敢有丝毫懈怠，不是在加班就是在加班和忙儿女成长的路上，已经很久都没有出门旅游放松，好想去看看大海，好想我的父亲……

这一年，每一天都那样充实、饱满，心中的蓝图一点点变成现实，便觉得，再苦再累都值得！人生苦短，还有多年，能让我们尽情去拼搏？

我们都是普通人，唯有靠自己，才能抵达想要的彼岸。一年又一年，老去的是年华，但增长的应该是见识，是经验，累积的应该是财富，是名誉，是地位。别去嘲笑那些汲汲于功名的人，也别看轻任何一个向命运俯首称臣的人，他们都不容易。宽心吧，不要在儿女成长问题上纠结困恼，你真的愁死了，他们更艰难，只要把自己稳住，一切都可能有转机出现。

谢谢自己，依然心怀梦想，砥砺前行，未来也许依旧坎坷，但付出过，就一定会有收获！

誓让中年成芳华

春夏秋冬四季轮回，花开了花又谢。无数个日子就这样在悄无声息的时光里默默地流逝。

儿时的玩伴，曾经的天真，只能在梦里回味，每次梦醒时分，眼角湿润，总是残留了无数伤感。不知不觉中，走过了青春年华，走过了人世间疾风劲雨。爱过了，恨过了，哭过了，笑过了，才渐渐明白，酸甜苦辣咸才是人生的真实本味！生老病死是常态规律。

来不及挥手作别，在不知不觉间，已经人到中年，人生过半。回望曾经生活的点滴，路茫茫，人茫茫，心也茫茫。

少不更事的年龄，做出了一件件现在想来啼笑皆非的事情：斜阳芳草里，故作深沉地独对晚风夕照；风萧萧兮，渴望成为一代侠客；一遍遍地唱着罗大佑的《童年》，期待着做那个高年级的师兄；一天天地幻想，生活能轰轰烈烈。没有刀光剑影，没有死去活来，青春就在浑浑噩噩、懵懵懂懂中悄然滑过。等到发觉逝去的美好，年华的可贵，已经被无可奈何地推进了滚滚红尘。从此，青春大江东去，一去不复返了。

人到中年，突然明白了许多：人生路漫漫，那是说给还不知道什么叫人生的人的，人生其实很短暂，百年一瞬间，世事难预料；这一辈子，你遇见了谁，擦肩而过了谁，谁会是你真心的良朋益友，谁会和你牵手相伴一生，都是最初估计不到的；没有跨不过去的坎，只有走不出去的心。

没有了幻想和冲动，日子就像白开水一样平淡，寂寞地走过一天天，一年年。涉世之初，还有几分棱角，有几许豪情。在碰了壁折了腰之后，终于明白，生活不是童话，世上本没有白雪公主和青蛙王子，原本是一张白纸似的人生，开始被染上了光怪陆离的色彩。你情愿也罢，不情愿也罢，生存，就要适应身不由己、言不由衷的生活。

人生天地间，渺小如蝼蚁、草芥，即便是叱咤风云的伟人，安息之处亦不过是黄土一抔。纠结不清的是情感，放不下手的是名利，撒手西归，一切皆是过眼云烟。为情苦，为名困，为物役，多少参不透生活的人为此劳碌一生，辛苦一世。生于斯世，赤条条地来，也将身无长物地离开。你在世上得到的、失去的，最终都会化作尘埃。原本就不曾带来什么，所以也谈不到失去什么，因此，对自己经历的幸与不幸都应怀有一颗平常之心。

人到中年，看淡一切。烦恼郁闷时独自登高远望，听音乐，天空不会总布满阴霾，风雨之后的彩虹会更美；心情不错的日子邀朋约友走进大自然，看山、看水、看树、看日升日落，尽情享受大自然给生命的美好馈赠。坦然回顾过去，淡定活好当下，从容奔向未来，将中年岁月演绎出芳华！

余生，认真变老

时间经不起转圈，经不起日历，经不起念叨，走着走着，半生已过，岁奔花甲。夏已尽，秋至深，一个转身，春天成了故事，一次回眸，夏天便成了风景，时光流逝，白发要挟，不想老的也老了。

欲丛之中有太多不甘心，也慢慢地妥协了，有些事情已无能为力了，虽说有太多不甘心，也只能接受了。谁都觉得拼尽全力也没能经营好这一生，一路走来失去了什么，对什么遗憾，每个人心里都明白……唯有一声叹息化作尘埃随风飘散而已。

欲望是一切痛苦之源，你越在意的，就越是折磨你，总认为比不了别人，有些时候，"阿Q精神"未必是贬义。有些东西，得到的未必是福，失去的未必是祸，求之不得未必就是遗憾，有些你认为的遗憾，很有可能是替你躲过了一劫。

简单是福，简单不累人。调整身心准备向退休过渡，对以往任何不愉快的事和逆境，已发不起任何牢骚了，也没有精力去念旧恶了，对于未来的日子也没有丝毫的奢望，只求安康无忧，慢慢地去消耗余生珍贵的岁月。

始终深信，一切都为因果，一切皆有定数。如果在以往的岁月中事与愿违，你所失去的，都将会以另一种方式得以补偿。人这一生，好与不好都得走，世间的事，冷暖都有，别说累，再累也没人替你分担；别说苦，再苦也没人替你品尝。每个人都有自己的酸甜苦辣，岁月何曾放过了谁，时间不一定能满足你的欲望，但一定会让你走向衰老。

有时，在不经意间偶然记起某一件事，某一个人，某个情节，当时非常非常地难以应对，现在想来都是棘手的，但仍一件件、一桩桩地过去了，艰难中得以应对和生存。

想想自己，平凡而普通，默默无闻，普通得在参加某个饭局时，别人难为情地介绍你，显得尴尬。但我觉得就在这普通之中体现了责任感和获得感，实实在在做人，忠诚履事，奉老顾家，从不包装自己，在世人面前始终以真我自居，功名逐利的事顺其自然。

读书时天真烂漫，憧憬着成人后的许多梦。真正担起工作和生活的担子后才发现，作为跨出农门的我们这一代，十分珍惜来之不易的工作，往往是别人干一份工作，你能扛起十份重担，任劳任怨，无处诉说，为的是保住这来之不易的饭碗，钱是生活、孝道乃至活下去的筹码，并非爱钱，只是无奈。

所以比起成功之士，你并不比他付出得少，多的是命运多舛。比起挣得盆满钵满的富豪们，也许，你是比他们更勤快，付出得更多，只是命中无时莫强求而已，难以言说。多的时候明明是苦了痛了，却还在人前笑，人前轻描淡写地说，是因为工作和生活还要继续，没人在意你的困难和苦衷。

你无须告诉每个人，那一个个艰难的日子是如何熬过来的。大多数人只看你飞得高不高，很少人在意你飞得累不累。所以，该做的事，该走的路，不退缩，不动摇。无论多难，也要告诉自己：再坚持！别让你配不上自己的韧性，也别辜负了曾经经历的一切。

有机会去一趟西藏，站上布达拉宫顶层，望一望辉煌的宫殿，听一听布达拉宫实实在在的故事，设身处地去感受：人如蝼蚁，相比于博大的时空，我们只不过是一粒细小的微尘。那些生命中很多的走过，也只不过是人生旅途中的插曲，丝毫不能改变时间的流逝。美丽的风景不会一直延续，美好的时光不会一直伴我们走下去，时光也会有苍老的一天。

应该用快乐而欢快的心情去回忆过往，坦对来路，用踏实的脚步去丈量余下的征途，宁静地前行，摒弃我们心灵深处的焦虑和不安，随遇而安，优雅谢幕。

余生，用爱去过！

余生，认真去老！

第五辑
爱到不能爱

乡土无语，安然顾我，直到我的背影消失不见。

我终于明白，

我这一生，

无论闯出一番怎样的天地，

总也走不出父母的心，

总也走不出故乡的路。

父母的心就是我们每个人一生一世的故乡之路！

爱到不能爱

酝酿这篇文章，有很长时间，这个题目不算太大，但在我心里想要表达的爱，很广、很深。父母之爱、兄妹间爱、夫妻爱、儿女爱、同学爱……这些爱个个都是重千斤。真怀疑自己能力，写不好，还不如不写！所以，迟迟难以下笔。

还是小学三年级的时候，我随父亲生活，在凉山煤矿子弟校读书。当时家里姊妹多，父亲常常出差，加上我又十分顽皮，不太好管理，所以决定把我送回内江简阳乡下老家。那时候经济拮据，父亲很少在身边，大部分时间都是让宿舍周围叔叔、阿姨帮忙照看，平时对我基本是简单粗暴的训斥，我很少和他交流，许多学习上的事父亲也难得问，我也不会主动告诉他。

在学校里，铅笔用到短得握不住，作业本正反面全部写满，想拥有一个漂亮的文具盒当时简直就是梦……杨是我的同桌，她爸爸和我爸爸是好朋友，还是矿上的大领导，因此，杨给我最大的帮助是，当我没有铅笔可用时，送我一支；当我的作用本用完没钱买时，总是拿出来让我应急。一想到回去乡下之后，没有作业本用没有铅笔使时，我可怎么办呀？杨像看透了我的心思，离开前夕，她把我叫到她家，先把一个漂亮的文具盒递到我面前，又把一大叠本啦笔啦放在我面前，这些都是她平时不舍得用的，说是临别送给我的礼物。望着这些足够我用好多年的学习用品，那一刻，感动的泪水如决堤的洪水，哗哗地淌下来。

在一份报上，我看到一则报道：年轻的妈妈身患绝症，望着年幼的孩子，这位母亲拼尽全力给孩子最后的母爱：教他生活方面的技能，洗衣、做饭，直到孩子能独立生活。同时，这位母亲也在没日没夜地忙碌着，开始给孩子编织长大后要穿的毛衣、毛裤，大一些时候穿的，再大一些时候穿的，直到身体快支撑不住的时候，她还在不停歇地编织着。临终时，这位母亲满怀愧疚地说，还没有把孩子照顾成人，她就不得不离开了。

还有一则报道里：妻子得了不治之症，却不治病，忙着为丈夫找伴侣，说她要在有生之年，看到丈夫能与一位善良的女人牵手，那样她离别了这个世界，也会含笑。而那位丈夫更是涕泗横流，说他此生最大的幸福，是找到了世界上最善良、最贤惠、最无私的女人。

这让我想起一句话：爱到不能爱！当友人之间的爱不能继续时，朋友奉上所有的爱心；当母亲将要永远离开孩子时，尽自己的全力，给孩子所有；当夫妻间的爱不能持续时，其中一方所做的最后一件事是帮另一半找到一位善良的人，替代自己去爱对方……如此真情，天地动容。

我也要好好爱身边的人！爱到不能爱为止！

最浓稠摄魄疗愈的引药

母亲说，我是她在雅安九襄小镇怀上的，并在那里生下了我。1岁时，我随母亲来到父亲乡下老家。母亲原来居住的老屋，我的脑海里没有一点印象，连做梦都是极少。印象中的老屋，也是最魂牵梦绕的地方，便是简阳乡下的土墙茅草屋……

人到中年，才开始明白"到不了的远方，回不去的故乡"这句话的真正含义。幼时随母从盆地西边山区小镇街上，来到盆地东边丘陵吴氏祠堂附近的乡下。据祖上讲，清朝末年买地迁移到此，形成了老屋的主要框架，后来的老屋是在原先基础上做的修补扩建。话说老屋地基原本是祖上三兄弟共同合计债务平摊买的，中途另外两兄弟相继毁约。祖上（父亲的爷爷）硬口气独自承担所有债务，直到中华人民共和国成立前一个月，他才将地款还清。母亲家的老屋始终是一个朦朦胧胧的地方。而父亲的家老屋，却是影像清晰终生难忘。

20世纪80年代初，因父亲工作原因，全家农转非搬迁至祖国的边陲南疆。离开老屋时，我在心中暗暗发誓，一定要努力有出息。若干年后，工作的地方仅与老屋相隔一座山。虽然偶尔回去走走看看，但老屋却再也留不住我脚步了。但是那时候心里并不存在什么缺憾。想回就回，想走就走，来去自由，心中踏实。

儿时曾经坐在老屋的门槛上，幻想有一天自己的故乡能由寂静的山村变成繁华的城市，该多好！而今，城市梦实现不了，一下子却变成一座国际机场。而今，站在村口，小河不见了，堰塘没有了，连房前屋后的山也夷为平地，再也找不到以往回家的路。眼前无限空旷，心中也一片空荡，曾经的故乡，像儿时的梦想一样只留在心底慢慢回忆了。

老屋虽不在，但我记忆却如昨。

令我永生眷恋的是老屋门前的小溪和环绕四合院的竹林，那是我儿时的乐园。捉蛐蛐、掏鸟窝、搬竹笋、网蜻蜓、追蝴蝶、玩迷藏、打竹枪、套竹鼠……夏天，各种树木郁郁葱葱，不管多么炎热，只要钻进溪水，立刻浑身凉爽。冬天，朔风骤起，竹林震撼，发出一种呜呜的声响，杂合着竹涛，坐在屋檐下竟有置身舟中的感觉。春天来了，杨花、柳絮、榆钱，纷纷扬扬，满空飘散，织成一片烟雾迷离的空蒙世界。清晨起来，院里院外，恍如雪花铺地。爷爷总用细竹扫帚打扫着，沙沙沙，唰唰唰，那情景至今仿佛还在我的梦里，那声音仿佛还响在我的耳边。老屋前的堰塘，旁边上百亩的甘蔗林……整个村落，笼罩着袅袅云雾，宛如飘荡在虚无缥缈的童话世界里。

那时爷爷、奶奶、二伯、幺伯、小姑、母亲、二弟、三妹，一大家住在老屋。随着二婶、幺婶进门，堂弟、堂妹的出生……老屋开始拥挤。又随着二伯搬到老屋正对门，靠山脚的地方新修了一座"L"形土泥墙草屋，另立门户。不久，奶奶病逝，小姑出嫁，老屋变得冷清起来。

老屋有正房五间，还有东、西房。南房是个长方形的廊房，西房主要是猪、羊圈、厕所和柴房。东房为厨房，是母亲和我、弟弟、妹妹住的。北房中央为议事的厅房，正中间摆放着一张八仙桌，也是一大家人平时的饭厅。因为院子小，东西房占了很多地方，加上周围竹林密集，北房的两头，基本不见阳光。

老屋是我的童年，有我的欢歌，时间越长，许多事就如陈年美酒，积淀越久越香。

我比二弟大两岁，常常一块出去和邻居的几个孩子（树根、三娃、六牛）一起玩。夜晚，老屋门口有一块堰塘，旁边有一条小河沟，隔两块地就是社里保管室。在那里小伙伴一起玩"藏猫猫"游戏，一起到田里和泥巴砸"牛盏窝"，比赛谁放的声音更大更响。趁大人不在时，下堰塘洗澡，有时特意找各种草汁涂鸦在脸上，把从戏团学来的三句半，再行创作。一人拿一件乐器，现在想不起是什么了，反正是自制的，能敲得响，就在保管室的水泥坝上即兴表演，印象中有模有样的，即使没有一个观众，我们也一直坚持了好久。有时，社员从跟前经过，也会驻足，停下来，看一会儿再走。

　　有时跑到社里的粮仓、牛羊猪圈去捉迷藏，穿过一道道黑洞洞的走廊，爬到地沟里，翻上木房梁，躲进庄稼地里，觉得就像《地道战》中在游击战一样，很有新鲜感和刺激感。纵然有时会招来大人们的骂声，我们也不在意。

　　下雨后，老屋门前会积水，小孩子们看到水，会有多亲切啊！在水流越来越小时，大家七手八脚地用泥巴把水流拦起来，形成一个小的拦河坝，再用泥巴修成弯弯曲曲的小渠，像个小水库一样，有闸门，闸门一开，水就流出来了，每当雨后，总会去玩。涨大水时，跟在大孩子们屁股后，拿着竹笼子去小河沟接鱼虾，别提有多开心啦！

　　老屋前有棵高大的核桃树，东屋旁边有几棵不同品种的李树、梨子、苏柑树。春天开着白色的花，引得蜜蜂嗡嗡地飞，空气中充满着花的甜香。梨树不是我家的，母亲教育我们，不许去树上摘梨，我们也都一直遵守着，只有刮风下雨时，从树上掉下很多梨，我们才去拾了吃。

　　老屋留给我的最初印象却是母亲带着二弟、三妹去了父亲那里，小姑嫁了人，幺伯出门打工，爷爷外出帮人做厨，我一个人坐在大门槛上，害怕、孤独而无助地哭，四十多年过去，这一幕依然记忆犹新，涂抹不灭。

　　在老屋的那些年，留给我的有多少记忆啊！

　　父亲在外地工作，母亲在农村起早贪黑干农活挣钱，弟弟妹妹还小。我承担起了洗衣、做饭、喂猪、喂鸡、晾晒粮食、照顾弟妹的家务，经常吃的饭都是红苕稀饭。首先，我把三妹、二弟的饭碗盛满米饭，其次把母亲的米饭留盛在一边，最后剩下的红苕米汤由我承揽………如今听母亲说起，令我仍然动容！

　　偌大的老屋，只剩下我和爷爷两人在农村生活的那段时间，每天放学，只要回到家，看到家里门开着，心里便亮堂堂的。否则，看到家门锁着，意味着爷爷不在家，心里便是一种失落感……

　　在老屋生活，母亲很辛苦的。稻草铺成的床垫，我们娘仨晚上挤一张床睡觉，总是要起来撒尿的，"妈，我要尿尿。""吧嗒"一声，电筒亮了。弟妹三个，晚上各起来两次，母亲就得醒来六次。所幸我一个晚上最多也就一次，以至到现在，一般都是一觉睡到大天亮。那时胆子小，有一次，看到中间屋里有类似猫一样的东西，吓得我哭起来，母亲一面安慰，一面去查看，原来是摆放在凳子上的一件衣服，我把它当成了猫。我们住的东屋上面有层阁楼，但不住人，因是土坯房，晚上便有老鼠窸窸窣窣，经常有猫跑到上面弄得响动声很大。有两次，晚上刚一进门，黑暗中脚下感觉踩到什么东西，脚一挪动，觉得不对劲，是一只老鼠；第二次，又踩到了，这次我没有再挪动脚，而是用劲踩，听到老鼠的叫声，再用劲，终于把它踩死了。我最讨厌老鼠，它那尖尖的嘴，咬坏了多少家里的东西啊！还刨了许多的洞，倒出许多的土，真是祸害！

夏天，院里的墙上，挂一盏油灯，招来许多飞蛾蚊虫，也会有壁虎蜘蛛。我呢，静静地或坐或站，看壁虎扑飞蛾，壁虎用它的耐心，摇动着尾巴，看准时机，以飞快的速度一口咬住飞蛾；看蜘蛛结网，活捉小虫……

冬天，老屋里生了火，中午放学回家，最期待的就是母亲做的午饭，尽管没有啥好吃的，但家温暖的氛围，至今想起，仍然感觉到无比幸福。饭还没有做好，但已经有炒菜的味道，看着冬日暖阳，透过草房顶的天窗，照进屋里，一炷亮光中，是暖暖的热气，是蓝色的油烟……

竹林掩映的老屋小院，青石砌成的长廊院坝，栅栏门、牵牛花、深水井、老黄牛、弯犁耙、八仙桌……让我心旷神怡，动情动心，心头藏着一个梦，那就是退休后，有朝一日，回到故乡，回到老屋，再添盖上几间竹楼草房，种上半亩菜园，读书，种地，享受悠闲。如有好友来访，可以先去挖野菜、刨花生、掰玉米、宰土鸡，拉起风箱，炒菜蒸馍，在那几缕炊烟飘过之后，可以邀几缕月光喝酒畅叙到鸡叫三遍……

记得考上乡中的第二年，母亲和弟妹随父迁移离开老屋。接着不久，我也到县城上了高中。从此，老屋只剩下爷爷和幺伯，我回去得少了；再后来，幺伯长期城里打工，爷爷去世，老屋因久无人居，慢慢就一点点垮塌；再后来，天府机场开工……四十年过去，它留给我的太多！等我再次去看它时，在原来的地方，变成了天府国际机场的跑道，无数机轮在老屋的地基上繁忙起降，昼夜不休。

老屋是故土的根，故乡又是远方游子的根，为了祖国建设的需要，我的根会以思念方式深深植于这块大地……

儿子的小比熊

去年九月儿子开学之时，朋友送他一只两个月大的比熊狗。由于我们90来平方米的居室已经像"宜家家居城"的精品房一样，被布置得满满当当的，假如有点空隙，也是搁置着我的各种书籍。所以，饲养小比熊，完全是我们家计划外的事。第一天晚上，就只好委屈小比熊临时睡在客厅里的啤酒盒子中了。第二天，经得父母的同意将它送到父母家寄养。有着饲养经验和爱心的爷爷奶奶，在他们卧室阳台上给小比熊布置了一个家。这样，小比熊就算成了我们家庭的一员。

儿子这一代，因为国家政策的原因，几乎都是独生子，玩伴太少。当初他每天放学都要绕走几里路，去爷爷奶奶家陪小比熊玩一会儿才恋恋不舍地回家，我十分理解孩子的这种感情。特别是在看到小比熊一见儿子就扑上去不停给他摇尾巴，还不断跳起来要他抱，用小舌头轻轻舔着儿子的手臂……周末，儿子做完家庭作业，带着小比熊去花园里的草坪上打滚、追闹。儿子比原来更懂事了，成绩也没有因此而后退，还减少了很多看电视和上网玩游戏的时间。我渐渐也开始从先前的不支持也不反对的中立态度，慢慢地喜欢上这只小比熊了。

我俩一有空，就领着小比熊出去溜达，我们逛街、进商城、爬山、看电视……自从有了小比熊，我家的生活变得多么快乐！

可惜，从大年初五起，小比熊最后陪我们爬了一次山，最后陪儿子在草地玩了整个下午，在当天夜里就生病不吃不喝了。儿子着急上火，要我们带它去医院，可是大过年的，没有一家宠物医院开门呀。我的父母赶紧给它喂我们吃的感冒药（生病原因好像是母亲给它洗完澡没有吹干），还是不管用。终于，在深夜里，儿子宠爱的、我喜欢的小比熊静悄悄地走了。老父亲不忍儿子看见伤心，便趁天色未亮用布包裹着，默默把它运出去埋在土里。第二天早晨，儿子起床时，才委婉地告诉他这个消息。儿子听见噩耗，顿时失声痛哭，不吃不喝，静静来到小比熊的铁房子旁，一遍一遍地抚摸着它的家，泪水一点一滴流，久久不肯离开，谁也劝不了他。爷爷奶奶束手无策，只好打电话给我。得此消息，我也泪流满面，不能自抑……我的儿子，我拿什么来安慰你呢？这么大，我没见你对任何一件事这么认真，这般上心，这样伤心。你爱它，为父知道的啊！

我说什么呢？能说什么啊？一切宽慰，也都那么苍白无力呀！儿子，你有爱心，也很重情，这点遗传你父亲！世间有很多事物，我们一定要懂得珍惜！只要心中有大爱，你的世界就会美，你的快乐永远在！爸爸，向你承诺，来年我们再买一只小比熊！我们大家再来体会爱！别伤心了，好吗？儿子！

清明怨

文人墨客笔下的四月，是何等的美，要不怎么会有"人间四月天"呢？然而，美总是先从沉重和伤感来揭开序幕的。路过山野，时时听到此起彼伏的鞭炮声，在每一条通往公墓的道路上，车水马龙，平时幽静寂寞的石碑坟丛，人头攒动。插着淡黄的纸钱清明吊，临风飘荡，祭祀的人们，面对坟台，三拜九叩，点香、烧纸、放鞭炮、磕头，满怀忧伤，很是凝重。

真是奇了怪，每年原本晴好的天，在清明这些天，总是隐晦了起来，还飘散着纷纷细雨，清明雨，柔柔的、细细的，滋润万物，好似那哀伤的眼泪，是生者对死者的哀泣。烧一堆纸钱，添一把新土，洒一片鲜花，如此而已，似乎在告诉逝者，他们来过了，尽管去的永远去了，活着的人永远怀念，思念的心没有停止过。

这天，父亲带领着全家老小来到乡下，去杂草丛生的房前屋后，一个坟、一个坟地上香，并要我们记得这些亲人的位置，在清明的时候去上香，因为没有他们就没有我们。我们来了，就会让别人知道这些坟不是孤坟，后边还有人。

每当祭祖上香时，就会想起我的吴卓山祖祖，穿着长衫马褂，用锅铲为我做的锄头，捋着到胸的白胡须，陪我在四合院前的菜园地里挖土（那时太小，顽皮拿不动锄头，却非要挖土种地）；纸钱飞扬袅袅青烟中，隐隐约约看见我的陈秀英奶奶，背着我挽柴、磨面、织布，操持家务，而我总是温温暖暖的，在她摇篮一般舒适的后背幸福地做美梦；还有吴梦君爷爷……我总想起他们鲜活的身影、笑容，尤其那些和他们共同生活过的日子，在我的心里留下了不灭印记。

又是清明，雨丝纷落，群山肃穆，让人偶感凄然，想起那些在一块的温暖，幸福的场景，充满回忆，充满怀念。

而今，天府机场的落成，破碎了我的乡愁，感伤了我的故土，总有一种失去故乡的刺痛情愫。让人故梦难圆的失落感，日渐浓烈，无法挥释。好像没有着落，根魂浮面，萍水飘零，不堪回首，不愿提及。

"清明时节雨纷纷，路上行人欲断魂"，或许，老天和人间的烦人一样吧，淅淅沥沥的小雨，打湿了我的哀思，也为我的思乡情绪，蒙上一层铅灰。

清明吊

四月四这天，才是正式的清明。一大早，是窗外叽叽喳喳的小鸟把我从梦中吵醒，睁开蒙眬的双眼，舒展一下筋骨，翻爬起床，泡一壶竹心水，坐在书房冥想发神。

先祖有训，代代相传，清明当日不祭坟，要祭祀的也是公祭。所以，我家的祭祀活动都安排在春分过后，清明前夕进行。

历经无数个清明，渐渐读明白生命，也想明白了生与死的道理。无论我今天遇见了多么不能承受的痛苦，无论今天拥有了多少欣喜，明天我还是要继续。死是每个人在所难免的结局。也许，最终的一缕青烟，便是任何人无法逃避的悲剧。这也是一切生命最终归纳的据点。每一个生命从开始到结束，就像一支散发微弱光芒的蜡烛，在俗世红尘中随风摇曳。不管这风是如何安详沉静，如何肆虐凌乱，只要那支蜡烛始终散发着微弱的光芒，我们就有理由好好地存在，好好地爱，好好地生活下去。

遥望墨灰铅色的天际，站在清明追念逝者先辈的时光里，想着此刻所有和我一样对先辈无限怀念的人们，我深深地祝福，愿亡者在天幸福安息！

滋生繁衍我生命的先辈啊！你们已经把你们的爱恋绵延在了我的血液里

头呀！我也把我对你们的思念融入了这壶悠悠苦苦的竹心水里，细细品着，慢慢怀念，血脉相连，爱意甘苦，世代传承，经久不衰……

在我心中永远屹立的先辈啊！让我和我的后人们，用永远的怀念伴着你们，像一棵参天大树一样，根系发达、枝叶茂盛，像不远的龙泉山脉一样横亘不变，无论寒冷、酷暑，还是温暖的时刻，在天堂的你们，幸福安息，庇佑我们世世代代好好相爱，和睦、幸福、快乐、健康地相惜到永远……

送别父亲

2017年10月18日注定是一个难忘的特殊日子，中国共产党第十九次代表大会召开，父亲出殡下葬的日子。"沉痛"二字，从10月17日的凌晨开始，越发郁结厚重。小叔叔（父亲的小弟弟）从龙泉山那边的简阳老家打来电话说，父亲即将要归土的新家，目前正在下着大雨。这时候我才抬头看了看龙泉山的这边，天天生活其下而多日不曾看望过的天空，灵堂上空的天色，铅灰层层，细雨霏霏，居然毫无知觉，未曾关注，或许老天也和我的沉重相连……

早饭、晚饭时分，我都端着饭碗，肃立在父亲遗体旁边，陪着他边说话边吃饭，情思翻滚，泪光闪烁，饭菜到口，总要哽噎几次，才能下肚。在我的心里，在父亲的面前，我得大口吃饭，镇静自若，呈现一个顶天立地男子汉的形象。过去没有做到，现在必须成熟。

距离父亲前往金堂殡仪馆化身的时间越来越近，胸间的沉和痛越来越明显。几日来，自己的血压居高不下，头颅像紧紧扣盖着一只铁锅，太阳穴仿佛钉有两颗按钮，目光无神，却很明亮，身心疲惫，却大脑清晰，没有睡意。

18日凌晨三点，我家的亲戚朋友骑三轮车、小黄车、打滴滴、坐出租车、走路，陆陆续续从四面八方赶过来，汇集到父亲的灵堂前。四点，风水先生叶老师让我们兄妹六人（其中两个干儿子）立在堂前，三叩九拜跪别父亲。然后，我胸抱父亲灵牌；二弟文渊端父亲遗像；小弟弟文智拿着羽灵纷，和父亲乘坐殡葬车。其余送行的亲朋分别乘坐两辆中巴车及各自开车，一同前往金堂殡仪馆。

父亲生前，做事情一向简朴，不准我们铺张浪费，讲排场。但是，当年通过自身努力，风风光光地从1000多名同行支边青年中脱颖而出（达到父亲一样事业地位的人不过一二）。而今，我擅自做主，把父亲送回老家安葬时，用大轿抬，一路吹奏，热热闹闹，因为，父亲绝对算是衣锦还乡，此生无憾！

从坐上搭载父亲遗体的灵车开始，我的心安静得出奇，思绪却复杂万分，没有边际。灵车一路弯弯拐拐，上坡过桥。公路两边的路灯，光线昏黄，无精打采，夜幕下的天空，时而洒落无数细雨滴滴……

五点，运送父亲的灵车到达金堂县境内一个幽静的丘陵山村谷地，我点燃香蜡下车，小弟弟到旁边的窗口办理火化事宜。走进火葬场，场馆内鞭炮声早已此起彼伏，运送遗体进炉膛的担架车转来转去，四处撞见。我们替父亲选择的是2号炉膛，当天是第一次燃炉，炉前有一个小礼堂，靠深幽里面一些，少了人来人往的嘈杂，多了些安宁。五点半，父亲遗体进堂，我率弟妹跪拜于地，对着父亲的遗体最后一次撕心裂肺地高呼："父亲走好！"然后兄弟姊妹紧紧围抱在一起。这一刻，我在向父亲宣誓，照顾好母亲，看护好弟妹，将来无论吃亏、委屈、受苦、受累，毫无怨言！六点，父亲的骨灰出来，装坛入殓，行告别仪式，上灵车，回简阳老家，我们要在十一点为他下葬。

装有父亲骨灰的灵车，经成都第二绕城高速，再经成都到重庆的成渝高速，徐徐开进父亲儿时镶满脚印，留满记忆的石板凳老家小镇，一路纸钱纷飞，在刚刚停住大雨的泥路上，纸与土，心和心化作哀思、祝福，迅速合而为一，永垂不朽。

九点，灵车走完最后一段水泥路面，按照先前的计划安排，父亲坐上大轿，所有的亲人朋友，跟随其后，送他上山回家。两千米的泥路，鞭炮轰鸣，唢呐悠扬，抬轿工人的号子声，汇成另外一种哀悼方式，让父亲欢欢喜喜、热热闹闹、风风光光，荣归故里。

送葬亲人的长长队伍，墓地前抬棺师傅的美好寄语，花圈祭品的熊熊燃烧，和父亲一起下葬的最爱茶叶、象棋……化作无穷无尽的哀思祝语——逝者安息，生者保重，珍惜光阴，勿留遗憾！

父亲，您走得好潇洒

　　从灵堂回到住房，情绪濒临崩溃，终于可以肆意流泪，放声大哭。2017年10月15日早上8点20分接完枪械，准备值班，小弟弟文智打来电话，说父亲正在抢救，我一头雾水，急忙拨通父亲电话，被一名自称医生的男人催促赶紧去经开区中学附近的书房村路口茶铺，我心中一沉，立刻询问可以运往医院救治吗，他说父亲已经脑死亡，叫我尽快到场。我的世界突然天塌，急急忙忙边开车边和兄妹们联系，结果打不通他俩电话，也就放弃。赶到茶铺时，看见两名医生正为躺在厕所旁临时房间床垫上的父亲不停压胸、起搏救治。父亲两眼紧闭，酷似熟睡，谁也不理。此刻，我清醒地明白，父亲在人世间的生命已经走尽，使命已经完成，在人间的时日，定格在2017年10月15日8时58分01秒。他到另外一个世界，以另外一种生命方式，继续开始另外一段生活了。按照他老人家的教导"我是老大，可以撑起一片天了"，于是，我来不及悲痛，在心底不断提醒自己：天塌下啦！也要挺住，不能动摇，因为我还要料理好父亲的后事，照顾好咱妈！爱护好弟妹！努力成长，教育好儿女！让我们不愧为吴振东的血脉！父亲已经完成他作为使吴氏家族飞跃发展的父辈历史责任！

　　在父亲驾鹤西去的地方，我冷静同意医生停止施救。

　　请来殡葬车，我坐在父亲的旁边，搀扶着装放他遗体冰凉的铁皮箱，我要陪父亲回家去见所有的吴氏家人及好友，以他安详体面的姿态向各位道个别。

　　花圈、黄纸、香蜡、挽联、白纱、鲜花、灵堂；母亲、弟妹、亲人们的哭声，还有我沉重痛麻的胸口……父亲啊！我好想怨言您几句：四个姊妹，您没有半字交流，就连您同床共枕的爱妻，也没有留言半句，真潇洒啊，父亲！是不是见我们都成家立业，您放心了？走得那样干脆！如此放心！我们一点心理准备都没有呀！日后，儿孙们的孝如何尽？人世间的酸甜苦辣，您真的享受殆尽？真的一点不恋？——您不！可是您却为我们留下一辈子的遗憾啊！我倔刚强势的父亲大人啊……您听见您孙儿孙女的稚嫩哭喊声吗？您为什么在他们这么快乐美好的童年时代，让他们痛失爷爷？诚然生死是每个人的宿命，您在这时候对他们进行生死观教育，是不是太残忍了一些？您还有几个刚准备开口学话，叫您爷爷的孙女啊！

我不能哭，更不敢叫苦！因为，我知道，您在天上看着我。无论如何，我才不会学习您。此后，我要更加重视健康，爱惜好自己，只有这样，才能好好地爱身边的人！不让自己遗憾，才使您的儿孙也不遗憾！

今夜，二弟他们陪着你，我不可能入睡，您的音容笑貌，像一部部连续剧，不断在脑海里翻滚播放……突然就见不着您了，听不见您的唠叨了，您该考虑让我适应一下吧！我不学你，我要休息了，睡不着，我也要躺躺，明天，我还要忙您老人家为我们留下的后事，我知道，您是在考验你的儿孙，过去我们不懂事，今天想让我们一夜长大，独立生存，堪当大任！

现在已是 2017 年 10 月 16 日凌晨，我不打扰您了，我们父子俩各自安息，好好整理整理心情，明天我们接着聊聊。

为父亲守灵

父亲走得太突然，没有出现征兆，来不及做任何准备，一下子让我异常悲痛。而这样的悲痛，只能压埋心底，因为眼前我得带领弟弟妹妹们为父亲料理后事。母亲一辈子依赖于父亲，她除了哭泣，别的什么办法主意也没有。我不光要安排好丧事，安排人帮忙，还要安抚好母亲和弟妹。这个时候，哭要是能解决问题，我可能会哭得撼天动地。

不懂就请教懂的人，放落气鞭炮，向亲朋好友报丧，给父亲穿寿衣，请风水先生，租冰棺，请人摆设灵堂，敬香燃蜡，供奉祭祀物品，点亮长明灯……时近中午，能想到的亲友，陆续通知到齐。抽空回家拿上现金装在身上，按照现场老一辈的说法，不停地吩咐人准备所需物品。简单分工姊妹各人通知各自朋友，记好前来吊丧的人员名单，联系用餐、住宿……不知不觉到了深夜 12 点。两个弟弟考虑第二日还有很多事需要我出面解决，劝我回家休息一下，怀着难过得有些麻木的心情，回到家里书写了一篇《父亲，您走得好潇洒》的文章。16 日早上赶到父亲灵堂，主要是为父亲落实墓地，打算将父亲送回简阳老家，和他的爸爸、妈妈及他的爷爷奶奶葬于一起。委托小姑叔，连夜请人帮忙，修造墓穴。经历了父亲给我们的措手不及，我们决定将母亲的百年归宿，挨着父亲一并修好。为了稳妥，特请父亲的最小弟弟，赶回老家协助进行。

忙碌的时间，过得太快，让我连伤心的时间也没有。心中想，忙完父亲的丧事，一定睡它三天三夜，再找个偏僻无人的地方，独自肆意哭泣，把近日压迫在胸口的悲痛，好好地释放出来。

最难受的是去区医院，为父亲开具《死亡证明》。那一刻，心情五味杂陈，似乎这才是真正地走向了生离死别。怀着沉重的心情，办完一些必须手续，回到父亲居住的汇丰路2号计经局小区宿舍，继续为他守灵，料理丧事。

两年相处成永远

近来我一直在思考一件事，作为子女，我们究竟能和自己的父母相守多长时间？当我屈指细数同父亲在一起的日子，着实被惊吓一大跳。

我出生那一年，父亲为了生计，在母亲身边陪伴三个月，便匆匆离开返回单位。于是连懵懂都不能算，沐浴不曾记忆的父爱九十天。

而后，我一直同母亲生活，从雅安汉源九襄小镇，到内江简阳方古井农村。七岁时，父亲将我接至他工作单位凉山煤矿，在其身边，我开始在子弟校启蒙读书，那时候的我，不喜欢读书，不喜欢练字，野性十足，到处惹是生非，实在是顽皮得很，经常爱给常常在外出差的父亲，找事情添麻烦。因为父亲太忙碌的缘故，所以只在父亲身边待了半个学期，就被重新送回到简阳老家乡下母亲身边。接下来，差不多每一年或两年才能见父亲回家探亲二十来天。那时候，在自己眼里，父亲有些过于严肃，打心里畏惧他，所以总想方设法躲着他，极少和他单独交流。

初中、高中、警校，每年寒假、暑假回家，和父亲相处时间最多的也只是晚间的饭桌上。那时候的自己总认为自己最聪明，父亲的叮嘱，总觉得是他太唠叨，平时喜欢和他抬杠顶嘴，情绪逆反。

毕业上班工作后，开初两年由于没有结婚成家，每年春节还老往千里之外的家里赶，父亲似乎没有原来可畏啦，除了工作和婚姻方面，偶尔提醒几句，就进厨房默默张罗饭菜，把我们四姊妹喂饱。然而，有时候他还没有上桌，我已经放下碗筷，一溜烟不见人影。

1995年结婚生子，开始经营自己的小家庭后，便很少回家看望父亲。直到他退休，交代完我们四姊妹的家庭工作，选择回成都龙泉居住。我们父子俩见面的时间才多一些。但是，一起交流的时间不多。在110警务过程中，有时见过父亲在我处理警务的现场，他到龙泉居住后，每天早晨7点过出门喝茶，中午前回家给母亲做饭，下午又出门下棋，晚饭后坐在电视前看新闻，每个周末给我们姊妹打电话，问问我儿子的情况，以及要不要回家吃饭。相对来说，有五六年时间，我们父子俩一个月能见到两三次吧。但是，坐在一起聊天的时间并不多。

今天是父亲七七的时日，心情有些惆怅，自从父亲走后，自己精神状况欠佳，身体总有点不舒服的症状：腰酸、背痛、头晕、胸闷、喉部异样。

细细想来，四十多年来，前前后后和父亲在一起的时日，不到两年时间，不过七百多个日子啊！我的心好痛！儿女是父母生命的延续，是父母用生命换来的，我陪伴他的岁月却如此之短，他在的时候不觉得，现在，突然无限酸楚，欲哭无泪，欲言无对，唯有痛彻心扉，悔留终日。

弯弯乡路　悠悠故情

故乡在我心中，已经成疼点。故乡的模样连同那只装父亲的骨坛一样，深深植入最清晰呼之欲出的意识影像。我的灵魂始终飘浮在故乡上空，没有着落，无处安放。每次回官陡山看望父亲时，终究没有勇气拐个弯儿去看一下近在咫尺的故土。因为心里太明白了，故乡以老屋为中心纵横几千米的山已移除，水已断平，全成单调一色的供飞机升降的水泥跑道，四处草木不生，面目已非……即便有机会随意进出机场的高高围墙，却再已找不出一丝乡土景味了；即便视觉、嗅觉、感觉超常，也难以再站回曾经老屋的门廊……

每次路过故乡的小镇，面朝延伸的崎岖小径，曾经家的方向，我的内心异常复杂，总想要带走儿时的全部梦想，可终究带不走所有现实的希望。我想要忘却，什么都不留下，可似乎总留下了些什么，且也总是难以言表……

老屋在身后隐退，父亲在身后的坡土埋葬，我的脚下只剩下这一条没有归途的乡道。打那走出故乡的路，路的另一头就是我的天空，我的梦想。

走出乡关，阔别数十载，而今，我成功了吗？洒脱了否？可那个时候我自以为很潇洒，昂首阔步向前走，仿佛踩的是金砖玉瓦，走的是锦绣前程。清贫落后的乡村，这个比大山还沉重的担子足足压了我十六年。那天，我终于将它抛在身后，怎能不潇洒？

乡土无语，安然顾我，直到我的背影消失不见……仿佛才默默地低下头，喃喃地说："路啊，你得慢慢儿走，走到哪儿，我都是你永远不变的故土，随时欢迎你的灵魂和身体归来。"

大山的路好漫长啊，曲曲折折，蜿蜿蜒蜒，绕过一座座山一条条河，我的脚步开始慢慢变得迟缓起来。路越走越宽，可我的雄心却越走越少，梦想越走越远，思念越走越长。

泥巴路走成了柏油路，走成了宽敞的飞机路（天府机场跑道），曾经满是补丁，而今正装革履；曾经的梦想只是曾经，而今我脚下的路又在何方？

城市，原来只是灯红酒绿。城市里没有母亲纳的千层鞋底，城市里没有母亲过年才会蒸的糍粑甜糕，城市里没有被烟火熏红的脸，城市里没有黄土地。多想再踏上故乡的路啊，那路旁是麦浪滚滚，青草依依，是没有香气的蒲公英，是大片大片不知名的草，是汗流透淋的老农，是我的母亲。

走过红灯绿灯，走过车流人流，脚下始终是路。有一天，走不动了，听着电视里的主持人说：城里有乡下人的梦想，乡下有城里人的爹娘。我突然哇地一声哭了出来，一个人坐在路边，失声痛哭，撕心裂肺，肝肠寸断。

故乡，我怀抱着父亲的骨灰匣子，终于还是回来了。沿着原先的脚印，沿着来时的路。我们回来了，翻过一座座山，走过一条条河，当皮鞋上满是灰尘时，我们终于走到距离家门最近的那个魂牵梦绕的地方……

多么希望还能看见爷爷坐在门前，奶奶剥着豆角，母亲在灶房帮父亲打下手，杀鸡宰鸭，依然记得我最爱吃的菜。我走到他们面前，亲切地呼唤……母亲没有抬头，只是用袖口认真地擦着我的皮鞋，浑浊的老泪落在了她干枯的手背上。

我终于明白，这一生，无论闯出一番怎样的天地，总也走不出父母的心，总也走不出故乡的路。父母的心就是我们每个人一生一世的故乡之路！

我也终于明白"回不去的是故乡，到不了的是远方"这句话的酸楚。

沉默心痛的日子

父亲突然谢世，是我意想不到的。平时能吃能喝，开朗活跃，做事雷厉风行，刚刚才体检完身体，除有高血压史，各项指标良好。今天已是第10天，我心中的空和痛，与日俱增，难以用文字表达。白天路过曾经和他行走过的地方，思念的泪水在眼眶里直打转。而今和父亲的情缘，只有通过回忆来继续了。

这么多天来，尽管有时间，但始终不想动笔，总觉得写不下去，思想和心情时时刻刻离不开父亲。一有空闲，他的音容笑貌立刻浮现眼前。特别是父亲离开时的茶房、灵堂、火化炉、入土时的墓穴……老是在脑海中闪现，闭目泪奔，睁眼胸疼。试着在朋友同事交往中，绕开谈论任何相关父亲的话题，躲避身边父辈相似的影像，又如何能做得到呢！

索性逃避文字，不愿意动笔。最想早早回家，和亲人孩子在一起。特别是看见活蹦乱跳的小女儿，生命的意义才有所增强。园里的花树，父亲喂养的信鸽，今年相继出生的女儿、侄女……我已将所有的近来发生的事物，看作是纪念、记忆父亲的最好景象美物。

父亲走了，他把爱留洒在了人间，在我们每一个儿孙的心里。沉哀之后，发奋努力。因为日后，我们发誓，都要成为吴振东永垂不朽、流芳百世的骄傲墓碑。

失去父亲 100 天

抚忆从警 9000 多个日日夜夜，愧疚涂满了曾经拥有父亲的岁月，我用淘气和操劳一次次回馈着我的父亲大人。

儿少时，离开他老人家千里求学，只为追逐橄榄绿的警察梦。大檐帽下父爱悠悠、牵肠挂肚，步入警察的行列，距离父亲却越来越远，在一起的时间越来越少，值班、备勤、勤务、处警、现场等等一系列的词语充斥着每天的生活。哪一年不想陪您吃顿年夜饭看场联欢会？可是年年都没有做到。今年我说一定陪着您吃陪您看。可惜，再也没有机会了！您匆忙远去的背影，留给我的只有回忆，只有泪水和孤单……

虽是您在 25 岁时，让我来到了您的世界。可由于您常年工作在外地，即使算起您退休后买房到龙泉驿居住的这段时间，您和我真真正正一起朝夕相对的日子，46 年当中，加起来也不过两三年的光阴啊！

特别特别后悔难过的事情，就是在与您相处的大部分时间里，我都是逆反的，老和您顶嘴，老让您操心，总使您不放心。

小学还好，没有让您操心多少。初中二年级，不理解您的安排，强行擅自从简阳乡下的老家开出转学证，跑到您工作的地方凉山普格，迫使您把我留在城里上学。考高中时，竞争太大，分数偏低，不是您努力，差一点连高中也上不了。高中二年级，我又嫌那里的教学质量不高，再一次义无反顾，吵着闹着到处翻筋，让您费了不少心，转学到内江资中读书。折腾过后，终于上了警校。1992 年毕业来到省少年犯管教所工作。后来完全没有征求您的建议，匆匆草率成了一个家。可是，我慈爱的父亲，您依然一如既往，用您的大爱将我和我的家庭紧紧罩着拥抱。

无数个风霜雪雨的日子，我风雨摇曳，站立不稳，几近无路，是您，帮忙照顾重新执掌起我的生命和一个家。多少次下班回家时已是灯火阑珊、夜深人静，推开门是你端上来的粗茶淡饭。我转身离去的背影后有您坚强后盾，使得我能在外面安心努力拼搏，没有后忧。无论有多大的困难险阻，都不怕，因为您是儿子最巍峨的靠山啊！

父亲，后天就是您的百期祭日，儿子唯有呕心沥字，以文当泪，悼念我父！

父母就是年

大年三十这一天，按照惯例所上召开了节前的纪律作风、注意事项等一些老生常谈的例会。今年春节根据安排，我是大年初一到初三值班，会议在十一点左右结束，大家便作鸟兽散。我也跟着驱车离开城区，前往十几千米外的金堂县五凤乡下去接在外婆家已经玩耍了两天的母女二人。城里的行道树从上而下、每个单位的大门两边、许多居民小区的窗台都挂满了各式各样的红灯笼，车水马龙、熙熙攘攘逐渐隐退。平时大年三十的这个时候，父亲必然挨个给我们四姊妹打电话，叮嘱我们路上注意安全，没有值班等特殊事情，就早些回家吃团圆饭。然而，今年却再也接不到他的电话了。真不知道，第一个没有父亲召唤的春节该如何来过。

一路上，我低落着心情，沉浸在追忆父亲的沉重之中。不知道是不是真的存在天堂？如果有的话，多好！我相信，以父亲的为人处世和品质能力，只要有他存在的地方，都一样会生活得很好。就这样，想着、念着、思着，不知不觉到了妻子老家。

跨进房门，岳母和妻子正在厨房为我的到来忙碌。我怀抱妻子背上的女儿，见到了她，心情暂时有些解脱。我们到院子里唤鸡戏狗，还揪出岳母喂养的一只大白兔，将它安置在不上不下的独凳上，和女儿一起，肆意抚摸它的耳朵、鼻子、尾巴、兔头，惹得小女儿兴奋欢喜、笑声不断。我们嬉戏玩累后，放过大白兔，又来到房前的橘子林，用手托起女儿，摘果树上的红橘，抱大柚……牙牙学语和蹒跚学步的女儿，已经令我腰酸手臂痛。中午，和妻子一家人，围坐在院子里圆桌旁边，在太阳底下吃团圆饭，真是惬意！

都说岳母爱女婿，这话不假。我每次回到家里，自从得知我自小喜欢吃凉拌鸡肉，岳母几乎都会专门宰杀一只鸡来招待我。所以，我时常和妻子开玩笑说，我还是少回一次乡下的家，要不然岳母家的鸡会越来越少，而因我杀的生就会越多，罪孽会不会越重。

吃过饭，妻子就赶紧收拾东西，随我往家里赶。这一点，妻子还是比较理解我的。因为，父亲在世的时候，我们家里就有一个不成文的约定，大年三十这一天，父亲天不见亮就会起来开始忙碌，为我们准备一大桌丰盛的团年餐。其中，最惹我们兄弟姊妹嘴馋的就是一大盆凉拌鸡。所以，只要没有特殊情况我们都要赶回家中团大年三十这个圆。今年，父亲不在了，我们更不能缺一个席，来为此让母亲伤心。

回到龙泉，等母女俩简单洗了个澡，我们就赶到母亲居住的小弟弟位于另外一条街的家中。二弟、三妹他们早就到达了。母亲不在屋里，听说在附近的花园广场晒太阳。于是，我和妻子抱着女儿来到广场找到母亲，陪她说了一阵话才一同回家。小弟弟文智替代了以往父亲的厨房工作，默默无闻地在厨房里忙碌着。而我及其他的兄妹，依旧像往常一样，坐在客厅里聊着天。

年饭如期进行，兄弟姊妹，加上我们的娃总共十二人，母亲坐在父亲原来常坐的位置，大家围坐在一起，二弟和妹夫喝白酒，我和小弟弟、三妹、妻子、弟媳妇陪着母亲盛满红酒。所有人都先敬母亲，敬完后兄妹互敬，大家一直称赞小弟弟的凉拌鸡肉，延续了父亲"酸、麻、辣"的风格，融合进"红萝卜丝、折耳根、香菜"，外加足量的"姜、葱、蒜、青椒、油辣子"——这样一来，色香味俱全，令人欲罢不能，吃过还想。的的确确，留住了父亲的味道。

今年，我喝了近一瓶的红酒，比以往任何一次都要多量。团圆饭上，多了许多唠叨，其中不乏对弟妹们家庭、事业的希望，更有不少开导母亲要她尽快适应失去伴侣的话。我十分清醒，父亲陡然离世，已经成为我们一大家人心里一个难以弥合的创伤。我们都在宽慰母亲，安抚对方，不能适应没有父亲的时光，都在寻找父亲遗留的味道。其实，我们各自亦是在为自己的伤痛寻求出处，得以安慰。今天，我们之所以如此开怀，如此语重心长，是因为变成单亲家庭后，让我们一夜之间都长大了——"树欲静而风不止，子欲养而亲不待"。

而今，父亲的味道，儿女们只能在思念和回忆中寻觅了；但是，我们应该明白，从现在开始，如何来认认真真珍惜、体会眼前母亲的味道。

父亲周年祭

父亲离开我们已经整整一年了，脑海之中您的音容笑貌依然如昔。您走了，把思念和回忆留给了母亲和您的儿女们。一年前，您没有留下只言片语，就带着不甘、不舍、不忍踏上归去的路。虽然我看不到您魂魄飘落的方向，但我相信好人去的地方一定是天堂。在这三百六十多个日日夜夜里，面对如此无情残酷的现实，儿女是多么悲痛欲绝，痛定思痛，且深深内疚自责……

这些天，眼见您的忌日一天天临近，思念和自责让我时常偷偷泪流满面，往日的点点滴滴不断呈现在我的脑海，离别仿佛就是昨天，可分明已过去了三百六十多个日日夜夜。记得去年国庆节，您还和老二一家爬青城山，还同我们在异姓哥哥永华家喝小酒，这样的情景，深深地定格在我的脑海，刺在我的心里，千百遍地在我眼前闪现。失去了您，我才真正体验到生离死别，才知道什么是生死连心。您离开那天，我的心仿佛有一万根针在扎、一万把刀在割，父子的连心在轰然中迸裂的痛，那种叫天天不应，叫地地不灵的无奈令我至今无法用言语来表达。在那时候才真正体会到了什么是无奈、无助、无力，什么是回天无力，什么是万箭穿心，什么是撕心裂肺……

有您在的时候，我们没有觉得什么，看到您身体尚好，72岁啊，总认为时间有的是，好些想法和计划没有付诸实施，一再地拖沓，最终留下了深深的遗憾。忆往昔，真是身在福中不知福，那时为了所谓的工作和应酬，总能在心中找出各种各样的理由为自己开脱，而减少了回家陪您的次数，如今已是"子欲孝而亲不在"，真是痛心之极。

今天，当手指敲起这些记忆文字的时候，仍旧思绪很乱，心贴后背，冰凉、冰凉。都说"时间是疗伤最好的药物"，对我来说，时间并不会真的帮助我解决任何问题，它只是把原来怎么也想不通的问题和事情慢慢地淡化，变得不再重要了；时间让我逐渐习惯了孤独，学会了坚强；时间让我明白了人生无常、世事难料；时间还让我学会了适应并接受所发生的一切。您的突然离世，是我一生至今最能触动心灵深处最痛的记忆。"当你真正感觉到痛的时候，才知道'痛'是什么"，这种感觉无以言表，只能亲历感受。

每次回家，看见母亲一个人，禁不住泪流满面。家还是那个家，只是少了您。只因为少了您，没有了往日的欢笑，却平添了许多回不去的思念。曾经温馨的家，再也没有您的影子，往后长长岁月里，再也听不到您的声音。

国庆节本是一个很好的日子，从此，每到这个时候却临近您的忌日，这一生，对我来说恐怕这个节日永远是一个令人心碎的日子了。父亲呀父亲，您给了儿子生命，已使儿子无以为报。自古儿孙自有儿孙福，儿孙们的一切都要靠他们自己的努力来创造，您操劳一生帮您的儿女成家立业、健康成长，您是天底下最称职的父亲啊！

往事并不如烟，心中隐隐的疼痛越来越强烈，我的老父亲啊，如今您在坟墓的里头，儿在坟墓的外头，父子交流的方式只有这磕头、烧纸、敬香……儿子真羡慕古人坟前守孝的风俗，搭一座茅草屋把自己关在您的墓碑前，咱爷儿俩朝夕相对，不许任何人打扰，每天一心一意回忆您，每天给您磕头上香……一年前您老人家的离去，这场突如其来的噩耗，给一个大而化之原本还不曾醒世的我，带来巨大悲痛，也成为我做儿子一生中挥之不去的阴影。那种撕心裂肺的悲痛无法言喻。时间的流逝并没有淡化我对您的思念，却使这种思念越来越深，越来越浓。

一生清贫！临走时没有给我们留下只言片语，唯有令人羡慕的声望和为人正直的人品深深留在了儿女们心中。爸，您这一生太不平凡了，虽然您只是一个国家贫困县的普通干部，但是在您的身上，却发生许许多多不平凡的事情：做人老老实实，兢兢业业，从一个单位又到一个单位，无论单位大小，不管职务大小，你任劳任怨，无怨无悔，从无怨言。

在穿越记忆的长廊我心依然疼痛。小心翼翼地不去沉入深深的怀念，想念却像原野上的野草野花漫无边际地疯长。不断地梦见父亲，梦中的您有时笑意盈盈，有时憔悴苍老，而每每做到不好的梦境，我总情不自禁地担心，担心天堂里的父亲生活不如意，担心他寂寞，担心他依然受着疼痛的折磨，泪水总是悄悄地滑落。生活中有太多太多的瞬间会触动我思念父亲的心弦，只有在夜深人静的晚上，我才能任由思绪自在奔驰，任凭泪水恣意流淌，那五味俱全的往事啊，痛彻心扉。

金秋十月，是容易伤感的季节。今天，更是个伤感的日子。本来我不愿意提起这伤心的笔啊，但我还是情不自禁地写了这篇周年祭文。"多么熟悉的笑容，多么熟悉的声音，是您给我一个家，是您陪我长大……"生活中的一点一滴、一个动作、一个手势、一句话，以及家中您使用过的一个物件都能勾起深深的思念。活过、爱过、尽力过，您已经做到了所能做到的一切，经历了一个人所能经历的一切。如今，一抔黄土陪伴着您，日月星辰时刻追随着您。

想起往日面对父亲，我始终没有认真倾听的耐心，从今往后是再也听不见了，得不到您的呵护、关照、倾听了。或许父子再无来世的缘分了，今生我只求父亲多给我托些梦吧，让我在梦里对您说：父亲，请您原谅我！我知道如今纵使我写尽所有的文字，我能写尽我对父亲那报答不尽也无法报答的爱吗，我能写尽对他的歉疚吗，我能写尽对他的思念吗？为此，我忍着极大悲伤，还是用文字再次寄托我的哀思。尊敬的父亲，您离开我们已将满一周年，您在天堂还好吗？您还是每天早上去驿马河边和您的老伙计喝茶下棋吗？

回顾父亲的一生，是曲折的，是平凡的，但您能在那种曲折艰辛的磨难中挺直腰杆，踏实而勇敢地面对种种人生困境，默默地吞咽着生活中的苦水，顽强而不屈地活着，不管在任何艰难困苦中，都不轻言放弃对生的希望，慢慢承受着生活的苦难与压力，从来不会阿谀逢迎，凭着坦白真实的一颗素心，真诚待人，认真做事，在平凡的工作岗位上，凭着一股子对工作的热忱，无论到哪个单位任职，不管单位大小都对工作无比热爱，踏踏实实，兢兢业业，荣辱不惊，淡定从容，知足常乐，怡然自得，活得从从容容自自在在，虽没有渊明的超然世外大隐之范，但也具备"采菊东篱下，悠然见南山"的天性。父亲，您是知足的，也是常乐的；您是平凡的，又是真实的；您是坦荡的，又是安适的，所以一生也没有当上太大的领导，当然也与父亲文化有关系。总之，父亲您的人生是成功的，您活出了一个人的精彩，父亲，我为您深感自豪。您的一生是圆满的，儿孙满堂，天伦之乐，虽不曾拥有功名利禄，富贵荣华，但您能在淡定从容中享受平凡生活中的种种乐趣。那些消逝了的岁月，仿佛隔着一块积着灰尘的玻璃，看得到，捉不着。我们留恋、驻足，甚至身不由己无数次地回头观望。父亲的一生是平淡的，但他的一生又是真实而丰富的。他能在曲折中不屈坚守，又能在平安环境中真诚而心存感激地生活。人将耄耋，胃肠康健，满面红光，可惜难逃脑溢血，是这无情的杀手无声无息地夺去了老父的生命，虽没来得及得到医生的救治，如睡梦中一般，如神的召唤，升入天堂。我为失去慈祥的父亲而伤心欲绝，痛彻心扉。我仿佛又回到了我给您守灵和送葬的那几天里，一会儿雨一会儿太阳一路的风光。我知道生老病死是人不可抗拒的自然规律，"一朝秋来红颜老，花落人亡两不知。风无语,花落泪,浓浓哀伤,滴滴清泪最心碎。荒野处,肃杀落叶,愁染天际,更对秋风舞。一缕冷香远,念去去,尽天涯,一去难还,更著霏霏雨。"

啊!我简单的母亲

我的母亲是一个极其简单透明的人,20世纪四五十年代的初小生文化,一般的书报杂志基本能看懂,提笔写字的时间极少,到目前唯一看见她动笔写过字的地方,就是在20世纪七八十年代,父亲在西南边陲做矿工,母亲在成都平原简阳乡下老家当农民的期间,差不多每月一封的书信往来。2017年父亲谢世后,我曾问起母亲当年她和父亲的那些信件踪迹,她十分惋惜地说,已经在多次随父亲工作调动搬迁过程中遗失。印象中,自从她1985年和父亲团聚在一起之后,便再也没有执笔写过书信之类的文字。我还曾半开玩笑地嬉谈过她的惜字如金。

母亲的老家坐落在山清水秀的雅安汉源九襄镇街上,外公是当地少有成就的一个茶商,由于钱挣得太多,惹人眼红而被人劫财谋害致死于外地。外婆孤儿寡母含辛茹苦将舅舅及母亲、姨妈拉扯长大,后偶遇为躲避武斗,从西昌步行至九襄镇的父亲。和父亲结婚后,被我的爷爷安排叔叔接回简阳莲花堰方古井的乡下老家当农民。母亲是李氏家族的幺女,从生活条件优越的镇街上到十分艰苦的农村,在当时来看,的确需要很大的勇气,可见爱情的力量,也更加表明母亲的思想简单,为了她心中的白马王子,只身赴爱,一个人去到父亲的乡下老家自力更生,在生产队靠挣工分糊口,独守空房,直至十五年后才和父亲生活在一起。

母亲有大户人家娇小姐的习气,却有异常节约的习惯。据邻居说,母亲炒菜时用筷子蘸油。虽然我没有看见,但是她的节约确实出了名的。因为在母亲心里,积少成多,再有也会坐吃山空,勤俭才能持家,道理就是这么简单。

父亲的思想有些封建,喜欢孩子多,所以母亲为他生了三男一女。母亲一辈子都依附于父亲,大事轮不上,小事又很少,安心做家庭妇女,洗碗洗衣服拖地打扫卫生，炒菜主要是父亲包了的。母亲讲究卫生，家里到处干干净净，水泥地板都快被她的拖布擦磨穿了。全家人的衣服裤子被她叠弄得整整齐齐，谁的在哪一个衣柜，谁的在第几层，你出门要穿时，只管问母亲。平时我们换下来的脏衣裤只需放在床头显眼处，保证你出门回来的时候就已经晾晒在阳台了……母亲就是这样简单！整个心里只装着这些家常琐事，除此之外的事情，好像都与她没有太大的关系。

父亲在世时，母亲说他就是家中的大树，她顶多算是一片叶子，我们做儿女的才是大树发的枝干。啊！母亲简单得像山中一汪清澈见底的清泉，以至于父亲过世时，她伤心欲绝，口口声声要随她男人同赴天堂。头两年，总是望着父亲的照片整日以泪洗面、情绪低落。

如今，还好！似乎已走出了失去丈夫的悲痛，渐渐开始在小区里与同龄人交朋友，一起出门郊游聚会。逢年过节的时候，还经常发红包给孙儿孙女，到我们几姊妹的家中走动走动。前些日子，专门到我的新房子住了几宿，连连赞扬我的房子装修得好，要是父亲还在的话，一定也非常喜欢。母亲最喜欢栽花种草，为我的花园移栽了君子兰、吊兰、文竹……头两天，听说我喜欢吃黄豆，没过两天，就接到她的电话说已经买了一袋，让我抽空过去拿来吃。有母亲，真好啊！我不由得赶紧谢谢母亲。想不到她开心地笑着对我说："哪有儿女给妈妈还要说谢谢的喔！"我眼睛都湿润啦，我的母亲就是这样一个简单、平凡、普通的人啊！

母亲，我爱您！只要您还健在，我一直就会还小！永远不老！

清明了，就该珍惜这一世情缘

凌晨4点女儿的咳嗽声将我惊醒，轻轻替她整理了被子后，便再也不能入睡，索性穿起睡衣走进厨房，一盅稻米，一把碎玉米，一小撮青稞，盛上大半铁锅清水为家人熬粥做早餐，其间再上床睡回笼觉，居然入梦。梦中也是在清晨，着急万分地到处寻找要赶着出门学习使用的书包，母亲见我在家里翻箱倒柜，也赶紧加入进来帮我四处寻找。当她打开衣橱寻找无果，又轻轻关上衣橱门时，每次衣橱门在她手里刚刚关好，又静悄悄地自动打开。于是母亲站在那里自言自语："你父亲回来啦，你父亲回来啦。"这时候，我听见客厅里有响动，就走出房门，一眼看见父亲站在门口，没等我先开口，他就对着我说："老大，那天你为什么不来送我？"而我的泪水立刻夺眶而出，赶紧向他解释："当时我在派出所值班……"还没等我把话说完，穿着一身中山装像平常要出门开会的父亲的身影慢慢向上飘逸，我突然反应过来，边撕心裂肺地呼唤"爸爸、爸爸……"，边冲过去想要抱住他。这时候父亲的身体像烟雾一样四处消散，不知所终。我的哭声将我从梦中吵醒。醒来后，两行热泪顺着脸颊流过耳际、滑过颈部、流进枕巾……而我静静地躺着，没有做任何阻止的动作，也不想……多么想一直在梦里啊！多么想和父亲再多待一会儿啊！

父亲离开我们，已经一年又过半年了，从来没有过这么清晰和近距离地同他相见。回想那最后一次说话、最后一次吃饭、最后一次通电话、最后一次……就没有明白过来，怎么一切就成了最后一次呢？人啊人！贱人啊！为什么总是过后方知？为什么失去才懂得珍贵？！

"一次生前的孝敬，胜过身后百次扫墓；清明烧万堆纸钱，不如在世端一碗饭。"而今，这几句字字在敲击着我的胸口。"清明时节探亡魂，细雨纷飞似泪痕。柳色梅花仍依旧，阴阳相隔梦晨昏"。古人四句言，能抵我此刻几千字，这种心情，以我浅薄学识，当然表达不出来了。清明时，母亲吩咐祖上风俗，父亲走后，三年不能在坟前烧纸钱，我们几姊妹又有谁能阻断心中思念父亲的心呢？所以，都借着祭拜爷爷奶奶和先辈的时机，各自静默在父亲坟头，祭表着各自心中那份最沉重的哀思！

这世间，有一种幸福，叫作上有老，下有小，这是种压力更是一种责任。老人终有一天会和我们分开，小孩迟早一天要长大远离我们。到那个时候，那段时光就会成为最珍贵的记忆和一生的怀念。每想到这一点，我就没有理由不去珍惜生命里上有老，下有小的日子，这是上苍赐予自己最美好的一世情缘。

自从父亲驾鹤西去，心中就存着一团驱之不散的隐痛，而今才理解当年大姑扑在装有奶奶的棺材盖上，哭得感天动地死活不让抬棺的人下葬；而今才理解父亲每次在人前提及他的父亲，都会泪流满面，不能自控……那时我真是无知啊！居然三番五次指责他们，真是太不孝啊！而今，我一想念起我的父亲，泪水四溢也不能自抑，而且，心中的这团隐痛越发泛滥、愈演愈烈，至今也只增不减。唉！每每这个时候，我唯有拼命努力，珍惜身边人，过好每一天！也是在爷爷和父亲离开我之后，我才知道人生中总有一些遗憾，就是他们健在时，我对他们的爱还不能深深地懂得。也是在他们离去之后，才一天比一天明白，亲人之爱有时候是要隐忍着多少委屈，子欲养而亲不待，祭奠完祖先，认识了应良公这么多血缘，无数后人如此优秀，让我心中充满归属感。我决心引领和影响好我作为吴氏应良公第十三代传人后人们，牢记祖训，努力持家，不断进步，勤勉向上，代代相传！

父亲，我想您

日子没有任何改变，还是一天24小时，一小时60分，一分60秒，循环过往，周而复始。不同的只是经年日期勇往变化向前，幼小的儿女在不停成长，而我在不断地容颜衰老。这就是自然过程平凡人生啊！球类生物概莫能外。

每个人注定只能陪自己的父亲，风风雨雨走几十年的岁月，长长短短，无论你情不情愿，都只能那么一程一段。天命难违，无力改变。

作为父亲的长子，我陪伴他变老的时间理应最久最长，父亲倾注在我身上的爱和心最多最大。他老人家突然谢世，致使我措手不及，育恩未报，天伦未尽，遗憾心底，痛悔终年。父亲啊！儿子还不懂事啊！总认为你如天老，如今生活条件、医疗条件良好，再咋呢，至少八十有余啊！你的儿曾计划再过几年就申请辞去工作退休，到那时咱父子俩再好好去你未曾去过的地方走走看看，特别是首都北京，你做梦都想去的地方。你不是常叨念说，那里有无数领导过您的最高首脑，还有您好奇探究的历朝历代皇室史迹。您咋就不好好将惜自己，延长寿命，说走就走了呢？子欲养而亲不待啊！我的心好痛！对您的怨，既是对我自己最大的恨啊！

而今，天崩地裂，痛彻心扉，哭断肝肠，儿子从此无父亲了啊！过去，儿子在社会生活经历中，每每受到打击重创的时候，常常是笑颜以对，正是自恃父母双全、支柱如山这样的乐观信念呀！我的父亲大人！您怎么就让我好景不长了呢？

今天下午，我值班，和众多同事在外面进行反恐防暴演练时，眼前突然出现几年前,我还在110特巡警大队任职,接到一起在龙泉桃花仙子广场歹徒伤人警情,我带领几个同事现场处置,您站在人群中观看,替我捏汗鼓劲随时出手的场景(那天回家,您总结了我当时的经验教训,还说差点上来协助,我还狠狠责备说您老了,又有高血压,今后要远离这些场面)。不知为什么?总是感觉到,您老就在我身后,一旦儿子遇见危险,您就会冲上前来护犊。您在我身边的这种感觉,一直陪伴我左右,有时候,还引起我下意识地转身张望,寻找您的身影。

父亲,您知道吗?您走后的这些日子,母亲每天早晚都要哭一场,我们做儿女的也劝不住,怎么安慰啊!儿子也好想您,想得也想哭!

我是父亲放飞的蒲公英

清明时节,撞开了人们对过去的回忆,回忆那久违的亲情,那刻骨铭心的爱,那久远的记忆碎片。

转眼,父亲已经离开我们四个年头。清明时节,哀思遍野,仿佛空气中都弥漫着蕴藏着亲情的那份不舍,整个大地都充满那份爱恋……来到简阳官陡山脚下,内心深处那无限的伤感仿佛集中找到了释放的渠道,各种挂牵才得以落地缓解。每当这时,四面八方的兄妹各自带着子女,都往一处赶。此时,家是主题,情是主线——曾经一到天黑就一个劲儿要回有父母的家,温暖得热泪盈眶。相亲相爱的血缘啊!交织啊!我们大了,父母老了;我们老了,父母却走了。父母缔造的一大家人,天南海北,如今要约齐相聚,官陡山成为魂牵梦绕的召唤了。

父亲还在世的时候,每到清明这一天,他总会带着我们去老家给爷爷奶奶烧纸上坟,不管天晴还是下雨,也阻挡不了父亲前行的脚步。在父亲心里,这是一个很重要的日子,他必须做好。如今这个时间,我们开始一模一样地重复。或许,这就叫香火绵延。

缕缕青烟昭示着故去人的存在。坟地前留下烧纸的痕迹,我知道,这是对故去人的怀念,寄托对亲人的哀思,也给活着的人一个期盼一个弥补遗憾的心愿。清明恰好就为人们提供了这样的一个机会。

如果有阴阳两界，每年的这一天，或许故去的人会等着活着的人，来一次亲情相会，接受亲人的那份礼物。上坟的时候，香蜡缭绕，纸钱飞扬，念念叨叨，磕头作揖，好像这样，故去的人会收到，会保佑。真的不知道这是真是假，还是一种自我安慰？世人如此，我亦信真吧！

站在那里，紧紧盯着面前不高的坟堆，仿佛我的爷爷奶奶和父亲就坐在我的面前，静静地看着我们。我一边清理坟头的杂草一边倾诉着我的思念，耳边的风轻轻地吹着，将我的心里话吹到他们的耳边。最后，鞠躬，放鞭炮，再转身离开，内心却难以离去。小女儿在父亲长眠的地方的草地上惊喜地发现并采起一株蒲公英，她轻轻地将蒲公英的种子吹送回大地……此刻，我突然明白了，我和弟弟妹妹们，不正是父母手中放飞的蒲公英种子吗？我们健康强壮、顺顺利利在父亲的指引下，在各自开创的一方土地上快快乐乐地生活，即是对他及先辈最最孝敬的回报。

"清明时节雨纷纷，路上行人欲断魂"，这是唐朝杜牧《清明》中的两句诗。诗人描写的清明，天空一直飘着纷纷细雨。路上，身边的行人都面带悲伤，失魂落魄。好似是老天也被世间的情所感动，感动得苍天都落泪了，细雨纷纷，和人们的情感融合在一起，让人们去感叹亲情的美好。

清明时节，是哀思的时节，是追忆的时节，是弥补遗憾的时节。这样的时节，给活着的人提供了一个反省自己、冰释前嫌的机会，亲人之间那融融的场面，定会让九泉之下的人感动、欣慰。

总之，看望完父亲和先辈之后，我的灵魂安稳、良心踏实了。

生活有时有苦瓜的味道

日历翻到七月，夏花遍野灿烂，七月一到雨天比较多，温度一升高，便希望来一场雨，让暑气降凉。热的时候全身就像涂抹了一层胶水，浑身上下极不舒服。雨后的感觉又像脱了一个壳，一下子清爽起来。在这种一会儿地狱、一会儿天堂的生活中，我开始有些懒散了，腹部在发福，步履在减缓，走不了几步就累，坐下来腰胀背酸，每天下班回到家都十分疲倦……书看不了几页，眼皮开始打架，一点写作的冲动也没有。今天进空间时才发现上一篇文字已经是六月份的事情了。

月初，把不让人省心的儒儿送去了一个叫"我是一个兵"的军事夏令营。私底下四处请教老师，但愿他能在这个暑期茅塞顿开，好在初中最后一学年突破自我，上一所质量优良一点的高中。每次带着女儿出去玩耍，看到鱼缸里五颜六色的热带小鱼，她都会乐此不疲地拨弄一阵，舍不得离开。我在朋友那里为她捞了几尾，喂养在玻璃杯子里，确实游不开，花了58元在京东商城网购了一个像模像样的鱼缸，每天撒鱼饲料，隔一天换一次水，结果发现她反而不怎么喜欢啦！她又把注意力转向小白兔，一见小白兔，又是给它唱歌又是给它理毛喂草。机缘巧合又从一朋友处弄来两只半大的小白兔，索性敞放在离现住处四五千米的那套大房子花园里，让它们自由自在地生活在花园里，一会儿蹦蹦跳跳去吻花，一会儿又一阵小跑进菜园里，若无其事地品尝我种植的辣椒，玩累之后又大摇大摆地走到木亭子里的金丝楠木桌子下面躺着睡大觉，它们可开心啦！唉！感觉自己是不是有点多事了，小公主的这两只小宝贝可不得了，我们隔三岔五都要去菜市场买白菜、莴笋菜叶、胡萝卜、玉米头……给它们送过去……哇哇哇哇，有事没事还要惦记它们，关心它们。唉！自生的事，自找累。

七月，党的生日，市局在基层推进"一站式服务"，世界大学生运动会即将在家门口开幕，原来的八天值一次班，改为四天一个班，周末还三个三分之一，不能正常休息。昨天，美妈操作不当手指又受了伤，不能沾水，平时她做的家务事，我理所应当尽量分担吧。这段时间，真倦怠啊！

上帝赐予的礼物

父亲三十几岁时偶然中发现自己患上高血压，从此这种病症和降压药嵌入肉体，成为他身体的一部分，形影不离，终身相随，直到寿终正寝，步入天堂。患病之后的父亲，坦然面对、毫不气馁，克服当时用药条件差、服药以后不良反应和副作用大的情况，依然顽强努力做好工作，搞好家庭，把我们四姊妹培养出来。过去，我真的太自以为是了！以至于从来没有认认真真、设身处地、静静心心地去理解过父亲的艰辛、不易与伟大。没有好好地去珍惜和他老人家在一起的日日夜夜、分分秒秒，以及每一寸有机会本身可以好好说话交流的宝贵光阴。对于我的父爱，一辈子都是在无偿享用、索取，而没有做到一丁点儿的感恩回报。相反，我还时常给他横添麻烦，不让安心。

我，四十多岁的今天，经过无数次否认，不甘于面对，惶恐、挣扎、反复……连续动态血压监测，美国、日本血压机器，大小医院——最终归类2级高血压患者的群体。2018年3月13日9点收到"认定书"，外表平静地往来于医药社保部门之间，办妥特殊病人的特殊门诊，到指定医院就诊取药……打从医院回来，一日无语，一夜不眠，因为明天开始就得起床吃药，夜晚睡前服药。不管天晴下雨，无论春夏秋冬。生病的人才需要服药啊！从此，我就变成病人一个了！

2018年3月14日6点20分，儿子上学起床的小闹钟响起，我起床第一件事烧开水吃药，然后送他上学。硝苯地平片吃后，一整天面部、额头都是赤热，如同发烧状态。通过询问同样患有高血压的表哥表嫂，才知道这是正常的服药状态，慢慢习惯过后就适应了。晚上睡觉时，我又服了一种叫阿司匹林的药片，15日、16、17日，每一次服药，几乎都在强化着自己的病人身份，恶心、胸闷、心悸、尿频……紧接着的药物反应，坐以待毙，唯有——适应、习惯成自然，又有什么办法呢？

开始服药的这些天，身心都很疲倦，什么事情都不想做，当然工作还是积极努力的。因为这时候，比任何时候都要明白，单位、组织、工作开始成为我名副其实强大的物质支柱，我的后半生，还有我的妻子儿女的养育生活都要仰仗它啦！

这几天，我突然好想我的父亲！好像才真真正正地开始去理解他。三十几岁后就每天带病的父亲既要为我们这个家庭负责，还要在外拼搏，该是多么多么不容易和伟大啊！而我这个做儿子的，却没有更好一点地去理解他、爱护他、心疼他。

我想尽快走出病魔对我造成的创伤，既然不能摒弃它，我就好好接纳它，陪伴它。我不能如此消沉了，坚持拥有一个好心态，主动参与锻炼身体的各种活动，争取不要像父亲一样走得太年轻，我的目标九十岁。爷爷高血压、父亲高血压、我高血压，这就是一种缘分！我比我的弟弟妹妹更加富有和幸运啊！很庆幸，继承了父亲的这笔遗产！希望，我的弟弟妹妹们一切安好，这笔遗产非我莫属，不要你们争抢哈！

呵呵……高血压，父亲给我的礼物！更是上帝赐予我的礼物！

要是没有病痛该多好

真是屋漏又遭绵雨天，前脚刚从医院迈出来，腰部又痛得直不起身，下蹲和拿物品也疼痛难忍，好像腰杆已经快支撑不起整个身体。起初，以为在医院的病床上躺卧的时间太长，顶多也就是个肌肉劳损，疼痛一两天差不多就可以了。结果一周快过去，还是未见好转，相反，感觉越来越糟糕。一坐下，后面的脊椎胀痛不已，每次起身酸胀得必须得双手用劲使力辅助托举才能从座椅上起来，而且起来之后，腰还不能完全马上伸展，只能缓缓慢慢地试着站立；躺在床上，腰部疼痛得基本不能正面起身，腰部无力，连抱一下体重30多斤的小女儿也不能，心里暗暗着急……

这究竟是怎么啦？老天要收了我吗？何必如此来折磨我啊！家人劝我去医院做CT检查，我也想去呀！可是刚刚才出医院的门，单位领导病假条都没有让我去补，由于我生病，其他同事的值班更勤密，工作安排也让领导为难。我确实不好意思再开口请假吧！况且，腰痛，也不至于致命吧！但愿，某天早上能奇迹般复原。这些天，总是在如此思考和期待。

今天，一个人在办证窗口，用三台电脑同时办公，坐坐起起、左右换位，每一次疼痛都在"哎哟、哎哟……"的轻声中化解，有时自话、自嘲、自我笑谈中坚持下来。在空调的旁边，居然颗颗汗珠从额头顺滑进颈项，湿了衣领，透了背心。办事的群众以为人多，我忙不开——连忙安慰说"警官，不着急"……我更不好意思，因为腰痛而停留片刻下来。今天唯一对不起群众的是，因为右耳朵填充有药物，听力不好，有时需要重复问他们几次预留的电话号码。或许，我说话的声音还比较大，他们不明原委，而我也不便解析……

随着最后十年工作时间一天一天在倒计缩水，加班、辛苦、不被人理解的时候，盼望早点退休；平时大多数情况下，还是希望能在岗位上多干几天。

有工作忙的时候，让人感受到自己的人生价值所在，时光也富裕安然。

人要是没有病痛该多好！此想法一出，不禁又哑然失笑。凡事皆有因果，一切病痛后面，应该都有不健康的习惯。有些问题出现，已经不可逆转；有些问题现象，正好是预警，提示你及时整改。无论如何，现实生活中事物的好坏，于我来说，都不会成为负担。别人的好，不会眼馋，自己优点，继续发扬；他人的苦疾，表示同情，自己身上的病，痛定思痛，正向对待。

变老的路上一定要健康

总觉得六天一轮的值班转眼就到，家只是早出晚归睡觉休息的驿站，每次值班都是看运气，案事件发生得少，24小时里还有自我调节空间，第二天就不会太疲惫。反之，一整天便会晕晕沉沉的，毕竟人到中年身体还原已经大不如从前那样敏捷了。特别是熬夜过了午夜，很难休息好，而白天无论你如何补休睡觉，也到达不了夜里该睡就睡时的质量。昨天给年前替自己看病抓药的老中医电话交流，感谢他的三服中药，把我因肾结石引发的所有胀痛症状全部清除，本来过完年就该再去抓两服中药全面调理调理的，病毒的出现，使我们不得不放下一切休假，全身心投入抗击疫情工作中，目前形势终于有所转好。今天趁值班补休时间，小四兄弟开车到单位门口接着（刚做完笔录）我，就往简阳的石盘镇赶。

我们按约定时间到达老中医张仲才坐诊的地点。七十多岁的张中医，头发花白（黑白的发丝大约各分秋色吧），一米六上下的个子，精精瘦瘦的身材，上穿着一件干净整洁、灰里透白的中山装（那种白一眼就能看出来，是由于勤俭讲卫生长时间漂洗出来的颜色），一双剪刀口布鞋，坐在一张半尺来高的四方桌正中央，桌子右手边一支蓝水钢笔压着一本专用处方签，左上方放着一本白里见黄的药书（趁他给我把脉的时机，翻了一翻，是一册2002年版《望舌辨症》中医方面的书籍）。他先让我把左手伸出来把脉，用拇指和食指头不停地敲切我的脉象，大约五六分钟后，又让我把右手伸出来切脉，紧接着让我张嘴伸出舌头，然后问了我的一些身体现状，最后开出了一张十八味药名的处方。他的字比起许多中医的要好辨认得多：有吴茱萸、黄连、黄芩、射干、苍耳子、辛夷花、连翘、柴胡、板蓝根等，余下的还是不太熟悉或不认识字体的……两服药九十六元人民币，也不算贵。随后，小四兄弟也找他开了两服药，还特意抓了一服泡酒的中药。

我们和诊所对面修理钟表九十二岁的吴大爷拉了一阵家常后，在主街上溜达了一圈儿，比较一下我们住处与石盘小镇三十六元与二十八元钱一斤的猪肉，我一下兴奋花了四百三十元买了一块猪肩胛，并叫屠夫分作两份送给小四兄弟一份，然后他又买了西红柿、韭菜、韭黄、芹菜……一大堆蔬菜也分成两份送我一份。我这个二十几年前就情同手足的异性兄弟啊，真是有情有义，平时什么好事情都想起我，从亲情和经济上没少帮助我一家人，能有这等朋友，是我今生的福分，应该努力知足珍惜才是！

人到中年，随着年龄的增长，才渐渐明白健康的重要。过去仗着自己年轻，肆意妄为地消耗健康。殊不知买辆车都知道定期保养，对于自己的身体却选择忽略，甚至是任意糟蹋……所以，今后别再用"太忙了"当借口忽视自己的身体，别再过度透支自己的生命。没有了健康，就算拥有绝世的才华、富足的财物、位尊的名利……又有什么意义呢？爱别人的前提是好好爱自己！

人生没有彩排，也不能回放，从前的时候我总是以为来日方长，以为有大把的时间可以浪费。走过了半生才知道，最易逝的是时光，最值得珍惜的是身边人。余生，以清净心看世界，以欢喜心过生活，以平常心生情愫，以柔软心除障碍，以坦然心面挫折，以宽容心对万物——愿余生能多看世间好风景，多识世间有情人，能真正做到看淡纷扰，从容前行。如此，足矣。

路过故乡

清明回老家坟头看望爷爷奶奶和父亲，一种莫名惆怅与思念堵满心田。石板小镇东边五六里是儿时的花场门故土，而今正机械轰鸣、热火朝天地建设着机场；石板小镇东边七八里官陡山长眠着我的祖辈至亲，走过故土，曾经的光景涌上心田，历历在目犹在昨天。一路我都在想，该用什么方式来跟你作别啊！儿时的宝光，亲情的乐园！一辈子忘不了！已经镌刻进灵魂了啊！

走过故乡，悄无声息是常态，而此次内心翻腾，牵扯出太多的感情。匆匆来，迟迟去，故人难见，纵使见了也少些寒暄，两道不过多添了几丛新坟。只是这新绿漫山遍野，倒是有几年没见，怀念家门口的那株洋槐，可惜未曾到洋槐花开，捏一朵在口，甜在心头。生活的酸苦似四月的青杏，小时候嘴馋吃不够，长大后想想味道，便把牙酸倒。而山丘与细细的渠流，一路跟我走，是要绵延向何处，再与我他乡重逢？

走了，故乡。回去了的，已经不再是故乡，蜿蜒的乡村路，路边的人家，似曾相识的小孩眼巴巴望着，多想给你们都挥一挥手，还有小河边横七竖八的石头，多想拾一颗紧握在手，感受它们春夏的温热，秋冬的冰凉，唬一唬挡路的牛羊，远处的鸡叫让寂静的村庄再有生机？行人哪儿去了？要寻觅多久？才能在田埂上、地里头发现人影？问一问，今年收成可好？在梦中啦，或许只有在梦里了！

走了，故乡；别了，故土。万千的纠缠不如深沉的祝福，默默地离开也是默默地守候，我们都是在这里来来去去，爱恨交织。亲不亲，故乡人。多想这一生，活得有盼头，上村下坝，还有那坡里，纵然过一生，也心向山那边雄州大道。人生有来处，不一定作归途，但愿你我分别后，上半山，下河滩，皆满世界遇见。

龙泉山脚下的榨油坊

如今的食品卫生安全着实到了令人恐惧和揪心的地步。的确不知何为安全？何为不安全？老百姓基本没有能力鉴别真伪，大多听天由命，无可奈何。又有什么办法呢？现状如此，仅凭个人能力无法摆脱，只有选择一些自以为卫生安全的食品方式。正是出于这些方面的考虑，所以托龙泉山那一边乡下的亲戚帮忙买了一些平坝田间的油菜籽，准备自己榨菜油来食用。

月初的早晨，自备了几个塑料油桶，驱车上山7.5千米来到龙泉山脚另一边的石堰乡村。一进到乡集场的街道，就闻到一股菜油清香味。表妹家天不见亮便早早租了一辆农用车，就把我电话交办要买的一千多斤油菜籽运到了乡里的一家私人榨油坊。

榨油坊坐落在乡里连水泥面都没有铺过的街中心位置。老式的石檩穿斗结构，厚重简陋布满尘土给人凝重、沧桑之感，天长日久菜籽油香气的浸润，人未走进，远远地就可以嗅到一股优雅的香气。

五月后，是各家各户榨油高峰，油坊里人来人往，一片繁忙，前来榨油的人都依次排着号。尽管表妹来得早，但还有比她更早的，我们只有把农用车上的十一袋一共1170斤的油菜籽下到大门口旁边，静静地等候着，油房的前面是一块空坝，榨油时节放有板凳桌椅供人歇息。

不远的坊厂边是一块玉米地，五月时节青叶翻飞、玉米丝飘散，鸟鸣其间，悦耳不噪，微风夹杂着玉米叶吱吱交织摩擦的声音，还有时断时续的浓郁香气让人倍觉舒坦惬意。尽管伴着轰轰榨油机器的响声，也有一幅写意的乡村山水画时刻舒展在我的心间。

大约十点吧，终于轮到我们了。听见榨油坊掌火师傅的一声指示（基本上是自助模式），抬高位置，从上往下将一袋袋的油菜籽慢慢流放进炒锅。榨油师傅往锅炉里添加了几铲子炭，然后打开一个自动翻转轮子的电开关，油菜籽开始在锅里上下翻滚，一股股黑烟不断冒出，油菜籽香味也随之出现。掌火师傅飞快地用一块竹片从炒锅里撬出一些油菜籽，放在输送槽的案板上轻轻地一捣，油菜籽顿时破碎露出金黄色的粉粒，火候正好。操作师傅赶紧关掉翻炒轮开关，同时打开炒锅门闸放出炒好的油菜籽，通过滑槽慢慢放进一个漏斗形状的榨机。不一会儿，榨机下面四根条状油线开始源源不断下掉，油饼一块块从旁边冒着青烟涌了出来。我们忙着把油饼运出去在地面散热，约莫五六分钟，榨出来的油就会装满一个三十斤左右的铁桶，刚出来的油温度能达到130℃，也要赶紧运出放进大铁桶中降温处理。这个时候还不是最纯净的菜籽油，需要倒入一个过滤器中去掉杂质，之后加入冷凉的盐开水，充分地搅拌（因为盐开水可以加快杂质的沉淀），再拿回家自然沉淀几天就可以食用了。

榨油时候产生的油饼是一种很好的肥料，我给喜欢种花的母亲装了一袋回家，还给表妹母亲留了两袋种庄稼。先前因为生产力低下，菜籽油都是一滴一滴舂出来的，叫人难以置信又不得不令人叹服。到了榨油的时候，坊里的伙计轮番上阵挥汗如雨，艰辛可想而知。这种半机械取代了纯手工的方式，说来也是一大进步。不过我还是有些唏嘘感叹，这样，即便我们仍然还是一直忙到暮色降临。要是过去的全人工,不知道要忙到什么时候啊?带着满身的油腻,也带着优雅的油香,我载着满满的一车菜籽油回家。这样吃油确实有些辛苦,但是从心理上还是觉得蛮值得的。为了让我的家人能有放心油吃,每年我都要来榨菜籽油!

春天种一株枣树

昨日去花市一福建老总朋友办公室吃功夫茶,谈起准备清理花园中的花草,种几株果树。他说去年和隔壁的花苗老板到他处挖种几株枣树,当年就挂了果,相当可口,正好还有几株小苗,于是就到其场地上挑选了一株半米高、小手指粗壮的枣苗送我。我赶紧拿回家连盆泥一起放置花园角落,期待它发芽抽枝,看它开花结果,一饱口福。

今日又到同事老家专门培育果苗的地方,要一棵据说是比较受人喜欢的李树品种。老人家硬是要挖一棵当年种植当年就会结果的成年树种给我,我觉得从小树培养的这个过程更有意义些,就拒绝了好意,要了一株食指大小的树苗,开心离开。

夜里居然做了个梦,梦见枣树长到碗口粗,细米粉黄的小花开过后结果,我天天去树下望,渐渐地长到拇头般大小,慢慢又从青绿翠色变成了猪肝色,油亮得光彩照人。我找来儿时的玩伴,拿起竹竿敲打,而此时的自己与身边的小伙伴又回到童年,开心地在枣树下追逐嬉笑,狂吃枣儿……而那棵树似曾相识,越来越清晰,先只有奶奶静静地坐在旁边纳鞋底,边微笑看看边叮嘱:"小心,不要摔倒了!"后来又出现了抽着叶子大烟的爷爷,穿着白衬衣年轻帅气的父亲……怎么了?我逝去的挚亲们,一个个面容清晰地出现了!这时候,我突然停止和伙伴的闹腾,脚下像踏起太空步,不顾一切,嘴里呼叫着奔向他们,想要去拥住他们,却怎么也跑不到他们身边,怎么也接近不了。他们的影像,在我奔着喊着中越发朦胧,雾化散走……睡梦中惊醒,枕巾湿了一大片。轻轻推开窗户,刚种下的枣树,连芽苞都还没有出现,孤零零伫立在冰凉的泥土之中。此刻,它又在想什么呢?休眠生息?酝酿内力?积蓄待发?亦可能与我同梦了吧!

春天，种下一株枣，四季都收获一树希望，这样的感觉真好！枣树是我梦回儿时的桥！

纪念父亲

年怕中秋月怕半，人怕死别不相见。与父亲痛别后的日子，如儿时故乡记忆里那条小溪流，一个转身，回不去，永难见，徒留无数唏嘘不已的哽咽惬念。

香蜡纸钱、鞭炮回响，凝眸间，青烟四散缕缕腾升、烟雾之间缠缠绵绵，连成一片，不约而至地漂泊在不知道名字的灌木叶子上，尖叶晶莹透亮的小露滴，恰似盈满眼睑的泪珠，瞬间就湿了天，潮了地。浸润了心扉？牵绊了情长？氤氲了所谓地久天长。潮湿了我的整个世界。秋凉云低，心跌沟壑，原本认为比生命还要重要的人，却在生死离别间越走越远，再也没有了曾经的温暖存在。也许一辈子都无法释怀，或许人生就是这样，一去不复返的感叹交集，总是令人情不知所起，却一往情深的慢拢。飘零的季节，踩过齐腰深的一片雨露杂草，跪伏在一年前曾痛不欲生的旧地，燃一炉祭香，烧一叠冥币，撷一瓣秋情，握一份泪盈，牵强了多少怀念的心愿？感慨了多少幽梦的旧痕新殇？雨幽幽地下，风浅浅地吹，飘落的花瓣，碎了一地的离愁别恨。

顷许，梦回大凉山，西洛煤矿、洛髻山下、普格县城（记忆中与父亲相处最久的地方）。魂魄再回简阳老家，花敞门、石板凳、方古井，一盏煤油灯，翠竹摇曳，茅屋厅堂，半杯浊酒，浅斟慢酌，断断续续地把这流年的所有花瓣都轻轻飘洒，让那泛起的念念不忘，渐渐地弥漫于缅怀的心底。

忆往年您独立您父母的坟头，满目沧桑，为儿百思不解，如今轮着您静卧荒岭，我立坟头，掬一撮泥土朝向天，怅然无限，故往随风的寂凉，疏落的天荒地老，忽悠人啊，几时有过百年？千年？许一世宿命，渡一纸因缘，散一场一世浮尘。兼葭苍茫，几度苍凉，几许空寂，寒山几重扫满地，眸不相望，行云秋事，风舞落叶，愁填眉宇，泪水早已淹没了来时的路径。是宿命的悲，还是轮回的痛？红尘画卷，依秋期遥寄千千度，生之百年，唉！都不过是南柯一梦罢了！

风在呢喃，雨在倾诉。风雨离愁终不尽，迢迢千里入云天。清瘦的孤寂，无法一一搁浅的情缘。尽望雨中秋意的缱绻，哀思，惊扰了秋疏铺满陌野水川的清凉透骨，浊湿了红尘多往事的氤氲鬓角。一指一年，就这样悄然滑过指尖，风轻云淡般散落在了光阴的碎片中。那年、那月、那亲人，一切的一切都远去了，而记忆中深藏的父爱如山，却鲜嫩如初。茫茫人海，能有多少人曾驻留心间？芸芸众生，又有多少人风雨同行？或许，骨肉情深的隽永，它就不是一个可随意替代的缠绵。穷秋无嬉，不是所有的人都能知道灵魂里悲秋的含意，也不是所有的人都懂得该如何去珍惜亲情的贵恋。百千殆尽，命途两象，花落一季的盛衰荣辱，风干了多少岁月浅唱的时过境迁。

　　雨落湿人心，风过吹人醒。俗尘的背后，柔弱的落叶悲风秋画扇，薅藤拔草指尖投下的一道剪影，如轻灵的西楼离人袅眸远去。长在墓丘上的花草，一茬又一茬地劲长，却也挡不住荒凉的依旧。可否，用呐喊轻数剥离的尘情？安葬慈父的地方，来年我一定要耸立个墓碑，再现父辈生命中的老屋，隽冷暖，刻忆恋。影泛远黛，白骨千哀，长亭古道尽云烟。纵观天下之事，自古人生谁无死，行走即是人生啊！伫立在流年的清浅里，清颜渐已凝霜，风干的往事，谁还会记得父子情深的悸动情怀？谁又能临摹这阴阳两隔的物是人非？

　　浅黄的落叶，临冬的深秋，透着一丝薄凉的气息，飘落在长跪不起的墓地，染惹着一腔满是心痕的戚戚哀痛。咫尺难赴，是叶，就会飘落风雨，是人，就有生死别离。或许，人生有诸多无法未知的遗憾，能让一切回落到最初的起点。当再一次回眸远望时，广袤无垠，空旷无边的原野中，再也寻觅不到那伟岸的身影，再也看不到那慈祥的笑容，仅有的只是那淅沥的雨还在轻轻地飘落着。一场秋水长天的诀别，怎会留下这么多的不舍与断魂？怆然涕下的泪花，和着雨的浸入，轻诉着日思夜想的心碎。看残红碾，捡拾起一枚枯黄成殇的孤叶，卿形袅袅，它仿佛在为此情此景吟诵着一首哭泣的霹雳晴天离歌。

　　冰冷的雨，淡漠了微凉的风，独占了一席秋色。悲喜无凭，薄凉的时光里，始终在渴求温馨的曾经。离合无据，且将过往的一切美好独守。世事无常，深藏一笺心墨，感慨季节带来的凉意与沉浸在内心的怅惘。雾霭弥漫，心事飘忽，只影错错，别后时光，埋下了昔日的种种遗憾，能言的伤，只是心牢里剪不断理还乱的愁绪，无言的伤，才是撕心裂肺的疼。时光，虽说会让一切归零，但，有些伤，早已根深蒂固。不是所有的花事都可以圆满，也不是所有的风景都会在沉睡中忘记。醒来时，那一切的一切，还是会清晰地落入眼帘。是的，时光留下的诸多对错结局，无不印证了你生前的高瞻远瞩。遗憾的是，自以为是的骄性驱使，让自己背离了你临终的千叮万嘱，沉迷于天马行空中，看不清尘世的虚实，辨不出善恶的真假。当忏悔的泪和雨交集从脸颊滑落时，才体味出不止有刺热，还有冰凉与残酷。此刻，不想用忏悔来释怀遗憾，因为，忏悔填补的疼痛，远比遗憾更让人无地自容。

聆听，荒草丛生的湿地里，那摇曳的泪雨黄花，在风吼中无所畏惧地迎击肆虐，此种精神，于人，那是一种无言的鞭策，更是一种无语的激荡。落叶知秋，为什么西行一年，连一个梦都不愿给我呢？我知道天堂的你在恨我，恨我在河之南，一意孤行而迷途不返的乱情，不然，你早就到我梦里来了。父亲，浮萍无根，转眼半生，有些东西，若打进了骨髓，便会成为一生永不磨灭的印记烙在灵魂的深处，比如感情、信仰，甚至是一种习惯。有些人和事，锁在骨髓里不言不语，总要历经沉淀，才能品出个中的真实滋味。风悄悄地来，雨浅浅地至，透过点点滴滴往事汇成的画面，充盈了无奈与遗憾的苍白！允我，轻曳一秋拾荒，缄默些许苍凉的凝聚吧！

雨，淅淅沥沥一直在缠绵不断地下着，溅起的层层气雾，簇拥了昼与夜渐渐地交融。天际蒙蒙，烟雨了荒山野岭的一腔秋绪。世道是愁，亡我发绳秩序的伤愁，是一个个秋与一颗心愁字的凋零。怎一个凋零了得？当一切漠然成为过去，一切回忆慢慢地沁润到心扉，是否，于静静的寒夜或绵绵的雨夜，共听凄秋的声音，轻轻地或悄悄地挥洒尽流光的沙漏？风，无声来，又无声而去，又有一些枯叶落下，带着一丝的不舍徘徊在原地。人啊人！是起风的日子，就应学会跟风起舞，落雨的刹那，就当学会撑一把伞，面对自己，正视前行。

一炷香尽，跪拜起身离，三步一回头，父子就此别。云上天，任风起，来也匆匆，去也匆匆，心伤两眼迷。笛箫咽，湿青眸，迷幻天浮星光寒，我父自安息。

望父灯火阑珊处，岁月黄土的尘沙掩埋不了曾经的所有，深信，父爱如山的恩泽，依旧会在青山落叶中深情地呼吸！依然会在默默无闻中佑我成长！

中年无怨

蓦然发现，对时下流行事物接受起来越来越缓慢艰难，几个朋友一起聚会总爱回忆儿时那些逝去的光年。最近更是经常接到初中、高中联络开同学会的邀请函，走在市局、分局和单位的各个部门工作办事，忽然发现，职务未变但别人对你多了一点略带怜悯的尊重感，单位里不知从哪儿冒出这么多的新面孔，昂首挺胸从自己身旁走过。曾经寻也寻不到的白发也不知道从哪儿蹿出来，拔过几次之后开始放任不管。

我知道，步入中年，终于在不甘心中承认：自己不再年轻。最能感受时光流逝的是同学聚会。曾经那个"激扬文字"的才子同桌，早就没有了"粪土当年万户侯"的雄心，在按部就班的生活中诠释着平庸和平淡；发誓要如何如何扫遍天下的师兄，早已俯首于柴米油盐，在公司和茶水中打发着平凡；大家曾经心仪暗恋过的女生，也和每天在街上遇见的匆匆忙忙买菜送孩子跳坝坝舞的女人别无二般，那些让各位记忆犹新的校花校草，而今也流露出和蔼亲切，傲气不再。

不知从什么时候起，一直让自己很自信的身体也开始不争气起来，上楼不再一口气跑到顶了，即使一步一步慢慢地拾级而上，到了目的地，心脏也不能再平稳而是快速颤抖乱跳。天还不怎么冷就早早换上冬装，想想当年一条单裤可以过冬，时光恍惚如隔世了。中年的身体，像是家里最常用的陶瓷，每一天不得不用，却禁不起一点磕磕碰碰，每个人都活得小心翼翼、颤颤巍巍了。

对自己已经不再有梦，无一例外，把梦都做在了自己孩子的身上。唉，中年的日子偏偏过得好像快多了，发现远不是想象的那么不惑逍遥，上有身体衰弱的老父老母，下有顽皮青春的儿女，还有自己进也难退也不易的工作。尽管身心疲惫，但不敢停下来休息片刻，趁擦汗时抬头望天的时间，转眼又是一年！

啊，或许最无奈是中年，最有滋味的也是中年。不像少年那样懵懂，不像青年那样冲动，也不像老年那样衰弱……正是金子一样的时光呀！日子一天一天，与其感叹岁月无情，不如坦然享受时间带给自己的一切：欢快、愁苦、遗憾、劳累、轻松。这些都不管，只要是岁月赐予我的，每天我都会珍惜无怨颐养天年！

书房来客

新书房还没装修好，却来了一群客人，把巢穴建造在阳台榻榻米上方的横梁中。装修师傅说这些小精灵能到此安家，代表吉祥，是一种好兆头。不过，如果现在不干涉，这些小家伙就会越来越多，蜂巢就会越筑越大，一个月便会迅速膨胀成小背包样，到时可惹不起！现在还没成气候，毁了还来得及。

读过庄子《齐物论》和屠格涅夫珍爱生命散文的我，连赶走它们都舍不得，更不会去摧毁了。然而，眼见每时每刻逐渐变大的蜂巢，又生出不少烦恼。我站在一个自认为安全距离的地方，看着蜂窝一天天变大，有时候还特意逗它们玩。只要我振动房梁，它们就会飞出一大帮，四周查看一番，有几只还勇敢地飞到空中巡视，直到认为没有什么威胁，才放心钻回巢里。蜂窝渐渐修筑成一个被囊袋，厚而牢固，目的也许只是为了过冬保暖吧？在我的心里，懒得去搞懂蜜蜂和马蜂的区别，只知道，它们都是会采花酿蜜的、都是很勤劳的。

既然"吉祥"，干吗不能像对待燕子一样来对待它们呢？但知晓的人都警告我，说它们日后会十分危险，嘱咐我早下手，免得做大做强之后危险徒增，悔之晚矣。

总之，我怀着好奇和敬畏之心，认真观看着这些个头超过一般蜜蜂、长有"老虎头"般花纹，在蜂巢中忙来忙去的小生灵，似乎感悟到了什么。它们就像统一着装的威武士兵，坚守自己的岗位。为了共同的目标，不分彼此，不用监督，没有偷懒，每一天周而复始采回食物，一点点修筑自己的房屋，太神奇了。我委婉赶走它们几次，结果不用一天工夫就完全恢复了，看不到一点气馁和放弃。

我仰慕它们拥挤一处和睦相处，秩序井然，更欣赏它们一致对外，敢于战斗的勇气！大自然赐予小小马蜂的勤劳品质和团队精神，值得我学习。

但是，禁不住邻里的劝阻，说你再仁慈我们就动手了！一天夜里，我不得不用编织口袋摘下蜂巢，开车送到龙泉山上的小树林里。对着曾经给我启迪的蜂巢，我为自己迫不得已摧毁它们的家园而感到歉意。

失必得

在书房外的花园放一张漂亮的石桌石凳，盛夏里纳凉喝茶，下棋聊天，小女儿写作业；冬天摆放多肉或者兰草；秋天放一盆绣球花；春天上一株君子兰。石桌正对有一架葡萄，几株金弹子，小盆景，院景灯；右边院墙瀑布一样的多肉植物，四季常青的蒲草、栀子花、大叶楠；左边透过纱窗隐隐约约的书桌、书橱自成景象……房内看书写字，房外闲坐观景，好不惬意。

由于书房外面的小花园，四分之三做成了玻璃盖顶的阳光房，夏日太阳照射，用实木桌椅不适合。对于此布局，妻是不赞同的，她认为一楼有高档整木条桌，二楼儿女房间已经分别安放有书橱书桌，三楼主卧有隔断书房"朝露轩"，紧邻卧室又是独立大书房，其间都设有优质良木大书桌，还要再弄一个石头桌，有些不太理解。她原想安置一架秋千……

我这个人啊！有时候有点武断。只要有机缘，喜欢即想拥有。这天碰巧和做石材生意的朋友在一起，恰好又发现了一副喜欢的油石椭圆桌，于是三下两下运回家中。又有一做木材的朋友叫来四名搬运工，我是左叮嘱右吩咐上楼时千万不能弄坏我的实木梯步，还特意在每人已经讲好价的基础上多出六分之一的工钱，结果还是被他们碰坏十块梯步，还弄花了我的墙面……妻子生气一天一夜没有理我，我也心疼得一宿没有睡着。

我这爱即拥有的坏毛病，是得改改。然，我还有我的逻辑：天底下，喜欢不一定就会去爱，爱的却一定是自己所喜欢的；爱上了，又能得到的，必定有缘；在得到此爱中，失去了彼爱……为什么？不能两全？难道这就是"得与失"的辩证？得到中即是失去中，失去的时候即是开始得到的时候。我得到了我喜爱的石头，却损坏了另外一个拥有的木头。天地间，万事万物充斥着佛性，洋溢着禅悟……妻子有怨意，我自己也有悔心，然而却回不去当初。因为历史总要向前走,人也总生活在矛盾之中,一切皆有因果,也是天意。懂了,就释然!有得有失,自然规律,患得患失,闷闷不乐!何苦呢!

或许,今天的坏事,明儿就变成了好处!失即得,新收获!

与玉无缘

终于与玉无缘。幼儿时祖辈无玉相传,少年时以玉臭美,夜摊上买了个实为塑料的假货,青年购玉婚配,分手后,自然踪无。中年深信玉养年颜,或许是取玉的天时地利人不和,在云南、上海旅游出差途中,购得耀亮佩玉,可恨的鉴定机构与卖玉商沆瀣一气,始终不得真玉。

今年某月的一天,偶识一位同行的退休老哥,感觉他对玉器研究颇深。某日在某古镇古玩商手上淘得一块水金之玉壶,红线相携,日日不离身,甚是欢喜。识玉老哥抬爱我的文笔,私下喝茶聊天数次,结下情谊。为报相遇相识之恩,一日非要赠送小女一枚据称民国时期的古玉佩,说是能滋佑小女贵人一路。没有付出对等价值的我,内心惶恐老不安宁。千恩万谢后,满怀美好期许和心愿,迫不及待挂在女儿小脖子上,早晚都给她重复如催眠语:这东西是个宝贝儿,一定爱护珍惜,不能这样那样,可能玉碎!小女儿似懂非懂也似珍惜,每晚睡觉前,必轻轻从脖上取下,小心翼翼置于枕头边,有时边玩耍还边自言自语"这个是我的宝贝"。见我躺卧看书、看手机时就爬到我身上,将我的水金玉壶顽皮地取过去,放在她手中翻来覆去摆弄对比。我们全家人对玉真是视如宝贝,不容置疑。更重要的是全家也相信这两块宝贝玉器,一定会滋养护佑我们,将来是要传家继承的……

一周两周悄然而去,某一日黄昏,我在外陪文友海阔高论的时候,收到妻子一条信息:"你们的宝贝,现在锤子啰。"正纳闷她为何爆此粗口,她又附一张女儿摔断成两截的图片发来(又一周后才知道,被朋友小女儿摔坏)!捶胸顿足之后,也没有过问经过,反而安慰起她说,不要责备女儿,以后咱重新买一块更加宝贝儿的。巧合的事情发生在一周内,我的水金玉壶被我不小心掉落水泥地上,将一边壶耳摔碎破线,着实让我心隐痛了一整天。晚上回家也没做声告诉妻女,而是将女儿的破玉和自己的水金玉壶反反复复端详细看，结果发现它们的内部结构十分粗糙，外面的光鲜色泽有些人工手脚……我是外行啊！居然看出如此端倪，不知不觉，心已经开始复原，不再有痛觉感！

玉的种类繁多！不一定是玉就是好东西！玉分种类，更需要分品质，上等的玉是无价的，更是可遇而不可求的，讲缘分啊！

在心里，一直都在告诫自己，诸如玉石古董之类的东西，既无经济基础，又不精通，一定要保持理性，远观而不近玩焉！喜欢归喜欢吧！

从小至今的经历告诉我，终于是玉与我无缘！既然前半生与玉无缘，日后余生，那就不再纠结，不强求，随缘啦！其实，一个人一生中，不光是在玉这样的事情上如此，许多事情都是这样，有缘要珍惜，无缘不强求，自然而然，一切随缘！

来了两只兔宝宝

小女儿喜欢小白兔，在我耳边已哀求过数遍。市场角落铁笼子里有无数待人宰杀的，都是成年大兔。带着女儿买菜时，她总是要挤到铁笼边，拿出新鲜的菜叶，从铁笼缝隙中伸进去，放到她仍然称呼的"小白兔"嘴边，触碰它的胡须，静静看着它一点点拉扯卷吃手中菜叶的样子，十分满足，甚是开心，叫几次，才转身不舍地牵着我的手离开。

回到家竟又坦露想养只小白兔的心愿。怎么说呢？城市里的集市是很少有人买小兔子的，我就告诉她，有时间去乡镇赶场时，一定要买两只回来，反正花园场地大，有的是地方给小兔子安家。她嘟嘟嘴说："骗人！为什么刚才买菜的地方笼子里有兔子不买，偏要去乡下买呢？"我笑着引正她心目中"小白兔"的概念说："我们应该喂养的是'小小白兔'，刚刚铁笼子里的是大白兔，'小小白兔'就是它们生的小娃娃。"女儿望着我说："知道了，是它们的宝宝。"看着满脸呆萌的她……我打住话，不知所措，不敢再往下讲了。

之后一天，我又带着女儿去附近的菜市场买菜。她主动提出，让我陪她一起去看看兔爸爸兔妈妈，却正见一个满脸横肉的中年男人，左手倒提着大白兔的两只后腿，右手拿起铁刀，熟练翻转，用刀背恶狠狠地猛敲白兔后脑勺，顿见它微微身颤哀鸣后，口鼻耳朵渗血，被迅速扔到地上，白毛顿时渐成殷红。中年男人转身又将手伸进铁笼抓捕……我赶紧蹲下身子抱起女儿逃离兔店，逃离市场……余光中的女儿，眼睛红红，泪光闪闪，像傻了一般。

此后，每次去菜市场买菜，只要女儿在，我总是刻意绕避开那家杀兔子的店。奇怪的是，女儿也不再提出去看小白兔的事情了！而我却始终也没忘记，女儿曾经想要喂养一只小白兔的心愿。

前日回乡下，帮岳母打理果树，顺便带回来了一对出生足月的小白兔，用纸箱装在车后座，运着一起到幼儿园门口接她放学。原想会是个惊喜，女儿上车后，却平静地问我："它从哪里来？我可以摸它吗？兔宝宝会晕车吗？兔爸爸兔妈妈呢？它们想爸爸妈妈怎么办？……"

面对女儿的一串问话，我答非所问：我们一定要好好把它们养大，不伤害它们，让它们做爸爸妈妈，生一堆宝宝，在我家的花园里自由生活肆意奔跑玩耍……"好嘞！好嘞！"女儿雀跃地拍打着小手，整个车厢溢满幸福欢乐的味道！

回到家，我们把兔宝宝安顿在有亭台、假山、菜园、果树、玫瑰花和小桥流水的大花园右边1.6米长的大笼屋子，与小泰迪做邻居。乐得小泰迪围着小白兔摇头晃脑，汪汪欢叫。

第二天清晨，女儿一反往常，第一个起床，不断地提醒我们，吵着要去山上给小白兔摘兔儿草。于是，我们仨找筐提袋，下楼驱动汽车，向远处的龙泉山进发。这阵势，得把整座山的青草搬回来不可！

"小王子"泰迪

十年前，因为儿子的喜爱，饲养了一条小比熊，中途夭折，不得善终。打那之后，特别是对养狗心有余悸。我们这一大家子，几乎人人都是慈悲为怀，心地善良，连只蚂蚁也不愿踏死的人。那种朝夕相见，日久生情之后，又突然失去的心理，着实有些莫名空痛，很长时间沉浸其中，走不出来。

两个多月前，无意间路过，看到好兄弟的修理铺里，摇摇滚滚窜出三五只黑黑的小奶狗在脚前，肉滚滚儿，互相抓头咬尾，满地撒欢，特别可爱。不由得随口吐露想收养一只的心愿。说者无意，听者有心。兄弟就是兄弟，事过不久的有一天，朋友打来电话说，小东西已满40天，抽空过去抱它回家。得到消息，我心花怒放。我决定要给小女儿一个惊喜。下班时候去到了朋友店上，他指着狗窝里还在吃奶、一堆小狗中体型最好、个头最大、全身没有一根杂毛、小脖子上系着布条的一只泰迪说："哥哥，俗话说一窝生下五只及五只以上的狗儿子，它们当中必有一只最霸道优秀的狗王，通过这么久的观察，我认定就是这只，我特地做下记号，就送给你了！"抱着狗王子，我心头一热，陈足兵兄弟对我的情谊岂止是送狗王子的好，好多好多的感激都于无声处，永远存留胸口。

果然，放学的女儿上车一看见小东西，伸手就抱到怀里，喜欢得不行，根本不听在旁边不断规劝她说狗没洗澡、身上有细菌的我们的话。回到家中把它安顿在花园木房"镔怡亭"，用我的一件棉绒上衣、一只纸箱盒为"王子殿下"做了一个王宫。女儿把自己的一些塑料鱼、塑料铃铛玩具也拿了出来放在它面前，我还到超市里买特制幼犬食，美妈上网店挑选羊奶粉……我们仨每天最开心的一件事情就是在我们吃饭的时候用开水泡发狗食，再搭配羊奶粉放到一旁，等我们就完餐，狗粮温度也正好适宜，再等美妈收拾完碗筷，女儿带头，我们一起上花园木房喂养它。每当这个时候，小王子总是可怜兮兮，隔着玻璃坐在门口等我们。小王子看见女儿首先不是去吃东西，而是屁颠屁颠跟着跑来跑去，然后又跑到我的脚边，摇头摆尾，亲亲跳跳，生怕我们马上就又离开它了。因为它太幼小，也因为它还没打过各种防疫针药，还因为我们内心潜意识仍然嫌它脏，才把它限制在楼上一定范围内，甚至不准它下楼半步……就这样，小王子每天大部分时间都是独自在楼上将女儿给的玩具衔来衔去，将花园地里的枯草拉到门口堆积起来玩耍。就在头几天，我才隐隐约约感觉心里过不去，它不是一般的土狗呀，既然是宠物狗，那么我又宠了它几分呢？泰迪狗是一种智商能达到三岁小孩的宠物，需要狗主人宠它爱它，我们家这种漫不经心的喂养方式确实委屈它了。星期天，我特意带着小王子到位于成洛大道西南食品城毗邻的宠物店洗澡、剪毛、收拾打扮，到宠物医院打预防针，到宠物市场添置了一套新衣服、新狗房、厕所、消毒水之类的用品，还认认真真带着它喝茶，陪着它一天……决心要好好宠它，不再冷落不再亏待它。

从外面回家之后，我把小王子安置到小时候就特别喜欢狗的儿子的房间。

担心它随地大小便，我专门把它的专用厕所里喷上了诱导剂，结果不到一个小时，它撒了一地的狗尿在地板上，让我心中十分不爽，重生厌恶，便又把它送回楼上，回归之前的状态。

今天早上，为赶时间，匆匆喂了食，就离开了家。晚上九点钟左右，美妈打来电话说，小王子掉进水池淹死了。十年前的同样心痛，再次袭来，让我情绪低落谷底，洐生出来好多懊悔意与自责！……我为什么要把它安放在房顶？为什么不把两道花园门打开，让它自由畅通活动？为什么没考虑到水池不安全？我竟如此宠爱它的吗？我究竟配不配饲养它？……如此，触痛灵魂的拷问，使人像失去亲人一般难受痛苦！"八哥"舍我而去，它毕竟归了树林，拥有了更广阔的天地。而小泰迪饥饿难耐，为了抓水池里的鱼吃，丧失了生命……强行收养却不能对它好的人，又有什么样的责任？换一个人宠养它，或许小王子不至于这般下场吧！我真后悔，那一天，有一个哥哥对我说的一句话：他说看见我们像土狗一样养它，他心痛！还说假如有一天，不想养它时，就告诉他一声，他愿意续养爱它……早知如此，当初我真应该把小王子送到这个爱它的哥哥家去饲养，想它了就去看它陪它，不喜欢它了也不担心没人管……这人情！这狗情！还有失落的心情，或许才不是虚情啊！？

唉！十年前，十年后，场景如此同境，结果如此雷同！人还是如此多情！心却不容易那么快复原！在人与动物这块，实在是该好好反省自己了！叶公好龙，虚情假意，只索取不珍惜……任何美好事物都难长久啊！

以后在喂养宠物之前，先方方面面评估一下，再也不能随意对待生命了！哪怕只是一条狗！

放　生

每次到石经寺去拜访大师，我都要绕行偏殿，特意路过"放生池"。

新年第一天，数不清的善男信女，一拨接一拨，个个虔诚严肃：提着各种颜色的桶，端起不同大小的盆，一桶又一桶，一盆接一盆，往池子里倾倒鱼鳝龟虾，谓之放生。

在经房听完大师傅诵经后，我一个人来到寺半山的"放生池"。盘坐石阶，外表平静，内心沸腾……

人啊，最熟悉的莫过于自己，最陌生的也莫过于自己；最亲近的是自己，最疏远的也是自己。人最大的愚蠢就是以灵魂下跪的方式去成就别人，委屈了自己，伤害了自己，也摧残了对方，活生生一个烂好人。

你一定也看到过有太多人去放生，但是，放过自己的人，很少；人有两只眼睛看世间、看万物，就是看不到自己。能看到别人过失，却看不到自己的缺点；能看到别人的贪欲，却看不到自己的吝啬；能看得到别人的邪奸，却看不到自己的愚痴。人最大的可怜是不知道反省自己！

世界上没有什么过不去，只有自己和自己过不去。不和自己生气，不和身边的人生气，不去执着于过去，不担心未来，放下执着，纯化心念，回归清净无染的内心，诸恶莫作，众善奉行，利益众生，始得善报。

放过自己，才是终极的放生。一切痛苦烦恼，都是自造自找的，一切善果善报，都是天赐天偿的。人生本无坎，一切过不去的坎，都是自己和自己过不去。人心本自由，一切束缚障碍，都是自己给自己下的套。放过自己，才是终极的放生。

或许，你早听过这个故事：一位禅师喜爱兰花，种了许多名贵的品种，平日讲经说法之余，他总是悉心照顾兰花，爱之如命。有一天，禅师要外出云游一段时间，临行前交代弟子要好好照顾兰花。谁知，有一名弟子浇水时不小心把兰花架绊倒了，花盆全都跌碎，兰花散落一地。弟子吓坏了，心想：师父回来看到心爱的兰花这番景象，不知道要多生气？禅师回来后，弟子立刻跪在他面前，请求责罚。没想到，禅师一点也没有生气，温和地安慰弟子说："我养兰花，不是为了生气的。"

常言道："世上本无事，庸人自扰之。"看开一些，心就没那么累了。不以物喜，不以己悲。得失随缘，随遇而安，生活便会云淡风轻。放过自己，属于你的，谁也抢不走，不是你的，争来也无用。拿得起，就要能放得下。

曾看过这样四句非常有灵性的话：无论你遇见谁，他都是对的人；无论发生什么事，那都是唯一会发生的事；不管事情开始于哪个时刻，都是对的时刻；已经结束的，就已经结束了。

人到了一定年龄，总要有一笑了之的胸怀和看淡得失的心态。这不是冷漠，也不是玩世不恭，而是对他人的理解，对放手的释怀，更是解脱羁绊的智慧。

命里有时终须有，命里无时莫强求。你只管努力，其他的自有定数。抛下欲望的负累，放下生活的苦累，学会适时放过自己。

尽人事，听天命，一切就是最好的安排，放过自己，是世上最顶级的放生！

今日起，此刻站在"放生池"的我，也为自己放了回生！

心中的呼唤

几个月前的一天，回家看望母亲的时候，她轻描淡写地提及一件事：说自己找到了一家专门做老年人爱心公益的机构，每天免费享用素食午餐，随来随去，比较方便，以后你就不用再担心我吃饭的事情啦。先前听她过说附近社区开展了一个十元钱的日照餐，就是政府为了方便家中无人照顾的老年人搞的惠民活动，不知道什么原因没有坚持下来，所以这一次我也没有太在意母亲谈及的话题。对于长期依赖父亲、不擅于厨艺的母亲，我也就应付地回应道："只要开心就行。"

重阳节这天，应邀与《边城》、也是全国第一家乡镇报刊《五凤溪报》的编辑李刚明老师学习面谈，正好路过岳父母家，按妻子吩咐去取点红薯、地瓜回家吃。看见岳父母在地里忙上忙下年迈的身影，顿生怜悯之心，连忙拿过他们手中的锄头，自己在土里挖起红薯……本来要赶回去接女儿放学的我，决定留下来吃晚饭，多陪陪二老。说实话，过去总是来去匆匆，回到妻子的娘家，老嫌乡下鸡鸭横飞，环境脏乱差，一般都当大老爷们，躲在相对清静的楼上卧室看书、玩手机打发时间。每次吃完饭，行过礼数便催促妻儿回城。这一天我才感觉，我和岳父母那么亲，那么近，却又那么远……

重阳节这天，我却忘记了，给自己的母亲打电话……

周五值完 24 小时的班，周六早上交班后，赶紧给母亲打电话说：我要陪她去爱心家园吃饭。带上小女儿，我把一脸诧异的母亲接上车，一路上都在问她，前方的路怎么走？经过了两条街，我心事重重，母亲却一改先前的满脸茫然……在她的指引下，我们走进了商业街一栋五层楼房的电梯，上到了标有"雨花敬老"字样的五楼，来到一个"L"形结构、中式木格卡座、摆设偏中式的大厅。"欢迎回家!"一迈进大门,就看见几名身着米黄色背心的志愿者鞠躬致礼。

一进去后,母亲好像忘记了与她一同来的我和小女儿,消失在人群中。女儿也似一条落水的小泥鳅,在一群老爷爷、老奶奶堆里钻来钻去。我生怕她碰撞着满屋子的老人,赶紧边追捉、边语言召唤她,结果无用。你越如此,她就越起劲儿,索性给她自由,放任不管了。这时候,我便开始在人群中寻找母亲的影子。她站在老人们中间像个小学生,正在志愿者的带领下做保健操。做完操,唱儿歌、唱红歌、朗诵感恩的诗词……人群中的母亲是那么开心、那么快乐!

望着这群开心活泼的老年人,再看看在他们身边活蹦乱跳的小女儿……我的眼睛湿润了——突然感到,他们返老还童啦,像一群幼儿园大班的孩子啊!我们长大了,我们的父母却老了,我们这些做儿女的都离开他们了,各自都有一个温馨家庭了……而我们可能都在为了工作、生活、前程,各自忙碌着……可能真的是忙啊!

但愿,我们只是暂时忘记关心我们的父母了!今天的他们,明天的我们啊!

在家里,那么丰盛的饭菜,我都没有看见母亲吃得这么香、这么甜;在这里,母亲又跳又唱,还朗诵诗词……为什么,在家里的母亲不一样呢?

看着母亲排队添饭菜,看着母亲手捧豆芽、芋头、凉粉三合一的大碗素饭菜,吃得是那么投入、那么香甜,我的眼泪簌簌不断……感恩雨花机构给我上了一课,感恩雨花机构替我行了孝道。我们这些父母生父母养的儿女们,该好好反省了。

永无过往

这周最划算,两月一次的"黄金班"(周四值班,周五补休连周末,一下三天假),外出的想法蠢蠢欲动。结果周五下午四点接女儿放学,周六早上去了趟五凤乡下,下午在洛带林老师创作室待了一个多小时,又到新房装修现场指指点点,回到家中已暮色。本该睡到自然醒,晚上女儿突然发烧,怪不得这几天都没有食欲。周日一大早，抱起似睡非睡的女儿就往医院赶，到了医院大厅排队取号后，再到诊室门外排队候诊。大概是时间还早，诊断室里还没有医生的影子。美妈和几个看起来急性子的家长，手拿挂号单守在诊室门口，有的牵着小孩子在走廊里走来走去，有的不厌其烦地哄慰着怀中的幼儿，大家忧心忡忡、满脸焦虑。而我自感女儿只是低烧，应该没有大碍，还没有到医生上班时间，不是紧急状况，别人也要休息也有家庭，何况周末。想着这些，或许同有职业怜悯感，抑或是心理咨询修养出了的宽容心、理解力吧，我却平静等待。提到这点，不得不说一下心理咨询方面的话题。从2008年接触心理学以来，头八年学习的劲头之足，然后进入了平缓期，到目前和法律知识一样基本上成了被动学习期啦。

近几年，学习时间不再像过去那样有计划、有安排，尽是东一榔头，西一棒槌，虽有些远期目标，却缺少近期计划，就像锻炼身体一样，没有坚持的执行力啊！写作方面，也是周记、月写，几乎没有坚持下来。阅读书籍更是羞于启口。年初雄心勃勃，花了上万元参加了线上英语、学位学习，断断续续，收益不佳，主要还是个人自身的原因。居然拿出四个月的工资来报名学习，目前这个状态，我都有点埋怨我自己，心痛我一年那三分之一的工资，完全可以购买一件像样的家具了，买了家具还可以朝夕相对，收藏传家。不知为什么，如今学习就那么难以专注，感觉再也没有以前那种精力了，莫非真的老了？

时光飞逝，如今的时间比过去的时间过得要快多了，常常感觉没有做点什么事，一天、一月、一年就飞快过去了。学习心理学的收获就是让我学会了原谅别人、原谅自己、原谅过往。不知道这是消极还是积极，但我敢肯定地说积极占主要作用。过去的，后悔也无力追回，明天要如何如何的这种说辞，要尽量少为。最现实、最珍贵、最该抓紧的就是今天，最好是此时此刻就开始重视，过一分钟，你就再也追不回逝去的六十秒。珍惜眼下，过好每一天的每一秒，才是亘古不变的真理。不要去浪费时间，追悔过往，亦失过往，已无过往、永失过往、永无过往……

把握住今天，才能对得住过往。

写给儿子的离愁别绪

　　思念儿子的情愫，从与他转身背道远走时开始渐渐升腾。回到家里走进儿子空荡荡的房间，整个离愁别绪狂噬我心。

　　此刻静静地反刍儿子与我的关系，简直就是一对矛盾的两面体，爱得那样深，恨得如此切！儿啊！你狂风暴雨般的青春期，几乎摧毁了我对你所有的美好预期，搞得我似霜打的茄子，飓风虐折过后的残枝败柳，一副蔫蔫儿、无精打采的景象。

　　我们这对冤家父子，究竟是我欠你前世，还是你欠我今生？为什么？我的每句话你都必顶撞！为什么？初中二年级开始，不再信任父亲，手机成为你的最亲，以至于懈怠了理想，放任中考，学习随意，生活萎靡，一切都变得漫不经心……和你交流不了两句话，你就不耐烦，越说你越反着做！一言不合，你就撂挑子、使性子，连书本都不摸了。没见过你这样子拿自己人生前途来和自己父母叛逆对抗的，不满现状，就应该努力进取，使劲改变啊！你倒好，自断生路，自毁前程！你是在打击爱你的父母亲人，还是自残人生？

　　过去，你确实做得不对！尽管，你的爸爸和你的爷爷在你这个年龄段，也有过比你过之不及的青春逆反，但我始终是以不放弃学业为根本，任何时候都不会放下手中书本。和爷爷作对的前提，就是用学习成绩来说话。只要学习好了，大人就不会针对你了，还会向你妥协，按你的想法要求满足你，这样你的许多问题不就解决了？

　　小子，才不是你一副死猪不怕开水烫，硬把皇帝拉下马的样子。把你惹毛了，干脆不学习、干脆关门睡大觉，今天跟妈妈吵架发脾气，明天又跟爸爸顶撞生气，要不，干脆躲到一个安静的地方，不吃不喝，有机会耍一会儿手机就忘记一会儿烦恼，还出口成"脏"，惹得身边的人一个个都看不起你，当然也就不会给你好脸色啦。你想想，是不是这样子的呢？

　　儿子，今天开始你就是一名高中生了，过去古代考上高中，相当于秀才啦。你该放下大部分情绪，静心读书考大学了，不要再把时间浪费在那些没有意义的事情上面。记住，今天的一切结果，都是因为你昨天的行为造成的。

所以，越觉得委屈、艰苦、不满意，那么就应该立马振作起来，努力、拼搏，勇敢地迎难而上，去挣扎，去改变，去创新！这才是唯一正确的真理、出路啊！我聪明的儿子！

我们父子不应该是猫和老鼠的关系，也不该是两只见面就要斗的雄鸡。过去，爸爸有很多不对的地方，那是因为你承载了我们家庭太多、太大的希望和理想。压力大未必不是一件好事呀！聪明向上的人，把压力当动力，时时刻刻用来激励鞭策自己。或许，你不太适应这种方式，我错了！今后，我不再使用如此方式。还是你自己探索吧！我觉得，迅速把心思静下来，全心全意把所有精力放在学业上，集中到每门功课，一点一滴，一步一个脚印，踏踏实实地把每一页书本知识积淀于胸，在每一次考试中，厚积薄发，运筹帷幄，所向披靡。

今天，爸爸数落那些过去的不好，不是旧事重提，只是一种反思和知耻后勇的总结，望你有则改之，无则加勉。爸爸想真心和你搞好关系，我们都共同努力，彼此成长，好吗？

儿子，从离别那一刻起，爸爸已经开始想你了。过去，尽管我们相处得不太愉快，一副不相见不相烦的样子，但是，你还在我的身边不远，总觉得还能有所把控，至少，呼来唤去还比较方便，即便，你成天把自己关在房间里，那种近在咫尺的感觉，犹在。所以，才不会想念，如今，你相隔百公里，跨城市求学，你好多不会照顾自己、几乎不会良好生活、吃饭穿衣都要人提醒的坏习惯，让我怎么放得下心呢！在外人面前，我说得相当硬气，说你是一个男子汉，就是要磨砺，不管！内心深处我还是有些焦躁不安，真希望你是爸爸心中的真正男子汉！利用高中三年在各个方面都成长成熟起来——学习好、身体好、人帅气、人缘好！同学拥戴、老师喜欢。

儿子，离开我的第一个夜晚，不知你有何感想？以前，我们每天都可以看见，现在，一个月才能看见一次啦。三年后，一个学期才在一起，再以后，不知道你去哪一座城市工作，那时候，一年见一次，当你娶妻生子，或许，多年才能见一次……近啦，近啦，一切不再久远，一晃眼相见难，别亦难！一下想起我的爸爸，你的爷爷，不由得泪儿涟涟，心儿酸酸。

打住了！收敛了！纸短情长，下次叙谈！愿儿美梦，愿儿安！

十月，我的痛

时光好快，不知不觉父亲离开我们整整四个年头了，就在国庆陪母亲过节的时候，她还提起父亲的忌日，尽管外表平静，内心却隐隐作痛，我何尝不知道啊！每到十月国庆节，心里就暗长着一种异样、莫名割舍恐慌的痛……情不自禁会把时光倒回2017年，从1号、2号、3号……一直到15号。每向前过一天，心疼和不舍就会加剧，忏悔和疚愧与日倍增，揪割撕扯心肺的感觉昼夜分明。为什么？父亲就要走了，永远离开的时候，我却没有一丝感觉？没有去多陪他一分钟？我是长子啊！为什么却没有和他交流过日后该如何安排？

今天中午在整理空间文字的时候，无意中看见小弟弟文智阅读过关于父亲离开的文章。我也不由自主地将《父亲，我想您》《沉默心痛的日子》《追忆父亲》《送别父亲》这几篇他看过的文字，重新过目了一遍。思父念父、内疚自责，所有爱怨情感化作泪流，像决了堤的洪水狂崩溃下……哭完过后，我拿起笔开始书写文字。

昨天寒露，今天手脚便开始冰凉。智慧的炎黄子孙，对自然物候划分得如此科学合理，让人不得不对我们伟大祖国的文化充满自信。父亲啊！您走后的这几年，国家成功召开了十九大、二十大；您曾经工作过的凉山彝族自治州普格县，所有乡镇已经全部脱贫；中国共产党带领全国人民成功控制住了千年不遇的新冠疫情；您关心的国际形势和台湾问题，随着我们国家日益强盛，祖国统一只是个时间问题；其他想抵制敌视我国发展的国家，这些统统都不是什么问题，相信不用多久一切都会迎刃而解。而我们的家里，母亲身体尚好，经常出门参加感恩活动，我们姊妹家庭和睦，工作也顺利。今年您的幺儿子还当上了大公司的总经理，二弟准备提前退休，过自己想要过的生活，我和妹妹还想在岗位上再多干几年。我们几姊妹经常带母亲出门旅游观光，您的几个孙儿孙女们都健康活泼，正在努力学习，您的鸽子已经孵出来两代小鸽子，母亲每天都给它们打扫清理，把它们喂养得很仔细。家里一切都好，今年阳光城的新房子，已经装修好，年前我就搬进来住了，父亲，您放心吧！

父亲，您在天堂可好？现在，我们什么都不缺，什么都好！就是没有"父亲"叫我们了！我还是想不明白，您为什么要离开我们那么早？您还没有看见您的孙子接媳妇啊?！您也还没有瞅见您的孙女穿上婚纱的时候是什么样子?！您的老伙计还想和您去鱼塘钓鱼，刚孵出来的小信鸽还等您回来喂它们食啊！……您怎么连招呼都没有打，就走了呢？父亲，儿想您啊！四年啦，如今，您的影像却是那样遥远、缥缈，靠不近了！

父亲，天凉了！您在那边要把您的爸爸妈妈陪好！我们可能要春节才能有时间来看望您和爷爷奶奶啦！

父亲，您让十月，成为我们全家的痛月了啊！永远的痛啊！父亲！

回乡寻父影

十一月的惊喜就是因办理一起伤害案到西昌、布拖、普格出差。掐指一算，至少十年没有回过承载我中学期间宝贵时光的地方。自从父亲去世后，这个记录我伟大父亲40年，镶满慈父足迹，让他老人家奉献完自己青春、智慧、辉煌的土地，特别是父亲的出生地简阳莲花堰花敞门被天府机场征占过后，在经历一度长久的灵魂飘浮之后，我不得不把凉山普格当作第二故乡去思念……

一踏上凉山彝族自治州管辖地界，我便像坐上了父亲宽阔温暖的肩膀，似乎每一座山、每一条路、每一块山林、每一湾溪流都映照出父亲的影迹，是那样亲切，那样令人动容。路过螺髻山脚下的拖木沟乡，好想去看一看父亲曾经题过词的工商农贸市场，不知道那些木柱上的毛笔字还在不在？一进县城，我就赶去看我们一家曾经居住过的县城街头（父亲刚到县城时在国营酒厂担任党委书记的住房）、县城街尾（父亲在工商局工作时的住房）、县城中心（县政府宿舍、四大班子宿舍），除了最后居住的四大班子宿舍模样未改，其他几处房屋早已拆除改建……一种物是人非、皆为过往的景象，使我无限伤感。父亲的形象在眼前呼之欲出的幻觉，为何断断续续、昙花一现，如此短暂，不能连贯?！

躺在小区门前的长凳上闭目思过往,始终回不到从前。跪哭在袅袅雾气的热水堂池中央,我眼睁睁望见天空中最亮闪的星辰从我的家上方坠落,四周的尖尖山、火把山、螺髻山,松涛怒吼,阵阵凄啼——此刻,唯有大凉山懂得我心中之痛;唯有大邛海能包容我失去的爱。父亲啊!您让儿感受了什么是天崩地裂,什么叫肝肠寸断,什么又是撕心裂肺……

父亲,我回来啦!回到您曾经像雄鹰一样翱翔的故土。那跌落天宇的星辰不是您,绝对不是的!您的离开,只是短暂的告别……其实,您已经以另外一种方式轮回了!您看,那棵笔直挺拔的山松;您看,那湾哗哗击石的清泉;您看,那螺髻山顶峰盘旋的雄鹰,不正是您吗?您我一世情缘,并未了!您我父子如日月!他日轮回再续缘!

年

年愈近,心愈乱,情愈倦,真正到了年三十这天,所有都变成了无奈……

今天就是除夕了(上午在单位备勤,下午出门巡逻),坐在办公室发呆,很想写些什么,可是打开手机,平时可以下笔千言的我,此时却不知道该如何落笔。"春节回家"四字于我,梦里梦外都是痛。望着窗外熙熙攘攘的车流人群,我的思绪也纷乱如麻,如果可以,我愿随车流人群一起,哪怕跨越千山万水,磨破脚皮,也要奔赴家门。

谁都想早点回家,都明白钱是挣不完的道理,孩子需要一个热热闹闹的家,父母希望一个团团圆圆的年……每当如此,职业原因总使我唯唯诺诺地不敢面对这个问题:"明年过年也许可以回家吧。无数次我都给自己和家人一个新的希望和念想!"

昨晚彻夜难眠,思绪一会儿在故乡,孩子们雀跃地围着我:"爸爸,我要吃这个东西。爸爸,我要穿那套衣服。爸爸,明天我要去拜年领红包。"思绪一会儿在异乡,孤单的我眼望窗外,窗外大红灯笼,只有微微而过的年风,轻抚得窗外的树瑟瑟发抖。

今年母亲一个人去了资阳二弟家,三妹是防疫医生必须在简阳单位里备班，四弟带孩子去了金堂乡下岳父家，妻子三十、初一、初二也要在单位值班，儿子一个人在家学习，小女儿准备送到乡下外婆家，要是父亲还在世，他和母亲是不会离开成都的家，而我们再忙也总会将孩子送到他们身边……想着想着，瞬间我的泪水奔流而下。

记得每次过春节，我总在空间写说说，写我的离别和不舍，写我的愧疚与牵挂……难道我的职业因素，就只能如此表达我的过年情结了吗？想想自己真的很残忍，丢下年近八旬、白发苍苍的老母，不管放假在家的儿子，狠心送走年幼小女，父亲离世后，作为长子却撑不起一个团团圆圆的除夕……

曾经简单的心里以为只要挣回大把的钞票，就能让他们过上好日子，就能让他们幸福快乐。可那缺失的亲情，欠缺的育爱，岂是用金钱就能买回来的？扪心自问，这难道真的是他们想要的吗？而我所谓的付出，真的值得吗？

离开家愈久，愈发怀念那些过去的时光。回首自己成家立业以来的岁月，虽平淡，却心安，虽简单，却幸福。去年真正做到了深居简出，麻将桌上没有我了，酒肉桌上没有我了，东游西逛的没有我了，我就像只蜗牛，两点一线，在自己的窝里与单位之间爬进爬出，没有了乱七八糟的社交，没有了乱七八糟的朋友，我的世界狭小而闭塞，我的天空是一片空白，我的心里只有我的亲人，我的家。

送孩子去了学校，就上班忙工作，休息时间去菜园子里侍弄侍弄，早晚空闲读书写作，日复一日，周而复始。没有闲也没有玩，东摸摸西掐掐，一天又一天，日子平淡如白开水，虽无味，却养心。

我上网都是查资料，闲暇的日子里，看看书，写写字，学学英语，陪小女儿看看动画片，陪她疯出闹进，倒也不寂寞。周末不值班有时去岳父母家转转，有时去母亲家溜溜，好吃好喝好拿的统统打包，倒也安然。如今，这些已成回忆，在脑海里定格成画面。那时候的岁月啊，虽然无滋无味、平淡无奇，却是我一生中最幸福、最恬静、最值得怀念的日子。

"年复一年，盼望回家……"希望明年的这一天，这一切都不再是梦……

以后年是什么味道

农历年就要来，阴历年也要翻篇。春节过了四十几年，越过越索然无味。每到过节都喜欢往乡下跑，乡村的年味儿感觉消散要慢一些。不过还是会找不到儿时的心情啦。

依山而建，四周翠竹掩映，四合院前，一亩菜园，四季碧绿，全年轮换供全家人不愁菜吃。房子与菜地之间一亩长方形大小的院坝与果树林，黑桃、枣树、梨、红橘（祖辈叫苏柑）、李树（我家的李树品种很多：椭圆形味儿酸甜的三华李、圆形极似西瓜表皮花纹绿味道脆甜的鸡血李、红红灰灰的山李）、水蜜桃、毛桃、杏树儿……许多果树围绕成一条四十来米长的通道，一直到我家的四合院大门，春华秋实，景色宜人，甚为怀念。我家门前往外走，在树道尽头，有口我曾祖父那一辈挖的古井，承担着左邻右舍的饮水给养。每年一到春节，家家户户都在井边边洗菜边聊天，挑水的一桶桶挑回去储满水缸，洗衣洗床单被面的，清洗干净过后，便顺手在我们家的果树之间系上一根棕绳晾晒。许多时候，女人在井边洗东西，男人在旁边陪着看，时不时上去搭把手，然后抽烟说庄稼收成，而女人们则东家长西家短，说谁家的姑娘耍朋友，谁穿的衣裳好看，谁的孩子又怎么样，聊过年吃什么馅儿的汤圆，杀几只鸡，宰多大的猪……

我们做孩子的也聚在一起开心啊！逮猫、捉迷藏、跳房、赢烟盒、打地庄、砸纸豆腐干，谈论去年的压岁钱，畅想今年的大红包，吃什么好吃的，哪一个远房亲戚要来串门，又要到哪个家去走访，其乐融融，十分热闹。

如今，也只剩下回忆了，家乡修机场，移山平塘，连祖先的墓地也迁移他乡，我已经没有了故乡，再也回不去，再也回不去了。哪里去寻乡愁的味道？

唯有一丝慰藉的是爱人近在金堂五凤溪农村的乡下，那里还有块宁静乡土。这些年，成都第二绕城高速环路，景区旅游快线道已经修到了爱人家门口，空气质量每况愈下，乡村环境不断变化，有一天，也将……唉！不知道，也不敢想，以后的年将是什么味道？

流淌在血脉里的眷恋

清明、清明，多少人能清？多少人能明？又有多少人悟出生命的哲理？很少有节日，像清明这样意蕴深厚、情愁含混：清明，风清景明，抚今追远，这是一个悲怆的日子啊！在我们放歌踏春的时候，它就是兴高采烈的节日。在我们祭祀先人的时候，它就是追溯和怀念根源的节气。

像一棵树干一样的父亲还在世的时候，总是由他来张罗每一年的清明祭祖活动，而我也仅限于去给吴作山祖祖辈（爷爷吴茂君的父亲）上坟扫墓祭祀。源于生命的规律，我想大多数人也只能留存下一点四世同堂的斑驳记忆。记得幼年时读书启蒙过后，听说我们吴家入川始祖老先人就长眠在哨房沟黄葛树祠堂花敞门的后山上。我们几个胆大的熊孩子利用放学的时间，还曾偷偷溜上山顶去四处阅读那些坟前的碑文，依稀的记忆里还残存有墓碑上"山明水秀"几个字（其实是：山明水秀祖功远，虎踞龙蟠世泽长）。2017年，简阳老家"方古井"由于建设天府机场迁坟事宜，族人们从四面八方赶回来，才有机会聚集在一起，也是从那时才厘清我们这支吴氏族人是明清时期吴应良的后裔，目前不完全统计至少几千人吧。我这代字辈已经属于应良公第十三代传人啦。父亲健在，我无心思关注过多，父亲过世后，怀着一种莫大的遗憾和眷恋，不由自主地开始追逐这种作为家族的归属感。在这里，我首先要感谢我的二弟文渊，是懂事明理的他多次提醒和明示我这个作为长房长兄的大哥，确实应该承头做好血脉家亲的延续传承。更要感谢吴家爷爷辈的懋芳、表叔峻岭等众位老辈子的辛苦努力，没有他们的倾情付出，至今我们花敞门这支吴氏家人还不会有机会这么快且顺利地凝聚在一起。

"列祖列宗，传下家风。孝字当先，善字记胸。仁义礼智，融会贯通。诗书继世，耕读立功。勤劳俭朴，受用无穷。亲戚朋友，姊妹弟兄，团结友爱，和气谦恭。为人处世，舍己为公。难忍能忍，事后清风。行善积德，乐在其中。千秋万代，牢记家风。"

今天开始，我才如此完整、正式地记住我们吴氏家族的家风遗训。我想从此以后，每年这个时候，我们都将会在这个生机蓬勃的日子里找一个机会，在满怀生机中重温祖训，团聚血缘，来告慰心中深沉的哀思和寄托。

2019年2月17日的早上，我唤醒还睡意蒙眬的儿子，带着他从龙泉的家中出发，由于事先设定的导航路线是高速路优先，所以我们从成简快速，经过绕城高速，再入成南高速，绕了一大圈才到了简阳的卧龙山，然后经过十来里的乡村道路开进一个只有一条街的普照寺庙宇。说是一条街，我猜测应该是因为这个寺庙而得名的吧。说好的十点钟聚集，但我是第一次来，所以出发得比较早，不到九点便到达，把车停放在寺庙门前的院坝靠边。本想进去了解一下历史典故，突然看见家族微信群里，老辈子通知让我代表第十三代传人发言，赶紧拿出纸笔，苦思冥想打个初稿。等大家都到了，看见他们每家人手里都提着东西，这才手忙脚乱地赶忙准备祭祖用的香蜡纸钱，好在寺庙附近这些东西不难找。跟在二弟后面从普照寺右手边沿石阶经过两座佛塔和一堵无人居住的破旧房墙，再平行向前走了一小段柏树林，到达一块人工条石砌垒起来的平台，祖辈的坟山像一把靠椅稳稳地坐落在那里。大家边摆设祭品，边互相打招呼寒暄，二弟带着我，把我介绍给搞中医研究和做大学教授的、两位现场辈分最高的爷爷辈长辈吴懋芳和表叔峻岭。祭祖活动由教授表叔主持，教授表叔作出文明祭祀的倡导后，中医爷爷宣读祭文，接下来吴应良公第十一代、十二代、十三代、十四代后人代表分别发言讲话。最后教授表叔在宣读一个远在国外留学侄儿微信文字时，突然让旁边的儿子来朗读。在我们的鼓励下，儿子红着脸顺利将文字读完，真是感谢教授表叔，有心有意地锻炼了我的后代。由于没有心理准备，我虽然作了发言，确实不知道自己说了些什么内容，反正感觉不是很好，所以也就不想把那些文字留下来。两个小时的祭祀活动结束后，我跟着前面领头的车子左拐右转，大约半个多时辰赶到早先在简阳城里沱江边预订的仁和聚缘酒楼。在江边我们集体合影后才走进酒楼，四十多个族人，两张大桌子，正好满座。所有的亲情都融进了欢声笑语，这是我们吴氏家族最幸福的时刻，大家轮流向老辈子敬酒，一切感恩的话、嘱咐的语言都在此时一一绽放。看着一张张血脉相承的笑脸，虽然叫不出名字，也未能弄清相互之间的辈分，无论姻亲，还是血亲，我们都彼此连根啊！

这不是朋友聚会，更不是参加宴席，这是一个家族的团结团聚，象征着一个家族的兴旺发达，一条血脉的延续壮大。此刻，我骄傲，骄傲吴氏家族今天的红红火火，憧憬吴氏家族明天的灿烂辉煌。

卧龙山祭祖，我终于找到了自己的根。清明时节，我想起了很多人的名字，也记住了很多人的名字。远处是一汩汩血脉，代代相继，身边是一缕缕情缘，挚爱至亲。

清明这个日子，给了我们放纵感情的托口，让我们逐着思绪去天边飞，如同那些牵线的风筝，无论在天边、树梢还是落进池塘，远远近近，总会有一根线在心里，使我们总是在这种追思逝去亲人的情感中链接。于是，我开始好想好想我的祖宗吴应良、祖祖吴作山、爷爷吴茂君、奶奶陈秀英、父亲吴家兴……这种想，有点撕心裂肺，有些荡气回肠，令人情不自禁，让人泪流无垠；这种想，植进身体，注入血液，漫沁灵魂，眷恋无际。

清明，从诗书中，我认识了你。"清明时节雨纷纷，路上行人欲断魂""风光烟火清明日，歌哭悲欢城市间"。从此过后，每当清明来临，总能掀起心中剪不断理还乱的思绪，先前并不强烈，随着爷爷和父亲的谢世，越来越激烈地勾起自己对往事的追溯和怀念，越来越猛烈地升华着我心灵的惆怅和感叹。清明时节，再次面对思亲人的几多愁，面对阴阳相隔的几多忧，面对过去现在的几多情的时候，我仿佛明白了什么！感悟了不少！

追忆父亲

香蜡纷绕，泪光闪烁，安息在鲜花丛中的父亲，您在人间的阳寿定格在公元 2017 年 10 月 15 日 8 时 58 分 08 秒。您选择驾鹤的地方，龙泉山脚下，城区通往西河镇的书房村的正西路口，热闹的茶铺，有幸见证的人，红星茶社 40 余名 60 岁以上的茶朋棋友老人。

或许您与天有灵，与地有约，顺应自然，您走时匆匆，很是干脆。仙逝之前，办结完所有儿女家事（为了响应国家机场建设爷爷奶奶的墓地搬迁；最小的弟弟结婚生孩子），就连母亲家中的蔬菜都一次买了三天备用。您退休后，一直想把自己的户口迁移到龙泉来，劝你不要着急，我抽时间回去帮您办，结果年初，您亲自将所有的事情都办好，安慰我要好好上班，不要耽误了工作……过去不太理解您的举动啊！如今，您连生命离开时都没有麻烦任何人，从容至极，没有留下任何要求遗愿。父亲生于1945年12月17日，卒于2017年10月15日，享年七十二岁。而今，您的遗憾，我们做儿女的只有凭空猜想，然而，做儿女的悔恨伴随我们遗憾到永远啊！

父亲，您的一生是朴素辛苦的一生！早年呕心沥血、四处奔波、历尽艰辛，五十九岁因病离开工作岗位，晚年儿孙绕膝，尽享十二年您不觉得短暂而我们觉得太少太快的天伦之乐，愿您在天之灵保佑亲朋好友们平安和睦；愿您在天之灵，庇护我们这个大家庭，生生不息，繁衍昌盛，日益光大！

父亲啊！您像世上众多父亲一样，用无私伟大的父爱笼罩在我们的头上，绵延几十年，直到最后一刻，您都还让我们享用不尽，思恋不舍。

您生于四川简阳一个名叫哨房沟，花敞门附近方古井的农家四合小院。十九岁那一年夏天，您响应国家支援西南边陲山区建设招募矿工的号召，跟随1000多名年轻人来到了凉山彝族自治州越西县的西山煤矿，做了一名忘记生死的井下挖煤工人，每个月都把自己的工资寄给远在简阳乡下的爷爷奶奶，担起帮助父母养育兄弟姊妹的重任。十年后，因为您肯学肯干，深受上级喜爱，又将您调到与云南一县之隔的位于普格县境内的凉山煤矿。数年过后，也是因为自己的努力，1987年调动到了普格县上工作，直到2001年12月光荣退休。2009年落叶归根，回到与自己简阳家乡一山之隔的龙泉城市定居，过着养老生活。

您的一生，从井下矿工，一步步到班长、队长、科长、厂长、书记、工商仲裁，到主持普格县人民政府财贸工作，分管全县的主要经济。其间，亲自参与地方县志《普格工商志》的主编。无论在什么岗位，不管负责何种工作，听从安排、任劳任怨，荣获过无数先进、荣誉奖章，是一名合格的共产党员！

父亲有两个弟弟两个妹妹，生前都十分爱护他们，堪为长子的典范。到了我们这一辈，育有三个儿子，一个女儿，发展孙子孙女八个，义子无数，人丁兴旺！

父亲是一个极其坚强的人，无论面对亲人的疾病，还是自己的生命力；他母亲的癌症，父亲的意外，到后来替父母料理后事，都表现出干练、稳重、孝顺有责任的男子汉性情作风。可以说，他对得起自己的父母家庭，这一点值得我们后人学习继承发扬。

父亲是个勤劳简朴且不愿意给别人添麻烦之人。他一生奉行做官廉洁、做人清白之准则，凡事不讲排场，要懂得重情感恩，不得谋害他人财产性命，行事光明磊落！

父亲，是一个深谋远虑，懂得平衡中庸，总是在每一个儿女处于困难需要帮助的时候及时出现，爱得我们痛彻心扉，恨不得以自己的身体替我们阻挡巨石，用自己的骨肉满足我们饥饿的人。有幸成为父亲的长子，我享受了父亲最多最大最幸福最富有的爱和关注。如今，失去父亲，我的心，悲痛欲绝，想起过去他老人家为我操的心事，我更加遗恨终日，无言可喻。可以说，失去父爱，是我此生中最大的损失。

父亲啊！我伟大的父亲！如今纸钱摇曳，父子阴阳相隔，再也难睹我父音容，再也不能尽我为子孝道。想您了，儿女只有眼泪纵横，闭目追思，梦里相想。

天下没有不散的宴席，人生也没有不老的生命。现而今，您以这样一种方式决定选择离开你的儿女亲人，我们亦不会怨您，或许，您已经安排好了在人间的一切！您十分相信您的儿女后人，您在给我们上如何认识生死的课题啊！请您就放心在另一个的世界重新开始新生活吧！我们在世的人会好好珍惜每一天，想爱就爱，想见就见，在一起时就该开开心心！

父亲，您一辈子来去潇洒，有些强势专横了一点，您以为这样就是不给后人添麻烦？生前教育我们时苦口婆心，走时选择回避亲人、片言不留。要我们参悟透生死，方式有很多啊！您这样离开，您的遗憾只能让我们猜谜，而我们这一世的父子深情，未尽心意！活着的人，难以适应，忏情悔事太多，表情达意难尽！

父亲，您的决定，我们别无选择，只有接受适应。您的清高品质和音容笑貌永远留在我们的心中，您的优良风格世代相传。后人们一定继承您生生不息、顽强拼搏、勇于改写家族人生历程的卓越精神，将您的一脉血系发扬光大，绝不辜负您艰苦创下的厚重根基。

父子相依，终有一离，诸多情谊，不尽文笔。伟大父爱，一辈子也难诉尽我父滴水恩情，万千泪水也报答不完我父养育情深。呜呼哀哉！唯有兄弟齐心，姐妹和睦，照顾好身边的亲人，少留今世遗憾，才能报答我父心情！

再记父亲节

  谨以此文，献给那些远在天堂的父亲，愿你们在我们看不到的世界里，可以幸福、健康、快乐地活着！

  今年父亲节，有多少人像我这样，只能隔空相望，在心中默念："父亲节快乐！"

  早晨起床，心中隐痛，读了一遍朱自清的《背影》，泪水终于忍不住簌簌落下。父亲的两个电话号码，一个注销，另一个依然被我以父亲的称呼保存，由母亲留用。每次拨打，只要听到响铃，心中就充满着期待，仿佛电话还通，父亲犹在……

  好想再得您的庇护，再让您牵着我的手，再陪你喝一次茶碰一杯酒，再听你分析国家大事。那个时候的我是真的开心，不知道什么叫死亡，以为您会一直这样同我走下去。只可惜，上天太爱你了，也许天堂里还有更需要您关爱的人吧，您只好丢下我，去了那个我永远都找不到的地方。

  您走以后，我才后悔，不该因为您的严厉怪您，不该因为您没有满足我的要求而记恨你，您一直用自己的方式爱着我，爱着这个家。多少次梦中醒来，泪水打湿了枕畔，真希望是一场梦。梦醒以后，您站在我的床前，喊我起床吃饭，微笑也好，训斥也好，只要您别走，怎样我都接受。

  多想回到从前，不为了美好的青春，不为了年少的容颜，只为了和您在一起，再重温那段时光。您在我身边，我陪您说话，陪您钓鱼，陪您喝酒喝茶。日子不紧不慢的，可好？

  您走了，我的泪也随之枯竭了。没有了您的保护，我独自逆流而上，我勇敢面对一切，再大的事，再深的伤，我都不会哭。只有每当想您的时候，心才隐隐作痛。以前不懂什么叫子欲养而亲不在，现在真的懂了，我真的长大了，我真的什么都知道了，我能给您买烟买酒买最好的东西了，但是我却再也见不到您了！

  上有天，下有地，我信仰所有的神灵，也只求一次心愿，那就是下辈子我们还能再相遇，还让我做您的孩子，我们一起放鸽垂钓，一起养草种花。

您不会再像这一生早早地离开我,而是一直守在我身边,看我快乐、幸福、成家,等我也有白发。

云随天去,叶随风起,这个父亲节,你我父子居然天上人间,各自一方,阴阳隔望……居然您就听不到了我的呼,我的喊,您也不能再爱我疼我护我了!忍心让儿子肝肠寸断!

今天我想对所有的人说:往后日子,希望有爸的孩子们,好好孝顺他。希望没爸的孩子,好好孝敬妈。父母和子女的缘分只有这一次,总有一天会变成最后一天,总有一面会变成最后一面。人世间最宝贵的就是亲情,一旦失去了,就是永远!切记:不要留下悔恨遗憾!

年味淡了

"年"意味着家人的团圆,年年过年一切亦然。

年的味道不知从何时慢慢变淡了。年的形式并没有变,过年有丰盛美味的佳肴,家人依然团聚,家家户户灯火通明……是人们生活水平的提高,才使年味渐渐变淡?不说父亲的小时候,就说我小时候的年。推开记忆的大门,走进门内……小时候,只有过年的时候才觉得热闹,有可能那时幼小的我,不懂什么是年吧!就知道过年有好吃的东西,有压岁钱用,于是如此渴望着过年。当年来的时候,我是那样高兴。

大一点的时候,年长的孩子就带着我在外面放爆竹。进了腊月以后,父亲就会从千里之外回家探亲,给我们带回许多好东西和新希望。小时候尽管有些怕看起来十分严肃的父亲,但还是盼望他早些回家过年。因为父亲在家时,我在外面打架底气都会十足。那时的父亲不但英俊潇洒,关于他的传说也很多,老家的人们都知道他在外面是干大事的,欺负我们都要好生想想才敢动手。那时刻,顶着父亲的光环,记录了我的成长,是我成长过程中,一个不忘的小插曲。

再大一点时,鞭炮取代上街看热闹。过年的前十多天,早已拿起鞭炮,和村里的小伙伴一起放,跑来跑去,不管外面多冷,只顾自己玩得高兴。总是满头大汗地跑回家,同家人分享玩耍时的乐趣。包汤圆时,争着吵着我要包我要包。不管家人同不同意，自己都会动手包起来。包的汤圆大小不一，但还是会得到家人的表扬，那时也知道被夸的感觉让我无比骄傲。当汤圆出锅时，为了找钱的我总是把自己吃撑，一直吃到谁把汤圆里的硬币吃出来为止。想想就忍不住想笑，童年是那么多姿多彩！

我觉得说到这就可以了，我关上记忆的大门。时光悠然，岁月无情，转眼间我也为人父了。如今，由于人们生活水平的提高，年味慢慢变淡，过年时的美味佳肴早已变成了日常生活的便饭。

如今现在谁家的小孩还会在寒冷的天，提着灯笼跑来跑去呢？没有小孩在外面放着鞭炮，都是在吃饭时家人放。汤圆也不包了，就知道在一旁抢着红包。不是手机就是iPad，要不就是电视陪伴着自己过完这除夕之夜，可以说是，电子产品让这年味慢慢变淡。年的味道即使渐渐淡去，但也不要忘了年是团圆的日子。我们一生能有几个除夕夜呢，一年又有几个夜晚陪我们的家人呢？作为一名警察，更应该珍惜每一个和家人在一起的日子！特别是在没有父亲的第一个春节里，我的年味更淡了。突然好想回到儿时，突然好想父亲！

我那备份的年味

大年三十，记忆里最浓稠的乡愁。

转眼之间，父亲离开我们已是第五个年头了，每到农历腊月间，我便特别怀念他，怀念爷爷，怀念奶奶……怀念记忆长廊里逝去的至亲。魂萦在众亲过传统春节，年三十团年饭桌上。

儿时的宝光，记忆的收藏夹，魂牵梦绕的故乡——简阳哨房沟花敞门，青山绿水、翠竹环抱的农家四合院。

大年三十，天不见亮的清早，爷爷奶奶就开始在厨房忙碌，二叔幺叔大姑小姑喜笑颜开，自觉操起扫帚、竹枝、抹布一起上阵，把居室内外、屋檐墙头、门窗户壁、房前屋后、庭院晒坝、院沟墙角收拾得干干净净，把檐边的干柴枯草码理得整整齐齐。母亲叔娘一群婆姨们洗菜摆碗打下手，把平时舍不得烧的硬柴火抱进厨房塞入灶膛，爷爷开始贴父亲书写的春联（有时鼓励我也写），在堂屋大门上贴"金玉满堂"，厨房的门额上贴"美味清香"，就连猪羊圈的门上也要贴一副"风调雨顺"。

待到厨房大铁锅里冒热气的整公鸡、正方形的刀头肉煮熟，爷爷就用竹筛箕装起公鸡、刀头肉，拿出香蜡纸钱烧酒，到堂屋里祭拜列祖列宗和各路神仙。一缕青烟、一纸火苗，感谢诸位大神赐予我们五谷丰登、六畜兴旺。祈福祖宗保佑家人无病无灾、幸福美满。在一旁的我、二弟还有几个堂弟妹，私下开始用手掰扯鸡冠子、鸡腿儿，想把最美味的"鸡腿儿"率先抢进嘴巴。这时候，大人们会翻个白眼，装模作样地嗔怪几句。

临近响午，堂屋的八仙桌已经锃亮，四条大板凳沿桌排开，碗筷酒杯整齐排列。随着爷爷一声"上菜"的号令，蒸烧炖炒的各种年味美食就从厨房鱼贯而出，在桌子上排成圆圆的弧线。这时，爷爷从列柜里拿出一瓶老白酒来，倒满酒杯，把筷子搭在酒杯与菜肴之上，口中开始念念有词，呼唤离世的亲人回家团圆。并在家神佛龛前的香炉上，燃香点烛，用一丝青烟为亲人们引路。稍过片刻，爷爷又往地上洒几滴酒，还要倒几滴茶水，又自言自语一番。

就在爷爷呼唤亡亲的时候，挂在门外坝院边毛竹竿上的鞭炮被点燃，噼里啪啦的鞭炮声宣告家里团年饭正式"开船"（动筷的意思）。在我们乡下老家那个弯堂一共有九户人家，每年大年三十，各家主人都在厨房暗暗较劲，生怕鞭炮声响在了别人的后面。若是某年别人家的鞭炮已经炸响，长辈就会跑到厨房高声催促，私下也会叽里咕噜地抱怨几句，然后相视一笑。

吃团年饭的时间要长，寓意着长长久久，一大家子围坐在一起吃肉品酒，也聊聊一年的收获与得失。这一天小孩子也是可以端酒杯的，长辈间会挨个给大家敬酒，顺便说一些勉励的话，亲情荡漾，其乐融融。吃团年饭的时候，若有人来访或门外有人经过，一定要拉进来喝一杯，吃几筷子菜，这是一个美好的预兆，预示着来年会添丁添口、财源广开。

吃团年饭还有很多禁忌，不能用汤泡饭，否则来年会涨洪水被水淹，会有偏东雨和旋涡风损毁庄稼。饭菜不能掉在地上，来年的苞谷会挂不起棒子。筷子也不能掉在地上，那是吃饭的家伙什，不能轻易掉落。若是有孩子不小心将筷子掉落，就有筷头子敲在脑袋上，在呜呜哇哇的哭声中，逗得大家哈哈大笑。

我家的团年饭一般在半下午才收场，也是孩子们最开心的一天。不用放羊、拾柴、割菜、扯猪草、做作业，欢天喜地奔出门，和院子里的小伙伴们一起玩纸飞机、跳房子、捉迷藏、放鞭炮。心中盼望着天黑，除夕的夜，一大家子围着火塘烤最旺的柴火，吃着瓜果点心，心心念念等着父母长辈们发压岁钱。

除夕的夜空中，偶尔会有一两声爆竹响彻云霄，仿佛在告诉人们，春天的脚步正向山村悄悄迈进。

时间像是天空中飞扬的雪花，悄无声息地飘来，又润物无声地溜走。一年又一年，团年饭成为我乡愁中最浓稠的思念，她始终在寒夜里闪烁着温暖的光芒。

灵魂摆渡

好奇怪，在手机上写了上千文字，特意保存十分钟不到，再打开时居然一字不见。我写的内容是昨天去父亲坟前种云南松的一些感慨，将我出差挖树带土及美好回忆一一记录，再写已经不可能还原文字了。我心不甘，在空间草稿箱里找来找去，气得直想摔手机。大约是气晕了，提笔开始重写，大脑一片空白。眼睛看电脑，眼泪不止，或是眼疾，或是看屏幕太久太不舒服了，还是下午再继续吧。

年末出差带回六棵松树小苗，临时种在书房外小花园的瓦盆里，立春后准备移栽到父亲的坟旁边。这件事一直搁在心中，昨天终于把这事给办了。自从老家的老房子及周围几十里因机场建设被征用，祖坟外迁到20千米开外小姑屋后的官陡山，我思乡的梦境便零零星星不再完美，灵魂也总像飘浮在空中，无处安放，无法落实……

父亲于2017年10月突然仙逝，我曾几度天崩地陷、树倒石崩，无所归依的痛苦迷茫感像毒蛇般紧紧缠绕于身，看不见生的希望，感觉不到活的方向。

年前那次公差，重新踏上父亲曾经工作生活四十余年的八百里大凉山腹地，车行进在蜿蜒曲折松林掩映的西普（西昌—普格）国道，满山松树的大青梁子，热气腾腾的大小漕河，松涛阵阵的螺髻山，一望无垠的松林坡，一路相随的金沙江，尖尖山的瞭望塔，大河坝的烤烟地，小兴场的扶贫棚……

哪里没有父亲的足印呢？从越西到昭觉，由普格到西洛再到西昌，哪里没有父亲的影子啊？

走进温泉山庄，沐浴父亲般的温暖；登上螺髻山波光粼粼的五彩湖，感觉是父亲强劲有力的心跳；来到小区后山听阵阵松涛，恰似父亲语重心长的嘱语；满眼的松树，满是父亲慈爱的面孔。

西昌普格归来，同事满满的土特产，而我怀抱六株小松苗和二十多斤当地特有的酸性黄土。因为，我要给长眠简阳小姑家后山的父亲，带一个惊喜，带一个心愿，带一个陪伴。如果有今生来世的话，说不定，父亲已回到了他曾经工作过的故土，或者早已化作了那漫山遍野的青松，继续护卫着祖国南疆那一方水土！

2021年2月12日正午，我挖土，儿子扶树，小姑浇水，我们合力种下了美好心愿，希望松苗长成参天大树，用父爱一样的温暖呵护人间，呵护大地！

静坐在小姑的堂屋里，我莫名地获得了一种超然的安稳祥和。那一刻，漂泊游荡的灵魂似乎落地踏实，不再飘浮。姑父说屋外那一棵碗口粗壮、枝条旺盛的黑桃树，是如今已是派出所所长大表弟当年刚能开口吃食物时，我的爷爷、他的外公给的种子。啊！此刻的心情，一片开阔——吴梦君爷爷化作他女儿屋门前的黑桃树；而吴振东我的父亲却化作大凉山那些满坡的松林……谁说我没有了老家？谁说机场阻断了我的乡愁梦？谁说我的灵魂飘浮？

简阳的官陡山脚下，小姑、小姑父是吴氏家族最孝敬的后人，所以他们的老房子越来越漂亮，人丁越来越兴旺。我爱小姑家，因为这也是我们共同的老家！从此，我的故乡在这里。这不得不说我的灵魂再一次成功摆渡，它一路披荆斩棘、逢凶化吉、血脉绵延、永远海纳、横亘皓月、万世不息。

融情文化　洗心国画

我的画家兄弟寿友：是一个学画刻苦，善于钻研，作品富有新意，颇有时代感，不落前人窠臼国内少有的青年才俊。尤其在国画色彩上很有创造性，构图多样，题材广泛，有比较鲜明的个人特点，表现和技法也比较丰富，除没骨画外工笔画、写意画均有特色，日益为业界所看重，在各种展览中深受好评。他从初中开始学画画，先后师从郭汝愚、孙陪严、胡开锭、莫晓松先生。近年来不断在国内外展览中崭露头角，逐渐为业内人士器重。

我的寿友兄弟：慈悲善良，矜恤扶弱，热心为公益活动付出，有持久的奉献精神，他与周围友人关系良佳，对参加的公益工作认真负责相当积极。他到处关注搜寻喜欢绘画而又家境贫困的学生，不仅免费教学，还无偿为他们提供所有学习用品。

看寿友的画，让你感受到一位画家宁静的心思和他对绘画景物对象处理觉知的朴纯美学。通过他的笔墨，我们身边这些熟视无睹、惯见平常的花鸟虫鱼等景物，一下子变得鲜活灵动，被赋予了主观的思想与情绪，顿时使客观的景物给予观众无限的意境和遐想……许多人都称赞他的笔中藏率意，色墨出文才。

寿友的画，经常用假山、花果、折纸这些传统花鸟画元素构造出一番景象，却给人以陌异之感，就好像它们早已逝去，又从不曾到来。画家运用没骨工笔画技法来塑造物体，显现影像，如同蜜蜂筑巢般精益求精。可是就在其反复晕染和皴擦之时，一股虚化的能量又前来解构画中的实相，以至于浓墨弥漫出烟云，重彩反照出水光，空明的背景变得越来越远。原来，这不是物的图像，而是时空本身的图像，它超出历史之外，却让人记起了造化的目光。

认识寿友前，我只是一个伪画者，基本上不懂画技。在他的画室，渐渐才开始真正去认识徐悲鸿、齐白石、吴昌硕、张大千……这些国画大师。昨天在画室我们又再次畅谈，因做一代皇帝而被时代耽误的、在艺术上造诣极高的画家宋徽宗。宋徽宗对绘画的爱好十分真挚，他利用皇权推动绘画，使宋代的绘画艺术有了空前发展。他还自创一种书法字体被后人称之为"瘦金体"，他热爱画花鸟画自成"院体"，是古代少有的艺术型皇帝。

谈完宋徽宗，我们谈起一代抗战名将张自忠的爱国情怀和英雄壮举。谈融古今中外技法于一炉的徐悲鸿大师，他的作品显示了极高的艺术技巧和广博的艺术修养，是古为今用、洋为中用的典范，在我国美术史上起到了承前启后、继往开来的巨大作用。他擅长素描、油画、中国画。他把西方艺术手法融入中国画中，创造了新颖而独特的风格。他的素描和油画则渗入了中国画的笔墨韵味。他的创作题材广泛，山水、花鸟、走兽、人物、历史、神话，无不落笔有神、栩栩如生。他的代表作油画《田横五百士》《傒我后》，中国画《九方皋》《愚公移山》等巨幅作品，充满了爱国主义情怀和对劳动人民的同情，表现了人民群众坚韧不拔的毅力和威武不屈的精神，表达了对民族危亡的忧愤和对光明解放的向往。他常画的奔马、雄狮、晨鸡等，给人以生机和力量，表现了令人振奋的积极精神。尤其他的奔马，更是驰誉世界，几近成了现代中国画的象征和标志。徐悲鸿长期致力于美术教育工作。他发现和团结了众多的美术界著名人士。他培养的学生中人才辈出，许多已成为著名艺术家，成为中国美术界的中坚骨干。他对中国美术队伍的建设和中国美术事业的发展作出的卓越贡献，无与伦比，影响深远。

我们又对"为天地立心，为生民立命，为往圣继绝学，为万世开太平"这几句话谈了个人理解与看法并进行了溯源交流。

最后，我们站在各自立场诠释什么叫"善"的问题。不害人、不整人、不做坏事，同情弱小，救济贫困，布施广众，不杀生……即为善吗？于是不得不又谈起国学大师南怀瑾"与过去、现在、未来世为自他为顺益者。信等善心及善心所起一切善根都是善性"这带有佛学博大精深的问题来。我觉得这是一个非常好的问题，有助于厘清学佛和佛学的一些最基本的问题。原因是这个问题涉及整个佛教的一个最基础的定义："诸恶莫作，众善奉行，自净其意，是诸佛教。"从上偈可知，从某种意义上来说，整个佛教体系的出发点就是善恶观念。如果不知何为善、恶而谈佛教，恐怕所谈论的内容便成了空中楼阁。

《唯识论五·百法问答抄三》云："善性，于现世来世，为自他为顺益者""恶性，于现世来世，为自他为违损者"，因此，我们把对自他的今生来世有顺益的事，称为善；把对自他的今生来世有违损的事，称为恶。那么，什么叫"顺益""违损"呢？就是乐和苦。这两种切身的感受是佛教"善"和"恶"最终的根基。

到这一步并不算结束。因为苦与乐是有相对性的。比如人间哪怕是极苦的感受，对地狱众生来讲都可以说是极乐。我们人间的大富大贵之极乐，对三十三天来说恐怕是如同污秽的厕所一样不堪忍受。而三十三天的乐，在罗汉眼里如在利刃上舔蜜，其实质仍是苦。最终的、绝对的、真实的乐，只有断除了一切烦恼、一切习气、一切无明的人才有。我们称呼这样的人为"佛陀"。因此，善恶应该也有相对与绝对之分。

那么，题主所说的动机、结果（这里指直接的结果）就和善恶（也即最终果报的苦乐）无关了吗？也并非如此。

佛教对于业因果的分析一般是讨论所谓的"四支",即果报的产生所需要依靠的四个条件:对境、意乐、加行、究竟。

所谓对境,即对象。

所谓意乐,即动机。

所谓加行和究竟,就是做事的过程和目的的达成。

我觉得解释到这一步应该是差不多了。落实到真实、具体的事件上,须知世界极其复杂的,人性更加复杂,所以往往会出现善恶夹杂、以恶为主的情况,这也和我们日常生活中苦乐夹杂、人生不如意之事十有八九的感受是一致的。所以,调整好自己"善"的意乐,但行好事,莫问前程,往往会有意想不到的惊喜。

我和寿友兄弟对善最简单通俗的理解就是:我们在做一件事情的时候,对自己有好处,对别人有好处,不伤害自己利益,也不会损害他人的利益,这样的行为就谓之"善"。

什么是国画中的好作品:一格调,二笔墨

品格;风范。风貌,景象。唐张乔《宿刘温书斋》诗:"不掩盈窗月,天然格调高。"宋陈亮《点绛唇·咏梅月》词:"君知否?雨潺云愁,格调还依旧。"李健吾《雨中登泰山》:"山势和水势在这里别是一种格调,变化而又和谐。"

诗歌的格律声调,亦泛指作品的艺术风格。表现出来的品质:格调。风格、人格、国格、性格。音乐上高低长短配合和谐好听的一组音,字音的高低升降:调子。调号、调式、腔调、曲调、大调、小调。国语辞典格调,诗文的格律声调,亦泛指作品的艺术风格。

笔墨,在这个意义上,指书法在用笔和形式上的独特美感,成为山水画笔墨追求的重要方面,与西画对客观物象精确造型、对视觉冲击力的强调相比,山水画用线为主的平面造型,更注重一种主观意趣的表达,山水自然、画家的生命情境、文化心理、审美理想,都在笔墨的构成中得到集中的凝结,笔性与墨性的发挥使山水画具有独特的画面韵律。正如《石涛画语录》中所

描述的："夫画，天下变通之大法也，山川形势之精英也，古今造物之陶冶也，阴阳气度之流行也，借笔墨以写天地万物而陶泳乎我也。"不可否认，当明清之后的笔墨至上主义成为一种脱离现实的程式后，笔墨的生命就衰落了。笔墨应该建立在画家的精神主体之上，笔墨的时代性就在于画家对山水自然的兴会。古人与山川自然的交流对话，永远不能取代当代画家对山水自然的认识与互动。在古人那里，山水显然不是简单的客观存在，而是有生命的，画家与山水的关系不是一种单向的认识与被认识的状态，而是近于交流互动的关系。"我见青山多妩媚，料青山见我应如是。"青山非无生命的简单山水形态，而是有精神气象的，画家与山水的精神互动，是由笔墨来实现的。

以上太书面的东西，着实让人一知半解。举个例子：一个书香门第走出来的女子，打扮端庄、举止得体、形象优雅；与一个搽脂抹粉、举止轻浮、矫揉造作、低级庸俗女人相比，前者即为有格调，后者则称为没格调。

我们理解的笔墨，是笔画的抑扬顿挫，线条的起伏跌宕、大小粗细，承转谐和自然、方笔、圆条、弯钩、捺折、点撇，变化丰富，不重复，又要乱中有序、不感零散、赏心悦目、美流心见、憧憬万千、意境无限……如此国画书法，绝对上品佳作，必会流芳千古。

看寿友绘画、看他全心全意用手中的笔和颜料创造美；听寿友讲国画鉴赏知识，讲述历史典故、家国情怀；我们一起回顾前辈的爱国事迹，一起感受华夏的文化精髓；我们一边自豪传统文化带给我们的宝贵财富，一边互相鼓励憧憬如何发扬自己的文化自信。文化是民族的血脉，是一个国家人民的精神家园。中华优秀传统文化具有前瞻性与适应性，它从中华民族五千年文明发展孕育而来，是国家和个人继续发展的不竭动力和丰厚滋养，也是复兴中华、强国富民所植根的文化沃土。

我是时光中沧海一粟的凡夫俗子，我的能量不足治国安邦，造福大众。但我唯愿自己能把握住这昙花一现的人生光阴，像飞蛾扑火般追求短暂生命过程中存在的意义感！

此文，引经据典、旁征博引，大有扯虎皮做大旗、装腔作势、半罐水响叮当的格式。不过，我也管不了那么多了，自己有所得，还能拉拉杂杂形成一篇文字，撇开价值有无来说，弘扬了足足的文化自信情怀，这态度就是正能量，精神堪佳赞，值得提倡肯定。以后，我还会继续努力，不会顾忌世俗的眼光和评论。

如果信仰有颜色，那一定是中国红

——观《长津湖》有感

一叶扁舟在平静无波的湖水上缓缓地摇行，湖岸旁的树叶已经泛黄，层林尽染，漫江碧透。在这流淌的美丽秋色中，却透着几分苍凉。一身戎装的军人伍千里独坐于扁舟之上，手里小心翼翼地捧着一个罐子。艄公问他捧的是什么？伍千里平静地说，那是哥哥伍百里的骨灰。

很快，伍千里回到家中，见到父母的第一眼便忍不住下跪磕头，泪水顺着脸颊流在船板上。面对大儿子的骨灰，年迈的父母老泪纵横。白发人送黑发人，何等凄凉。看到这一幕，我也不禁落下泪来。

一家人围坐在狭窄的木船中，吃着简单的晚饭。没仗可打了。政府还给家里分了地，生活有了保障。下一步盖大房子，给弟弟伍万里找媳妇，在乡亲面前长长脸。伍千里微笑着规划一家人的美好未来。父母凄苦的脸上露出了久违的幸福笑容。

谁知，美军在朝鲜仁川登陆，战火烧到了中国边境鸭绿江。深夜，骑兵传来集结命令，伍千里不得不再次踏上征程。

唇亡齿寒。朝鲜没了，新中国能长久吗？国家领导人看到了眼前的危机，勇敢地承担起了这一历史重任。中国人民志愿军雄赳赳气昂昂，跨过鸭绿江，支援岌岌可危的朝鲜政府。

故事就此徐徐展开，镜头将我们拉回到1950年。年轻的志愿军战士伍万里，也就是伍千里的弟弟在火车上打开车门，血色夕阳下，呼啸而过的是长城与山河。

这时，我的耳畔似乎在回荡着那首经典老歌："万里长城永不倒，千里黄河水滔滔……"

伍千里带领的队伍在石头滩上无处躲藏，被美军飞行员当作靶子肆意扫射取乐。两架飞机，对于他们来说就是肆意收割生命的死神。随着敌机上机关枪射出的一串串子弹打中志愿军战士，脑髓、骨头渣、血肉纷纷地飞溅到黑色的石头上。

这时的我顿时红了眼,不由得握紧了拳头,内心充满无比的愤怒。

零下40℃的气温,美军吃着香喷喷的鸡腿,喝着热腾腾的咖啡,还有飘香的热汤。然而我们的志愿军只能吃硬邦邦的、冻得硌牙的土豆,而且一顿只有一个。苦寒之地的长津湖,我志愿军在茫茫雪野设伏六天六夜,宛如天降奇兵,突然出现在美军面前。经过激烈战斗,最终全歼赫赫有名的美军"北极熊团",缴获其团旗。然而,付出的代价也是惨痛的,整连志愿军战士被冻死在阵地上。他们化为冰雕,却仍旧保持着进攻的姿势。

没有冻不死的英雄,也没有打不死的英雄,有的只是军人的荣耀。

我几度哽咽,几度落泪。

"希望下一代,能够生长在一个没有硝烟的年代!"这就是志愿军舍弃生命勇敢杀敌的原因。他们做到了!我们能够安稳、幸福地生活,是千千万万的先辈用命换来的。

美国亡我之心不死。然而,美国在中国周边,无论是发动的朝鲜战争,还是再到后来的越南战争,以及较近的阿富汗战争,每一次和中国较量下来,无一不是以彻底失败而告终。

我想起最近网上比较火的一句话——如果信仰有颜色,那一定是中国红!

打得一拳开,免得百拳来。居安思危。没有永久的和平,我辈当自强。

看完电影,我们踱步走出电影院,已是万家灯火,此时的城市热闹非凡,人们正在享受着国庆大假的美好。

回家路上,没有风,我却感到有寒意袭来。我正要开口询问时,却闭了口。因为我明白,那是脑海里的长津湖飘来的无形雪花。与此同时,我还隐隐听到雪花里裹挟着无声的厮杀声。

后　记

　　我的这一生怕是要和散文结缘到底了。前几本书都是散文集。而写这些散文作品时，由于没有参加过任何写作培训班，也没有老师指点迷津，全凭学生时代那点儿知识结构扯的框架，跟着感觉走。开初还要冥思苦想地谋篇布局，讲究一点所谓的写散文的技巧方法，每每写得十分艰苦，倒还不遂人愿。或许动笔的数量大了，胆子便也跟着大了，索性放开手脚，随心所欲地想写就写，提笔就写，没有了章法束缚，结果写成了东西，反而更像散文一些，也许这就是过去语文教材上散文提倡的"形散而神不散"吧。

　　环顾周遭，许多人能左右驰骋，什么"家"什么"大师"满天飞。或许是我没有出息，只能望洋兴叹，待在自己的散文园地里，脚踏实地、老老实实地为之耕作。偶有收获，也是散文这棵大树的偶尔馈赠。身边的大师太多，我是初生牛犊不怕虎，无知者无畏，几乎没有什么压力可言。我一不靠写作出名，二不借文字挣钱谋生。做一个物质低配、灵魂高配、精神顶配的人，向鲁迅先生学习，躲进文字成一统，管他冬夏与春秋，即便无名无气也是惬意人生。

《龙泉山 我靠山》这本散文集出版了，心里的一些愿望得到了一些平喘。我自小就给自己立下几个写作必达的命题，否则此生不会心宁。

为报养育恩，为记呵护情，要写一本关乎父母艰辛一生的书，让我和我的后人念记。

为自己为之奋斗、燃烧青春、付情中年、供养家小的职业，写一本书，以记自己打拼的岁月。

从为人子到为人夫与父，只有历经角色变化才知哺育情深，所以要写一本教养儿女的书，反思自己曾经的爱与被爱，警醒晚辈。

苏轼有言："人生如逆旅，我亦是行人。"人海茫茫，有些人擦肩而过，有些人走着走着就散了，而有些人，却走进了心，相知相守。吸引力法则告诉我们：每个人遇到的人和事，都是自己身上的特质吸引而来的。梧桐树种下，金凤凰自来。人生于世，只有做最好的自己，才能遇见心心念念的美好。把自己的人生旅程，所见所闻，志趣爱好、爱情友情……统统记成文字，到那一天老得哪儿也去不了的时候，坐在轮椅上慢慢翻看，静静回忆。百年之后，供子子孙孙想念悼孝，寻其鞭策启迪。

然而，每一部书的出版，都是与自己想要表达的意愿相差甚远的，总是心存不少遗憾，总是感到好些心愿并未达成。于是每一次都安慰着自己，争取在下一部书中来弥补纠欠，希望做到更完美一些。

虽然还有许多遗憾和不满，一年多来的积累和辛苦，还是有种前所未有的富足感。坚持写下去吧！因为每天的生活都是新的。如同每天的太阳都是新的一样，我们每天过的是全然不同的生活，自然有新的经历、新的感受、新的体验，把每天当成新生一样去过，这样的人生看似平淡，却一定与众不同！

"写自己想写的字，见自己想见的人，去自己想去的地方，趁时光未老，趁年华正好！"既然扬帆，就该远航，这本文字，仍是开始，仍然像个新手，其间稚嫩还需要仰仗各位读者呵护、抬爱支持，伴着见着护着我的每步成长。而我也将更加努力，不断积淀自己本身强势的正能量，快乐身边人，幸福你、我、他。继续利用闲暇在自己的"朝露轩""夕语阁"两处书房，创作更多文本，捡拾最漂亮的珠贝，修养最美好的灵魂。

最后，能将成长路上偶然奔放的随笔文章结集成册，要感谢单位组织、领导和师长等的积极鼓励；感谢我母亲李兰珍和爱人刘天美等家人族亲的大力支持和理解；尤其要感谢成都的作家编辑钟靖女士热情联络出版社，规划设计、整理编校；当然也要衷心感谢云南人民出版社所有工作人员辛勤的劳动付出。

"无迹方知流光逝，有梦不觉人生寒。""人生到处知何似，应似飞鸿踏雪泥，泥上偶然留指爪，鸿飞那复计东西。"无迹的人生有点遗憾，有梦的人生荡漾着清欢。不知不觉到了知天命的年龄，才发觉流光是如此无情，人生是如此简单。飞鸿留指爪，生命留足迹是自然常态。作为智慧生命的每一个人都有梦想，都有自己的运动轨迹。尽管时光会让生命无迹，但还是蓬勃前行，不断传承。生命的轨迹怎样留下？不同的人有不同的方式，不同的方式有不同的结果，我只能留下一些文字，一段情感，一点思想，一些温暖的回忆和期待，如同飞鸿偶然留下自己指爪一样吧！

吴文政

2022 年 11 月 11 日于成都天鹅堡夕语阁